Terrenos vulcânicos

Dolf Oehler

Terrenos vulcânicos

TRADUÇÃO

Samuel Titan Jr.

Márcio Suzuki

Luís Repa

José Bento Ferreira

COSACNAIFY

H. Daumier, "Cristi, comme on s'enfonce là-dedans!" [1848]

Prefácio

Em seu famoso e famigerado poema "*Die Wanderratten*" ["Os ratos migradores"], Heinrich Heine divide os homens em dois tipos: os famintos e os saciados. Os últimos ficam, diz o poema, "regozijando-se em casa"; os famintos tiveram de emigrar. A modernidade dos autores de que tratam os ensaios a seguir ressalta pela consciência aguda dessa grande "questão dos ratos", também chamada, no século XIX, de "questão social". No conflito dos saciados com os famintos, Heine, Baudelaire e Flaubert manifestaram uma dupla atitude: uma relação distanciada com os primeiros e uma simpatia às vezes quase escancarada pelos últimos, cujo coração eles conheceram a fundo, quase tão bem como o seu próprio, não ficando limitados à sua língua afiada, como o tradutor da Bíblia, Martinho Lutero, fizera em outros tempos com o povo. No entanto, porque a este, que nada tem para mastigar, falta comumente, além do dinheiro, o ócio e a instrução para se saciar com os frutos da bela literatura, os poetas tiveram de dirigir-se aos ratos saciados, a seus leitores por assim dizer naturais, se não quisessem eles mesmos comer a banda podre. Ao vencedor, as batatas — as da terra e as de maçapão. Quem pode ficar regozijando-se em casa espera da fruição da arte uma espécie de brinde sublime, um suplemento à fruição da vida. É o que Baudelaire, na introdução a seu *Salão de 1846*, disse na cara de seu leitores burgueses. Forma e estilo pareciam garantir um requinte à fruição da vida que correspondia a essa expectativa. Graças a seu culto do estilo e da forma, o poeta parecia destinado a tornar-se o implacável opositor dos que foram estigmatizados na época como os "novos bárbaros": os despossuídos, os que não dispunham de nada senão da mera força de trabalho e muitas vezes nem mesmo desta. Vestígios da cultura aristocrática, o estilo e a forma desfrutavam de prestígio no mundo em que o burguês dava o tom, tanto mais porque esse mundo e o próprio burguês passavam bem sem eles — o que por sua vez oferecia ao escritor a chance de pensar e escrever a contrapelo, literalmente segundo toda a formalidade e apuro. Uma chance a que se agarraram os defensores da modernidade parisiense para dizer coisas indizíveis e revelar segredos bem guardados da sociedade liberal, com a precaução, todavia, de se fazerem mal compreendidos ou no mínimo compreendidos de modo muito limitado. O escândalo que Heine, Flaubert e Baudelaire provocaram, cada qual à sua maneira, apresenta, analogamente à sua canonização posterior, os traços de um compromisso entre as suposições sobre um sentido inaudito e o resguardo em relação a ele. A ironia dos textos facilita uma forma de apropriação conformista e conciliadora, sem cessar, no entanto, de contradizê-la.

Os ensaios dos anos 70 e 80 reunidos aqui pretendem recordar tanto essa ironia, atrás da qual se ocultam camadas semânticas perturbadoras, quanto alguns dos procedimentos artísticos correspondentes: entre outros, a atualização de símbolos, alegorias e temas mitológicos, o uso crítico de lugares-comuns, a conversão do discurso ideológico no e através do poético, o amálgama de Eros e política. Deveria ser motivo de surpresa que, ao contrário de outras abordagens mais acadêmicas, a questão das relações da literatura com as classes dominantes e dominadas (bem como a noção de uma "estética antiburguesa") tenha sido compreendida não apenas como provocação à ciência literária, mas como provocação *tout court*?

Esses ensaios constituem um suplemento, ou um entreato, a *Quadros parisienses*, de 1979, publicado no Brasil em 1997, e *O Velho Mundo desce aos infernos*, uma investigação sobre a Revolução parisiense de 1848 e a literatura da modernidade que veio a lume em alemão em 1988 e foi publicada em português em 1999. No centro dos três livros encontra-se a obra de Charles Baudelaire e a questão de seu enraizamento no século XIX, que Walter Benjamin foi o primeiro a discutir com seriedade. Sempre tive a consciência dolorosa de que, comparados à geração de Benjamin, somos anões sobre ombros de gigantes. Mas ao menos alguns de nós, da geração posterior, estiveram sobre os ombros desses gigantes. É evidente que minha visão das obras de que me ocupei ao longo da vida não permaneceu a mesma — não se entra no mesmo rio duas vezes —, mas a necessidade de mergulhar nelas continuou inalterada; quanto mais as procuro, mais abissais me parecem.

Este livro não existe na Europa; é uma invenção de meu amigo Roberto Schwarz, o congenial intérprete de Machado de Assis, esse mestre insondável na periferia do capitalismo. Que ele me permita dedicá-lo a ele como expressão de agradecimento e admiração.

O fracasso de 1848

[TRADUÇÃO Samuel Titan Jr.]

H. Daumier, "Les émigrants" [c. 1848]

O fracasso de 1848

Para Marthe Robert

"Le bruit d'une fusillade le tira brusquement de son sommeil..."[1]

Em *O idiota da família*, Sartre censura Flaubert por haver sistematicamente deformado, *desrealizado* a realidade social de sua época em decorrência de uma escolha neurótica, ditada por motivações tanto pessoais como ideológico-literárias. Segundo Sartre, Flaubert tornou-se o grande escritor do Segundo Império por haver optado desde sua juventude pelo devaneio e pela misantropia universal; essa opção foi, por assim dizer, encampada pela sociedade burguesa após os massacres de junho de 1848, que tiveram por resultado uma mudança radical no seio da ideologia burguesa: o humanismo liberal deu lugar ao anti-humanismo, o otimismo pré-1848 se esvai em *neurose objetiva*. Sempre conforme Sartre, haveria então uma correspondência entre a neurose pessoal de Gustave e a neurose coletiva das classes dominantes.

Uma leitura da *Educação sentimental* pode mostrar que de fato há correspondência, mas uma correspondência percebida e pensada pelo próprio Flaubert, e que portanto esse suposto *cavaleiro do nada* — ao lado desse outro grande desconhecido que é Charles Baudelaire — é o analista mais lúcido de sua época, talvez mesmo de toda a modernidade. À maneira de seu crítico Sartre, o Flaubert da *Educação sentimental* percebe as relações entre um micro-organismo social, um *universal singular*, e seu macro-organismo, no caso a classe burguesa. O tema da *Educação* é, *grosso modo*, idêntico ao do terceiro volume de *O idiota da família*, mas Sartre não se dá conta disso, obnubilado pelas idéias feitas que circulam sobre Flaubert em geral e por sua própria idéia fixa sobre o autor: Flaubert seria um praticante do *sobrevôo*, de olhos fechados à realidade contemporânea. Ora, o campo de reflexão do romance flaubertiano é justamente o mesmo da monografia de Sartre e seu esforço de documentação volta-se para o mesmo acontecimento histórico: a insurreição de junho de 1848. E o método de composição do romance, esse vaivém sistemático entre o indivíduo e a história, prefigura de certa maneira o método progressivo-regressivo do filósofo. Cem anos antes de Sartre, Flaubert propôs-se determinar as relações entre o fracasso individual e o fracasso de classe no contexto da revolução de 1848 e, sempre à maneira de seu biógrafo, quis retraçar uma experiência ao mesmo tempo singular e universal.

O protagonista escolhido por Flaubert é um representante imaginário de sua própria classe e de sua própria geração: Frédéric Moreau; o tema de Sartre é um representante morto, mas bem atual, de sua classe e de seu ofício: Gustave. Nos dois casos, trata-se de um *alter ego* de quem escreve. Frédéric difere de Gustave na medida em que não supera sua neurose por meio da criação, e Gustave difere de Sartre na medida em que parece não superar sua existência de classe por meio da análise. O que equivale a dizer que esses dois "romances verídicos" cumprem a mesma função para seus respectivos autores: por seu intermédio, ambos crêem emancipar-se de sua própria existência burguesa.

Tal como Flaubert, como Baudelaire e como tantos outros de sua classe e geração, o herói da *Educação sentimental* é incapaz de um amor que integre alma e corpo, e é essa incapacidade — não os mil acasos de sua vida exterior — que constitui a causa profunda de seu fracasso. Inconscientemente fixado em sua mãe, Frédéric escolhe, ainda bem jovem, uma mãe de família como objeto de seus amores, mas idealizando-a a tal ponto que a realização de seu sonho torna-se impossível, mesmo quando a infeliz, que há tempos suporta as traições de um marido vulgar, corresponde abertamente a seu amor. O duplo e genial achado de Flaubert consiste em explicar essa fatalidade subjetiva, inerente ao caráter de seu herói, pela intervenção do acaso e, a partir da terceira parte, quando Frédéric é compelido à ação, de um acaso compósito: ao elemento romanesco corresponde uma coincidência de ordem para-histórica, também esta planejada pelo romancista. Essa pseudo-explicação por recurso ao acaso torna opaca a intriga, de tal modo que o leitor, a despeito de seu distanciamento e à maneira do herói, mal sabe como se orientar: o jogo do acaso causa perplexidade, o que facilita um mal-entendido fundamental, a idéia ilusória de que não há culpados ou responsáveis pelo fracasso erótico-político de 1848, que constitui o verdadeiro tema do livro. Um mal-entendido desses é do interesse do público burguês, que não deseja penetrar com maior profundidade na história de seus delitos. Com astúcia quase satânica, Flaubert indica uma saída de emergência ao público, que se arrisca ao sufocamento em sua *Educação*: "*Puis, ils accusèrent le hasard, les circonstances, l'époque où ils étaient nés*",[2] o que não deixa de lembrar o célebre "*C'est la faute de la fatalité!*"[3] do pobre Charbovari. Isso quando Flaubert não induz a um outro mal-entendido burguês: a maldade inata da natureza humana. Tais ideologemas são refutados no próprio romance por meio de uma acumulação metódica de acasos: a coincidência dos acontecimentos decisivos da terceira parte com as jornadas históricas dos anos de 1848 a 1851 torna fortemente suspeita sua pura contingência e leva à idéia de uma correspondência planejada pelo autor.

Em seu magistral estudo sobre "Estrutura e sentido da *Educação sentimental*",[4] Jacques Proust constata uma homologia de duas séries causais no interior do romance, uma delas privada e sentimental, a outra de ordem sócio-política, e fala de "correspondências poéticas" entre as duas séries. Eu daria um passo adiante, com a hipótese de que é da natureza dessas correspondências sugerir uma causalidade global que, em 1864-1869, não podia ser expressa senão por analogias: a relação entre a estrutura psíquica dos personagens do romance, que são a um só tempo sujeitos e objetos da história, e o curso mesmo da história da época. Para verificar essa tese, cumpre examinar de perto a estrutura da *Educação sentimental*.

EROTISMO E POLÍTICA

A exposição é duas vezes mais longa que a intriga propriamente dita. O verdadeiro romance só começa no fim da segunda parte, portanto às vésperas da revolução de fevereiro, e termina por ocasião do golpe de Estado de 2 de dezembro. Em termos estritos, mesmo nesse período não há ação propriamente dita, pois o herói não se torna menos passivo que antes: há uma aparência de ação, uma vez que o ritmo monótono das duas primeiras partes do romance, que cobrem os anos quarenta — época tediosa por excelência —, é bruscamente interrompido em fevereiro de 1848, ao mesmo tempo que se precipitam os acontecimentos privados e políticos. Na terça-feira, 22 de fevereiro, por volta das quatorze horas, Frédéric parece estar a ponto de viver seu grande sonho: há oito anos que suspira por seu grande amor, e agora "ela" finalmente será sua! Frédéric tem um encontro marcado com a senhora Arnoux. Já não era sem tempo, pois o jovem, enervado e amargurado pela espera interminável, estava por converter-se em revolucionário e já desejava, à moda de seus amigos, "*un bouleversement universel*";[5] começava mesmo a odiar o objeto de seus enlevos. O "acaso" cuida para que a mulher adorada não possa comparecer. E Frédéric? Exasperado, ele se julga traído e se vinga e consola "seduzindo" a amante do senhor Arnoux, Rosanette, a quem ele mesmo vinha fazendo a corte havia algum tempo. Como explicação de sua súbita intrepidez, ele cita, muito espirituosamente, o *slogan* da burguesia oposicionista, que nesse exato momento e muito a contragosto está por desencadear uma revolução: "*Je me réforme*".[6]

Na seqüência, percebe-se que o comportamento erótico do herói — cuja ambigüidade característica deriva igualmente dos motivos políticos que inclui —, longe de torná-lo um *outsider* social, designa-o como perfeito representante de sua classe de origem, e mais especificamente da *intelligentsia* pequeno-burguesa que vagueia entre um ideal republicano ou mesmo revolucionário e as tentações de uma carreira na alta sociedade. E Frédéric, que entre fevereiro e dezembro conspurca mais e mais seu ideal amoroso, também trai seus ideais políticos com desfaçatez crescente. A tirada final — a venda da mobília da senhora Arnoux às vésperas do 2 de dezembro e do assassinato de Dussardier — confirma a interdependência da história erótico-romanesca e da história revolucionária, ainda mais porque Flaubert faz que o ideal amoroso e o herói republicano sejam liquidados por um mesmo testa-de-ferro, o ex-esquerdista Sénécal: no primeiro caso, como agente da viúva do capitalista Dambreuse, no segundo, como agente da polícia de Bonaparte.

Frédéric, por sua vez, ocupa uma posição especial no romance, na condição de amigo ou amante de vencedores e vencidos. Está a ponto de fechar um bom negócio em dezembro, mas o lado romântico de seu caráter, combinado ao "acaso", frustra seus projetos ambiciosos: de início ele se aferra por tempo demais à senhora Arnoux, em seguida ele se agarra a Rosanette, e por fim só abandona a senhora Dambreuse quando o único partido ainda promissor, Louise Roque, filha de um assassino de junho e bonapartista de carteirinha, já está prometida a outro, que vem a ser seu amigo Deslauriers, recém-convertido ao bonapartismo e prefeito por nomeação. Frédéric assemelha-se à fração republicana da pequena-burguesia de 1851: frustradas suas esperanças pelo golpe de Estado, ele se exila da nova Paris, distancia-se de sua antiga paixão ("*Il voyagea*"[7]) e, após uma espécie de auto-anistia erótica e um período de melancolia nostálgica, tenta retomar o jogo onde o havia deixado em 1851, fazendo as pazes com o regime imperial: "*Il revint. Il fréquenta le monde, et il eut d'autres amours encore...*".[8]

Por mais que a vingança da senhora Dambreuse sobre a rival senhora Arnoux seja de natureza privada, a estrutura do livro aproxima a viúva do banqueiro de Luís Napoleão: seria talvez o caso de falar de uma aliança. Mais evidente ainda é a superposição do caráter e do destino da senhora Arnoux e de Dussardier: no espaço de cinco dias, Flaubert faz de ambos vítimas do acaso e da fatalidade. O paralelismo não é diminuído pelo fato de a senhora Arnoux não ser "liquidada" em pessoa, mas por intermédio de seus bens. Na verdade, a liquidação de seus móveis, de suas roupas, de seus objetos mais íntimos sugere a significação simbólica dessa mulher, e simbólica não apenas no sentido psicanalítico. Marie Arnoux é apreendida menos à maneira de uma pessoa real, dotada de existência própria, do que como *imago*, como projeção e correspondência ideal dos fantasmas do adolescente cuja história a *Educação* retraça. É por isso que Flaubert evita escrupulosamente desvelar aos leitores as emoções da heroína: da senhora Arnoux em si mesma não sabemos praticamente nada além da visão que os outros — marido, amante ou detratores — têm dela. Ela é a imagem idealizada da mãe, de quem Frédéric espera toda felicidade, sem entretanto ousar tocá-la: o medo ao incesto, explícito na cena final — "*vingt ans après*"[9] —, amofina-o desde o início. Mas se esse fantasma se apresenta ao herói justamente por ocasião das grandes jornadas revolucionárias, para em seguida ser traído em regra, pode-se supor que ele é também a personificação de um fantasma coletivo.

Outras invenções estruturais de Flaubert vêm reforçar essa idéia, como por exemplo o paralelismo entre a mobília profanada no começo e no fim da Segunda República. Em fevereiro, há uma profanação dupla e mesmo tripla: primeiramente, Frédéric tenta decorar com bom gosto um apartamento na rue Tronchet, a fim de enganar a senhora Arnoux sobre a grosseria de suas intenções

— uma espécie de profanação inversa, tentativa inútil de sacralizar um local votado à depravação; em seguida, ele profana esse mesmo local, já em si equívoco, ao dormir aí com uma outra; e finalmente há o povo vitorioso que profana as Tulherias sob os olhos de Frédéric, que finge achar tudo "sublime". A descrição da venda da mobília da senhora Arnoux faz eco às duas cenas de fevereiro, a privada e a pública, com a diferença que, em dezembro de 1851, uma clientela burguesa, encabeçada pela senhora Dambreuse e pela Marechala, toma o lugar do povo ébrio de liberdade, ao passo que Frédéric já não conhece outro sentimento senão aquele velho desgosto que, em fevereiro, cedera passo por um instante ao êxtase do novo. E mais uma vez, como em fevereiro ou em junho de 1848, a senhora Arnoux, fisicamente subtraída aos olhares do herói e do leitor, encontra-se presente como lembrança e como idéia, mas sobretudo por intermédio de seus objetos pessoais, convertidos em fetiches. Essa coincidência entre romance e história leva a pensar que se trata aí da república, traída e levada a leilão, aquela república cujo cadáver é estraçalhado pelo corvos em dezembro de 1851.[10]

As imagens de Dussardier e da senhora Arnoux são ligadas por "uma correspondência de natureza poética [...] no claro-escuro da consciência de Frédéric", como observa Jacques Proust. Resta constatar que essa correspondência não reside tanto na superioridade de suas personalidades quanto na significação que ambos adquirem aos olhos de Frédéric. Para este, ambos são ideais encarnados, que lhe inspiram o amor ao absoluto: a senhora Arnoux é o amor puro, Dussardier é a ação pura. Mas Frédéric não tem como abandonar sua ambivalência e sua passividade infantis, eis aí todo seu problema; é incapaz de ação sem o dom do amor e, por outro lado, não saberia como aceitar esse dom, desprovido que é da capacidade de amar e da fidelidade que inveja em Dussardier. Quando, ainda na primeira parte, o empregado confessa a seus amigos burgueses que gostaria de "*aimer la même, toujours!*",[11] há um momento de silêncio, durante o qual todos sentem como a simplicidade erótica é uma superioridade. Mais tarde, essa confissão provará ser anúncio de engajamento revolucionário. Frédéric também sente nostalgia de um amor único, que exclua os divertimentos fáceis, mas essa nostalgia não o torna mais ativo. A senhora Arnoux é para Frédéric o que a república é para Dussardier; mas enquanto um luta por seu amor, o outro se contenta em sonhar com o momento em que a mulher desejada cederá; enquanto um continua puro e íntegro até a morte, o outro titubeia lamentavelmente ao longo de uma existência cheia de compromissos e perfídias. O que não impede que o verdadeiro revolucionário se torne traidor da República, bem à maneira de Frédéric, o doidivanas erótico-político, e seus amigos bons de lábia. Em junho de 1848, nós o encontramos nas fileiras da Guarda Nacional, e, quando finalmente ele suspeita ter sido vítima de uma mistificação e assim ter apoiado os inimigos da *sua* república, já é tarde demais. Também em Dussardier encontra-se a mesma contaminação de passos em falso nos terrenos político e erótico, pois ele, que se deixa enganar pela república "honrada", é também vítima do palavrório amoroso e se liga a Vatnaz, uma espécie de cuco ladrão, de quem se torna cúmplice involuntário. Contrariamente a Frédéric e seus amigos, não lhe falta firmeza de caráter; o que faz dele um aventureiro[12] da revolução é sua ingenuidade absoluta, penhor de sua posição social: a meio caminho entre proletário e burguês, o bravo rapaz sonha com fraternidade e harmonia universais. Se o fracasso erótico-político do jovem Moreau pode ser pressagiado em vista de seu erotismo, o fracasso revolucionário de Dussardier se anuncia na composição de sua biblioteca.[13] Para ele, a certeza imediata e sensível de uma injustiça cometida é condição necessária para a ação; da mesma maneira, sua reação é imediata e sensível: a luta. Talvez sua cegueira em junho de 1848 derive não apenas da debilidade de seu espírito crítico, mas também da estrutura mesma de seus afetos: também ele só sabe dividir o mundo em duas metades, uma delas autêntica e boa, encarnada na república e merecedora de toda sua ternura, a outra perfeitamente má, a esfera dos poderosos, que ele odeia com fervor. Nesse sentido, ele é um romântico da revolução tal como Frédéric é um romântico do amor — mas um romântico puro, ao passo que Frédéric não deixa nunca de ser um burguês calculista e cínico. Tão logo a república encontra-se ligada ao poder de Estado, o esquema maniqueísta de Dussardier deixa de funcionar; incapaz por si só de interpretar o mundo, em junho ele preferirá não mais transformá-lo, atacando então as barricadas dos insurretos. É assim que ele se torna objetivamente um traidor da revolução, mas traidor mau grado seu, sacrificando-se heroicamente por uma idéia à qual a realidade oficial não corresponde mais — mas não por covardia ou perfídia reais, à maneira de Frédéric, que já a traíra em fevereiro.

AS JORNADAS DE JUNHO

O relato das jornadas de junho é o apogeu narrativo da *Educação sentimental* e talvez de toda a obra flaubertiana: são páginas de uma complexidade e de um refinamento compositivo até então inauditos no romance moderno. Ele começa inocentemente, com uma cena de sabor burlesco: Frédéric monta guarda para Arnoux, que quer passar uma noite com Rosanette, coisa que seu substituto naturalmente não deve saber. Flaubert anuncia assim ao herói e ao leitor a disposição sanguinária da Guarda burguesa à véspera da insurreição, disposição que acarretará as ações subseqüentes. Em mais uma analogia entre erotismo e política, o rapaz se vê tentado pelo desejo de matar: quando Arnoux, que sobrestimou suas forças, retorna antes da hora e cai no sono logo depois, com o fusil carregado a seu lado, Frédéric sente a felicidade novamente ao alcance de suas mãos, ou melhor, de seus pés: basta liberar o cão do fusil — "*On pourrait le pousser du bout de l'orteil; le coup partirait, ce serait un hasard, rien de plus!*".[14] O fantasma edípico que então se apossa dele — um "grande medo" leva-o a desistir de seu capricho — demonstra claramente que, para Frédéric, não há redenção fora do acaso; e esse acaso salutar — Arnoux, como guarda nacional, poderia ter morrido em fevereiro, em maio ou em junho, o marido infiel poderia ter procurado refúgio na província etc —, esse acaso não se produz. Os atos reais de Frédéric não escapam à lógica de seu caráter. Depois dessa noite no posto de guarda do Carrousel, ele visita Rosanette e insiste que ela escolha entre ele e Arnoux, o que significa que ele mesmo acaba de fazer uma opção definitiva por Rosanette, em prejuízo da senhora Arnoux: ao invés da esposa-tabu, é a prostituta que ele rouba ao pai.

Uma vez mais, Frédéric parece ir contra a corrente da História ao deixar o teatro da insurreição — uma cena impressionante mostra-o em meio à turba exaltada de trabalhadores das Oficinas Nacionais — para se refugiar com a amante no seio da natureza: na verdade, ele não faz mais que seguir a corrente da reação universal. Seu "grande medo" levou-o a evitar uma solução por meio das armas e a trocar um grande amor por um caso menor; nesse mesmo instante, o "grande medo" de sua classe social transforma-se em violência e desemboca no massacre dos proletários. Mas justamente por renunciar à realização de seu sonho amoroso e contentar-se com um sucedâneo deste, Frédéric torna-se o *silent partner* da reação mais sanguinolenta. Seu comportamento erótico pode ser compreendido como metáfora tanto de seu comportamento político como do comportamento da esmagadora maioria das classes médias, que desde o início haviam preferido à verdadeira República, ao ser sublime e majestoso, uma República pronta a se prostituir com os piores partidos — mas sempre se apresentando como República "honrada". Em seu foro interior, muitos eleitores pequeno-burgueses devem ter desejado uma República com as feições de uma senhora Arnoux; acabaram votando por uma República-Rosanette, na esperança de uma República-Dambreuse.

Essa interpretação encontra apoio no vocabulário e na iconografia da época[15] e, no interior do próprio romance, no paralelismo rigoroso entre a intriga romanesca e a intriga histórica, entre as histórias de amor entre Frédéric e a senhora Arnoux e entre Dussardier e a República. Quando Flaubert cuida que a senhora Arnoux seja traída justamente à véspera das revoluções de fevereiro e junho, quando faz que seus móveis sejam vendidos à véspera do golpe de Estado por um agente comum da senhora Dambreuse e de Badinguet, ele a transforma virtualmente em símbolo da República violentada. Entretanto, a despeito do rigor da composição, o autor soube evitar que seus personagens degenerassem em alegorias ou em meros representantes de classe; a leitura metafórico-alegórica não se impõe como em certas epopéias medievais, ela é apenas discretamente evocada por um sistema de correspondências poéticas. E mais: as intrigas amorosas parecem ser ao mesmo tempo analogias e explicações para as intrigas políticas, não tanto porque as peripécias eróticas precedam de pouco as catástrofes revolucionárias,[16] mas porque no romance de amor a constituição psíquica dessa juventude de pequenos-burgueses pseudo-revolucionários é desnudada até suas raízes infantis. Essa neurose que Flaubert, como Sartre, julga típica do ambiente de 1848 consiste na obrigação de operar uma clivagem entre pulsões sexuais e pulsões afetivas, tal como Freud a descreve em seus *Três ensaios sobre a teoria da sexualidade*: "Quando amam, não desejam, e quando desejam, não podem amar". Essa impotência psíquica, que impede o homem de se voltar para seu verdadeiro objeto de amor e que o induz a escolher objetos sucedâneos, Sartre reencontra-a na prática burguesa da distinção: Leconte de Lisle, depois de 1848, "vive *simultaneamente* dois amores, um deles platônico, com uma loira terna e gélida, o outro sensual, com uma mulher ardente",[17] o que não seria outra coisa senão um dos resultados sentimentais de junho de 1848. Em Flaubert, ao contrário, essa impotência psíquica tende a se tornar a chave para a história da revolução, e antes a causa secreta da catástrofe de 1848 que seu resultado. O fracasso do herói flaubertiano estava escrito em sua dissociação erótica, na aventura malograda que Frédéric e Deslauriers viveram na casa da Turca e que eles recordam, no final do romance, como a melhor de suas vidas.

Frédéric Moreau é o verdadeiro herói daquela "entusiástica burguesia jovem", que Marx sarcasticamente denominou em junho de 1848 "o costumeiro ingrediente poético das revoltas francesas" e que, na revolução ou na república, andava à busca de sua senhora Arnoux, de uma mãe/Maria/amante da qual esperava as coisas mais contraditórias: a liberdade, a volúpia infinita, a segurança profunda, os doces mimos, em suma, o paraíso terrestre. De modo implícito, Flaubert interpreta o desejo de liberdade desses filhos tão progressistas da burguesia como expressão de fantasmas regressivos derivados de uma fixação inconsciente na figura materna. Essa fixação incestuosa torna compreensível tanto o fervor quase religioso desse amor como sua impotência profunda: não há como trazer para a frívola Paris alguém como Marie-Angèle Arnoux ou algo como a República augusta.

Frédéric é tão incapaz de embate direto com o pai como de separação da mãe: ele sonha com enganá-lo e matá-lo, porém precisa dele para manter vivo o fantasma de que *um dia* possuirá a senhora Arnoux (mas com a garantia de não poder consumar isso). O devaneio de Frédéric nessa noite de junho, em meio aos guardas nacionais, demonstra o grau em que a consumação seria insossa e filistina. A possessão real da mulher sonhada levaria cedo ou tarde ao desgosto; é por isso que nosso homem de 1848, igualmente preocupado em se arranjar na vida real, opta por deixar a mulher ao pai e arrebatar-lhe a amante; renunciando a matar o pai, ele se torna seu companheiro de cama. Esse processo efetiva-se em junho, quando a fraternidade republicana se traduz, para os dois homens, no usufruto comum de Rosanette. "*Leurs épaulettes se touchaient fraternellement*",[18] observa com malícia Flaubert, no momento em que Frédéric acaba por reprimir seus desejos parricidas. E dessa vez, paradoxalmente, é o idealista que paga as contas da mulher, enquanto o partidário da *Realpolitik* amorosa pode se considerar o amante de coração. Acrescentemos ainda que, à véspera da insurreição, Frédéric sente o incômodo dessa nova fraternidade, provavelmente percebendo que a "fusão dos partidos" visada por Arnoux não significa outra coisa senão a posse em comum de todas as mulheres, aí incluída a senhora Arnoux, monstruosidade que sem dúvida viria bem a calhar para o marido, mas diante da qual o jovem ingênuo recua horrorizado. Prudentemente, Frédéric dá as costas a Paris, à república, à fraternidade, à tentação incestuosa, à revolta e retira-se na companhia de Rosanette para uma distância segura. O banho de sangue que também ele imaginara pode agora produzir-se em sua ausência; como se podia prever, não são os pais burgueses (Arnoux, Dambreuse, Roque) que morrem, mas sim os filhos anônimos do povo.

Durante a semana sangrenta de junho de 1848, Flaubert faz que seu herói viva um idílio dos mais bizarros no seio da natureza, na floresta de Fontainebleau. Seus cadernos de anotações revelam o esforço que lhe custou a elaboração dessa passagem de certo modo "extraterritorial" no conjunto do romance. A visita ao castelo, orquestrada pelas reflexões melancólicas de Frédéric sobre a história da França, os passeios de carruagem e a pé através da floresta, com as descrições da natureza solene, simbólica, mas como que assombrada pela civilização moderna: essas páginas recobrem o horror indescritível da realidade de junho de 1848 de modo tão artificial que o sangue parece escorrer por baixo do pano. É como se Flaubert quisesse refazer, com esses dois quadros da natureza e da História, o duplo trabalho de repressão, erótico e histórico, levado a cabo por seu jovem herói em junho de 1848. Ao mesmo tempo, ele o comenta e desmascara com pequenas frases incisivas:

> *Frédéric fut pris par une concupiscence rétrospective et inexprimable;* [. . .] *Des voyageurs, arrivés nouvellement, leur aprirent qu'une bataille épouvantable ensanglantait Paris. Rosanette et son amant n'en furent pas surpris. Puis* [. . .] *l'hôtel redevint paisible,* [. . .] *et ils dormirent au murmure du jet d'eau dans la cour;* [. . .] *Debout, l'un près de l'autre, sur quelque éminence du terrain, ils sentaient, tout en humant le vent, leur entrer dans l'âme comme l'orgueil d'une vie plus libre, avec une surabondance de forces, une joie sans cause.*[19]

As imagens cósmicas que ocorrem na descrição da floresta propriamente dita são o correspondente irônico-poético das cenas que se desenrolam simultaneamente em Paris: cada palavra, cada imagem evoca o "cataclisma de junho" (Marx), do qual os dois amantes, à maneira do público burguês, desviam os olhos:

> *Il y avait des chênes rugueux, énormes, qui se convulsaient, s'étiraient du sol, s'étreignaient les uns les autres, et, fermes sur leurs troncs, pareils à des torses, se lançaient avec leurs bras nus des appels de désespoir, des menaces furibondes, comme un groupe de Titans immobilisés dans leur colère* [. . .]. *Mas la furie même de leur chaos fait plutôt rêver à des volcans, à des déluges, aux grands cataclysmes ignorés* [. . .]. *Ça et là, tels que des promontoires sur le lit desséché d'un océan, se levaient des roches ayant de vagues formes d'animaux* [. . .]. *Et tout à coup, dans cette vibration de la lumière, les bêtes parurent remuer. Ils s'en retournèrent vite, fuyant le vertige, presque effrayés.*[20]

Percebe-se que o sonho dos amantes não deixa de ser assombrado pela realidade, que ameaça explodi-lo: o que deveria proporcionar o olvido faz ressurgir sorrateiramente a lembrança do tempo presente. A composição contrapontística de sonho e realidade, revoluções antediluvianas e contemporâneas, natureza e política, explica-se no momento em que a realidade se manifesta de maneira direta, sem camuflagem simbólica:

> *Quelquefois, ils entendaient tout au loin des roulements de tambour. C'était la générale qu'on battait dans les villages pour aller défendre Paris. — Ah! tiens! l'émeute! disait Frédéric avec une pitié dédaigneuse, toute cette agitation lui apparaissant misérable à côté de leur amour et de la nature éternelle.*[21]

Frédéric serve-se de Rosanette e da "natureza eterna" para renegar rancorosamente seu ideal político e erótico: três páginas após sua tirada altaneira sobre a revolta, ele nega ter amado a senhora Arnoux. O jovem *flâneur* da Monarquia de Julho já se regalara no desprezo pelos homens. Mas depois da união com Rosanette — uma inimiga instintiva da república, que achaca seu amante por suas tendências republicanas e por seu amor à senhora Arnoux —, as conseqüências de seu ódio disfarçado de amor (conseqüências formuladas por Flaubert de modo hipotético, por ocasião de seu primeiro encontro em fevereiro) consumam-se em junho, e uma vez mais, ao que parece, *por acaso*: o terno amante de Fontainebleau torna-se testemunha estóica dos últimos dias da humanidade. É certo que ele foge ao espetáculo, limitando-se a imaginar o melodrama ao desjejum, durante o qual se mantém ao corrente folheando os jornais. O nome de Dussardier na lista de feridos, nome tão mágico quanto o da senhora Arnoux, traz de volta à terra o herói até então abrigado numa falsa eternidade: no último momento, Frédéric precipita-se no rumo de Paris, como tantos bons burgueses de província que ficaram em casa à espera do fim da tempestade revolucionária, mas acabaram por "correr em socorro à pátria"; com a diferença que, ao contrário do Père Roque, o jovem idealista quer reparar um erro, e não sair em defesa furiosa da propriedade. Frédéric auxilia o amigo ferido enquanto seu sogro virtual massacra um prisoneiro. Esta última cena, em sua insigne crueldade (incluindo a sopa que o assassino choramingas não consegue engolir na noite seguinte à sua proeza), faz as vezes da impensável descrição dos massacres de junho, ao passo que a noitada dos Dambreuse completa o quadro dos burgueses vitoriosos. Ao voltar para junto de Dussardier, seu *alter ego* ideal, Frédéric tenta pela última vez, depois de tantas apostasias, um retorno a seu ideal; mas seu bravo amigo acaba de trair o seu próprio ideal e acaba por se ver celebrado, mau grado seu, como herói da imprensa burguesa. Em junho de 1848, Dussardier perde seu carisma de revolucionário e faz figura de personagem trágico, de Dom Quixote da república.

O ANTI-HERÓI

Se o herói Dussardier torna-se vítima da duplicidade da república "honrada", que faz dele um instrumento de repressão, o anti-herói passivo Frédéric participa ativamente dessa duplicidade: extasiando-se por um anjo puro, ele acaba por fazer amor com uma filha do povo vendida à burguesia e cujo nome de guerra — Marechala — parece pressagiar uma espécie de ditadura militar sexual; engravidando a Marechala, ele passa a cobiçar a esposa de um grão-burguês; ligado a ambas, ele preferiria retornar a seu primeiro amor, ao mesmo tempo que chega ao cúmulo de querer guardar como reserva uma herdeira rica, Louise Roque. Em razão de sua fixação edípica e da debilidade de seu ego, a existência de Frédéric é uma seqüência de soberbas veleidades poético-revolucionárias e de covardes mesquinharias, por sua vez repetidas e ecoadas nas ações de seus amigos. Escusado dizer que esses ímpetos imaginários não deixam rastro, ao passo que as covardias e perfídias reais avizinham a catástrofe. E isso de tal modo que o golpe de Estado de 2 de dezembro acaba por apresentar-se também como obra daquele que, no dia seguinte, há de se esquivar de seu romance tal como já se esquivara da História. Sem dúvida alguma, o tema profundo da *Educação sentimental* é a cumplicidade contra-revolucionária desse sonhador desgostoso, que "procura consumar sua libertação pelas costas da sociedade, de modo privado, nos limites estreitos de suas condições de existência" (Marx).

Tal como sua própria época, esse romance do acaso e da fatalidade é dominado por aventureiros — entre os quais Badinguet merece o lugar de destaque. Espécie de anti-Badinguet, Frédéric é um jogador necessariamente azarado, sempre à espera do *rien ne va plus!* para fazer sua aposta. Esse atraso fatal explica-se por sua ilusão de poder apostar simultaneamente no vermelho e no negro, no ideal e no capital, na mamãe e na prostituta.[22] Frédéric é o tipo banal do pequeno-burguês romântico que "irrealisa", no sentido sartriano do termo, as alternativas históricas de sua época ao vivenciá-las como alternativas eróticas e cuja neurose desde sempre "irrealisou" o amor, predestinando-o ao fracasso. Um pequeno-burguês que sexualiza a revolução e mesmo a república, ora como santa mulher e potência redentora, ora como revolta suja e ameaçadora, à qual cumpre escapar para os braços da natureza, para a contemplação do passado ou para o belo mundo da gente de escol. A essa oscilação entre o desejo da república e o horror à república corresponde historicamente a passagem, entre fevereiro e junho de 1848, da *bela* revolução à revolução *terrível*. O romance amoroso de Frédéric, compreendido em seu sentido político, descreve as condições de possibilidade de uma tal inversão. À maneira do culto que Frédéric vota à senhora Arnoux, a adoração da (pequena-) burguesia pela república compreende uma ambivalência fundamental, de modo tal que a reação está contida na revolução muito antes que esta última estoure, digamos, por acaso.

Notas

1 "O barulho de um tiroteio arrancou-o bruscamente ao sono [...]". [N.T.]
2 "Em seguida, acusaram o acaso, as circunstâncias, a época em que haviam nascido." [N.T.]
3 "É culpa da fatalidade!" [N.T.]
4 J. Proust, "Structure et Sens de *L'Education sentimentale*", in *Revue des Sciences Humaines*, fasc. 125, janeiro-março de 1967.
5 "[...] uma convulsão universal [...]". [N.T.]
6 "Estou me reformando." [N.T.]
7 "Ele viajou." [N.T.]
8 "Ele voltou. Freqüentou a sociedade, e teve outros amores ainda." [N.T.]
9 "[...] vinte anos depois [...]". [N.T.]
10 "[...] *et le partage de ses reliques, où il retrouvait confusément les formes de ses membres, lui semblait une atrocité, comme s'il avait vu des corbeaux déchiquetant son cadavre*" ("[...] e a partilha de suas relíquias, nas quais ele reencontrava confusamente as formas de seus membros, parecia-lhe uma atrocidade, como se tivesse visto corvos estraçalhando seu cadáver").

A imagem dos corvos leva a pensar no "sobrinho de seu tio", cuja águia emblemática transformara-se em corvo logo no primeiro vôo — como queria uma piada muito apreciada à época.

11 "Amar a mesma mulher, sempre!". [N.T.]

12 O autor faz aqui um jogo de palavras entre "*hasard*", "acaso", e "*hasardeur*", "aventureiro", "temerário". [N.T.]

13 "[...] *une petite bibliothèque en acajou contenait les* Fables *de Lachambeaudis,* Les Mystères de Paris, *le* Napoléon *de Norvine — et, au milieu de l'alcôve, souriait, dans un cadre de palissandre, le visage de Béranger!*" ("[...] uma pequena estante de mogno guardava as *Fábulas* de Lachambeaudis, *Os Mistérios de Paris*, o *Napoleão* de Norvine — e, no centro da alcova, sorria em uma moldura de jacarandá o rosto de Béranger!"). Frédéric, por sua vez, emprestara-lhe livros ainda menos promissores: "*Thiers, Dulaure, Barante, les* Girondins *de Lamartine*".

14 "Poderia dispará-lo com a ponta do dedo; o tiro partiria, seria um azar, ponto final!". [N.T.]

15 Este ponto encontra-se desenvolvido em meu livro *O Velho Mundo desce aos infernos*.

16 O exemplo mais flagrante é o de fevereiro, onde a dúbia aliança de Frédéric e Rosanette torna suspeito o triunfo do dia 24, como se a República recém-conquistada não fosse mais que um sucedâneo da verdadeira República.

17 J.-P. Sartre, *L'Idiot de la famille* (Paris, 1971), v. III, p. 367.

18 "Suas dragonas se tocavam fraternalmente". [N.T.]

19 "Frédéric foi tomado por uma concupiscência retrospectiva e inexprimível" [...] "Alguns viajantes recém-chegados contaram-lhes que uma batalha assustadora ensangüentava Paris. Rosanette e seu amante não se surpreenderam. Depois [...] o hotel tornou à calma, [...] e os dois adormeceram com o murmúrio da fonte no pátio" [...] "Em pé, um ao lado do outro, em alguma saliência do terreno, eles aspiravam a brisa e sentiam penetrar em seu espírito algo assim como o orgulho de uma existência mais livre, uma abundância de forças, uma alegria sem causa." [N.T.]

20 "Havia carvalhos rugosos, enormes, que se retorciam, arrancavam-se ao solo, estreitavam-se uns aos outros e, firmes em seus troncos, semelhantes a torsos, lançavam com seus braços nus chamados desesperados, ameaças furibundas, como um grupo de Titãs imobilizados em sua cólera [...]. Mas a própria fúria de seus caos faz pensar antes em

vulcões, dilúvios, grandes cataclismas desconhecidos [...]. Aqui e ali, tal como promontórios sobre o leito ressecado de um oceano, elevavam-se rochas com vagas formas de animais [...]. E de repente, em meio a essa vibração de luz, os cavalos pareceram se agitar. Partiram rapidamente, fugindo à vertigem, quase assustados." [N.T.]

21 "Vez por outra, eles ouviam ao longe um rufar de tambores. Batiam a chamada nas aldeias para ir defender Paris. — Ah, veja só! A revolta! — dizia Frédéric com uma piedade desdenhosa, toda essa agitação parecendo-lhe miserável ao lado de seu amor e da natureza eterna." [N.T.]

22 Badinguet, que compartilhava essa ilusão, pôde impingi-la a toda a França ao incluir o mito na oferta.

Art-Névrose

[TRADUÇÃO Márcio Suzuki]

H. Daumier, "L'amateur" [1865]

Art-Névrose

Análise sócio-psicológica do fracasso da Revolução em Flaubert e Baudelaire

I.

Os filósofos apenas interpretaram o mundo
de modo diferente; cabe modificar-se.
(Rudi, convalescente)[1]

No terceiro volume de *O idiota da família*, Sartre descreve as condições de possibilidade da intensíssima recepção de Flaubert pelo público literário burguês do Segundo Império, empenhando-se em responder à questão: "como pôde a loucura de um indivíduo tornar-se loucura coletiva e até *raison* estética de sua época?".[2] As duas principais premissas de Sartre já estão implícitas no modo como ele coloca a questão: 1. antes de 1848, a neurose de Flaubert separou-o de seu público literário, pois, embora produto da socialização pequeno-burguesa, fez dele um marginal, e mesmo um marginal literário, que não se enquadrava numa época liberal confiante no progresso; 2. depois de 1848, essa neurose tornou-se literariamente comunicável, pois era correspondida pela conformação geral dos consumidores de literatura, ou seja, a burguesia e as classes médias. Sartre denomina essa conformação "neurose objetiva", caracterizando-a como resultado das atrocidades cometidas pela burguesia contra o proletariado parisiense em junho de 1848. Após 1848, o burguês se transforma-se num misantropo e pessimista radical, que responde com ódio ao ódio proletário sangrentamente reprimido, constituindo assim o "homem do ódio".[3] Segundo Sartre, com isso ele vem a se tornar um irmão de escritores neuróticos como Gustave Flaubert ou Charles Baudelaire, que, muito antes de 1848 e independentemente da política, em virtude de vivências infantis, decidiram-se por uma *vision du monde* altaneira e hostil, que totalizava o mundo como o mal absoluto, o nada, despojando-o de sua realidade nessa totalização. Essa literatura, chamada por Sartre de *art-névrose* — além de Flaubert e Baudelaire, ele menciona Banville, Barbey d'Aurevilly, Bouilhet, Fromentin, Gautier, os irmãos Goncourt, Leconte de Lisle e Louis Ménard como representantes de tal tendência, que em sua opinião culmina na *Oeuvre* de Mallarmé —, apresenta ao leitor da segunda metade do século XIX e especialmente do Segundo Império uma falsa objetividade, deformada pelo ódio neurótico, como sendo verdadeira e realista, permitindo que esse leitor se torne, pela leitura, aquilo que secretamente já é há muito tempo — um assassino: "durante a leitura, ele tem o angustiante desejo de fazer o mal pelo mal".[4]

O êxito dessa nova literatura prende-se à única condição de que o ódio por ela gerado permaneça num plano genérico, intemporal, e não toque no trauma de 1848. De acordo com Sartre,

Flaubert e Baudelaire, ao contrário de Leconte de Lisle, puderam tornar-se populares — junto ao público burguês, bem entendido — porque, graças a sua neurose, não se deram conta da revolução.

Com a inconveniente simplificação, eis até onde vai a localização sartriana da *art-névrose*. Ela me parece importante, tendo em vista que: 1) indica a importância, certamente inexistente na história da literatura até o ano de 1850, das neuroses para a produção bem como para a recepção de textos; 2) postula para essa literatura um vínculo entre neurose individual e neurose social, ou melhor, de classe; e 3) fixa a data de junho de 1848 para a estrutura *névrose individuelle/névrose objective*.

Entretanto, a apreciação de Sartre acerca da amplitude histórico-ideológica dos melhores textos da *art-névrose* parece-me profundamente equivocada, carecendo de correções. Apoiando-se numa compreensão convencional da literatura de Flaubert e Baudelaire, Sartre não enxerga que a correlação por ele ressaltada entre patologia individual e social já desempenha um papel na concepção e produção das obras da *art-névrose*, e não apenas em sua recepção. Por isso, gostaria de expor, contra Sartre, a seguinte tese: o jogo sistemático da correlação entre psique individual e social, ou de classe, constitui o princípio de composição das obras mais bem-sucedidas dessa literatura, à qual chamei de "estética antiburguesa". Isso significa que, segundo sua intenção, tais textos não são parte da falsa objetividade, da ideologia negativa da segunda metade do século, conforme o critério adotado por Sartre — que toma, aqui, a recepção pelo conteúdo —, pois eles não a (re)produzem, mas a refletem. Ademais, isso significa que a relação entre neurose subjetiva e objetiva deve ser novamente descrita à luz desses textos, menos como uma relação temporalmente posterior

— Sartre fala da histerese de *Madame Bovary*[5] — do que como uma relação simultânea, que, no entanto, só mais tarde poderia ser revelada aos autores em questão, principalmente a Baudelaire e Flaubert, quando eles se põem a meditar sobre os acontecimentos históricos dos anos de 1848 e 1851. Em minha opinião, depois de 1848 os principais representantes da *art-névrose* analisam seu próprio malogro no contexto do fracasso da revolução e conseguem (no que não se acham sozinhos) redescobrir, nas formas de conduta de pessoas engajadas de sua geração e classe, elementos essenciais de sua própria neurose, aos quais tornam tendencialmente responsáveis pela catástrofe histórica. Isso quer dizer que descobrem a (relativa) universalidade e representatividade de sua própria estrutura psíquica, bem como sua ressonância política no âmbito dos acontecimentos de 1848 e 1851.

No Segundo Império, essa descoberta capacita-os a passar facilmente pelos decretos da censura napoleônica: travestem os temas-tabu da recente história francesa na forma de relatos românticos ou poéticos, confissões, tocando o ponto nevrálgico dessa sociedade por meio da exposição de paixões privadas, aparentemente isoladas, de heróis exóticos, excêntricos ou anacrônicos. Somente por volta do fim do domínio napoleônico, em 1869, surge um romance — *A educação sentimental*, de Flaubert — no qual se manifesta a relação até então apenas latente entre o destino privado e político, sem que com isso se revelasse abertamente o sentido de tal relação. Pois o princípio estrutural desse romance, que não por acaso foi recebido com fria rejeição ao ser publicado,[6] é o mesmo que o da *art-névrose* desde 1848-50: sistemática correspondência entre cotidiano burguês e história mundial burguesa, entre formas de conduta, processos eróticos e processos político-econômicos, entre neurose individual e coletiva. No que concerne à *Educação sentimental*, esse princípio foi, por certo, pressentido, mas jamais explicitado e esmiuçado pela crítica e pelos estudiosos. Nos estudos filológicos sobre Flaubert, Jacques Proust foi provavelmente o que mais próximo chegou da solução do enigma, ao mostrar que o sentido da *Educação* deve ser encontrado unicamente em sua estrutura.[7]

O próprio Sartre não se preocupa em pensar a problemática interpretativa da *Educação*; superficial e convencionalmente, ele a valora apenas como documento da lamentável cegueira histórica de Gustave, de sua neurótica falta de senso de realidade.[8] Todavia, a fim de poder determinar a intenção de uma obra como a *Educação* e, com isso, seu lugar histórico, é imprescindível descobrir "como foi feita", para falar com Chklóvski. Naturalmente, mal é possível começar o esboço disso num espaço tão exíguo. Gostaria, pois, de colocar em discussão alguns aspectos importantes para nossa temática.

II. NEUROSE INDIVIDUAL E COLETIVA NA *EDUCAÇÃO SENTIMENTAL*

Em todas essas expressões se ocultava
o desejo de um imenso afeto.
[Milan Kundera, 1973]

Como se sabe, a história de amor entre Frédéric e a senhora Arnoux, sobretudo na terceira parte, que vai de 1848 a 1851, encaixa-se na história da França entre 1840 e 1867, estabelecendo com ela, de maneira significativa e extremamente impressionante, ora um contraponto, ora um paralelo. Em seu estudo citado mais acima, Jacques Proust estabeleceu uma homologia entre duas séries causais paralelas, a do privado-romanesco e a do histórico-político, e descreveu as relações entre ambas as séries como "*correspondances poétiques*", delas excluindo expressamente qualquer outro laço comum, como a infra-estrutura econômico-política: a rígida composição de Flaubert serve, acima de tudo, a fins artísticos, existindo para "*faire rêver*".[9] Minha hipótese, ao contrário, é a de que faz parte da essência de tais correspondências sugerir uma ampla conexão causal sócio-psicológica, que, por motivos políticos, literários e históricos, dificilmente poderia ser expressa de outro modo senão com auxílio de analogias e sugestões poéticas; conexão, pois, entre as estruturas psíquicas das personagens do romance, que são simultaneamente sujeitos e objetos da história, e o próprio curso da história mundial. De tal maneira que a *História de um rapaz* — o subtítulo da *Educação* — é narrada como o *roman vrai* cuidadosamente estruturado da sociedade burguesa, como uma psicanálise *avant la lettre* do fracasso da Revolução.

Como já se observou muitas vezes, a exposição do romance ocupa mais do que o dobro das páginas em que se desenrola a ação propriamente dita. Esta só começa realmente por volta do fim da segunda parte, isto é, na véspera da eclosão da Revolução de Fevereiro, e termina na semana do golpe de Estado de Louis Bonaparte. Em 22 de fevereiro de 1848, o jovem flaubertiano Moreau está prestes a atingir o alvo de seus desejos: depois de suspirar em vão por oito anos, finalmente deve obter a sorte grande, corporificada na figura de Marie Arnoux. Todavia, quer o acaso que sua adorada não vá ao encontro na rue Tronchet, pois seu filho estava gravemente enfermo, o que Frédéric poderia ter pressentido.[10] Que faz o transtornado herói? Ele se vinga e ao mesmo tempo se consola, conquistando a amante de Arnoux, a frívola Rosanette, a quem já muito antes havia cortejado. Como explicação para sua inesperada coragem, o romântico normalmente tímido cita espirituosamente o *slogan* "*je me réforme*", usado pela pequena-burguesia oposicionista, a qual, justamente no momento em que ele se prepara para dormir com Rosanette, está prestes a deflagrar uma revolução que ela mesma na verdade não deseja. Na seqüência fica claro que o comportamento erótico de Frédéric, cuja peculiar duplicidade advém do fato de sempre estar mesclado com motivos políticos — ainda que como frivolidade —, não o caracteriza, por exemplo, como um marginal social, mas como protótipo de sua classe de origem, como protótipo de uma geração, a jovem intelectualidade pequeno-burguesa, que vacila indecisa entre o ideal republicano e os atrativos de uma carreira brilhante (como *protégés* de pais burgueses reacionários). O modo como Frédéric, entre fevereiro de 48 e dezembro de 51, cada vez mais profundamente se equivoca em relação à sua grande paixão, que enfim se torna irrecuperavelmente perdida, é mostrado por ele e por sua geração — que Marx deixou timbrada como a "entusiasmada juventude burguesa" de 1848[11] — quando buscam, de maneira cada vez menos refletida, os próprios ideais políticos. No entanto, o romance amoroso de Frédéric é mais do que uma mera alegoria política. Os terríveis momentos cruciais de seu desenlace, a venda do mobiliário da senhora Arnoux na véspera do *coup d'Etat* de dezembro de 51 e, quase imediatamente após, o assassinato de Dussardier, que põe um ponto final no vínculo entre romance e história, ainda uma vez demonstram, quase dolorosamente, a correspondência da história erótico-privada com a história político-burguesa, sugerindo, de maneira convincente, a interdependência entre elas, tanto mais que é o mesmo *homme de paille*, o ex-democrata Sénécal, que destrói tanto a senhora Arnoux (representada por seus pertences) quanto o revolucionário Dussardier. No primeiro caso, ele age por ordem de Deslauriers, que, por sua vez, é um títere da viúva do capitalista Dambreuse; esta, em vista de seu casamento com Frédéric, pretende por seu turno dar o golpe definitivo no grande amor deste. No segundo caso, Sénécal é o braço direito do chefe de polícia de Paris e, em última instância, do próprio protagonista do golpe de Estado, Louis Bonaparte. Como já disse, infelizmente não poderei discutir todo o sistema de correspondências criado, de modo absolutamente convincente, por Flaubert na *Educação sentimental*, sistema cuja complexidade é trabalhada em seus mínimos detalhes. Seja dito apenas que a personagem Marie Arnoux tende a tornar-se figura-símbolo da república traída, assim como Dussardier incorpora o povo revolucionário e Frédéric encarna a juventude pequeno-burguesa, cuja impotência política possivelmente também deve ser atribuída a uma impotência psíquica: a impossibilidade de escolher um objeto que integre o fluxo afetivo e sensível, a qual se deve à não-superação da fixação pela imagem materna.[12] A permanente promiscuidade entre fantasias sexuais e revolucionárias — "E no que diz respeito à república, tudo daria certo; em suma, ele achava que era o homem mais feliz do mundo e, excedendo-se, enaltecia as qualidades de Rosanette, comparando-as até mesmo às de sua mulher. Aquilo era outra coisa! Ninguém poderia imaginar pernas tão belas!",[13] como se diz, numa passagem especialmente picante, a respeito do republicano Arnoux —, tal promiscuidade mostra em que medida esses reformadores pequeno-burgueses do mundo sexualizam a política e como, por conseguinte, experimentam a realidade conforme sua estrutura psico-sexual. Após 1850, o Flaubert maduro em geral não extravasa, como afirma Sartre, sua misantropia e seu pessimismo, assim elevando-se imaginariamente acima de seu "*être-bourgeois*"; ao contrário, seus romances são auto-análises, ensaios de autoterapia, nos quais procura, escrevendo, livrar-se de sua neurose de classe, já que, como na conhecida caricatura de Emma Bovary, expõe e disseca o próprio coração. Assim, numa análise infinita, o escritor Flaubert se emancipa do neurótico Gustave, que conhecemos de Sartre, e lhe empresta universalidade, tal como a Emma, Frédéric, Bouvard e Pécuchet. Conscientemente, pois, liga a própria neurose à neurose geral. Esta, todavia, não surgiu somente após 1848: em Flaubert, sua etiologia constantemente remonta ao período romântico da França. 1848 e 1851 são as catástrofes históricas nas quais forçosamente desembocam as *conduites d'échec* da geração de Flaubert. Sem dúvida, como Sartre também o admite em relação à *art-névrose*, o fato é que os contemporâneos foram tão cegos para a realidade e desconheceram a tal ponto a essência inteiramente analítica dessa literatura que acabaram por lê-la em busca de uma confirmação de seu humanismo negativo — noutras palavras, uma *lecture névrotique*.

III. ESTRUTURA PSICO-SOCIAL DE UM INDIVÍDUO DE 1848 NA LÍRICA AMOROSA DE BAUDELAIRE

Cisnes mortos não tostam.
[Máxima, fins de 1979]

Mostrar as correspondências entre privacidade e política, entre fracasso individual e coletivo só se tornou possível, de maneira semi-explícita, na época do *Empire libéral* e, mesmo assim, de modo bastante arriscado. Durante a primeira década do Segundo Império, nos "*années silencieuses*", foi preciso que os escritores encontrassem outras formas de veicular conteúdos políticos, o que o Parnaso da época tentava realizar com alusões tácitas para os iniciados, construindo emaranhados simbólicos artificiais que deveriam responder aos olhares familiarizados do contemporâneo que "soubesse ler". Nos anos 50 encontram-se correspondências semelhantes às da *Educação*, que é de 1869, com a diferença que se deixa inteiramente à conjectura do leitor realizar o plano latente das referências histórico-políticas dos textos. Certos procedimentos semânticos, tais como homonímias, ambigüidades, ironia, alusões ao vocabulário das lutas sociais de 1848 a 1851, em suma, aquilo que Baudelaire denomina "*rhétorique de Satan*", permitem colocar o leitor na pista dessas significações camufladas. Em minha interpretação do *Cisne* comecei a desvendar o conteúdo político das *Flores do Mal*, e os trabalhos de K. Biermann, O. Sahlberg, H. O. Stenzel e W. Fietkau, assim como algumas passagens dos meus *Pariser Bilder I*, apresentam outros avanços, em parte bastante diferentes e conflitantes, nessa mesma direção.[14] Na verdade, até agora só foram interpretados politicamente aqueles poemas cujas implicações políticas são manifestas — poemas do período da Segunda República — ou ficam patentes numa observação mais detida, tais como o *Cisne, Spleen IV* ou o poema em prosa *Espanquemos os pobres!*.[15] Até hoje passou despercebida a grande astúcia com que Baudelaire sobredetermina sua lírica amorosa, de modo tão refinado que, por trás da manifesta afirmação erótica, torna-se visível uma afirmação política. Isso já poderia ser demonstrado no *Cisne*, que também é um poema de amor, mas não é menos perceptível em poemas de amor genuínos, tal como em *A uma passante*, tão primorosamente comentado por Walter Benjamin, e no complementar *O vampiro*.

A une Passante

La rue assourdissante autour de moi hurlait.
Longue, mince, en grand deuil, douleur majestueuse,
Une femme passa, d'une main fastueuse
Soulevant, balançant le feston et l'ourlet;

Agile et noble, avec sa jambe de statue.
Moi, je buvais, crispé comme un extravagant,
Dans son oeil, ciel livide où germe l'ouragan,
La douceur qui fascine et le plaisir qui tue.

Un éclair... puis la nuit! — Fugitive beauté
Dont le regard m'a fait soudainement renaître,
Ne te verrai-je plus que dans l'éternité?

Ailleurs, bien loin d'ici! trop tard! jamais *peut-être!*
Car j'ignore où tu fuis, tu ne sais où je vais,
Ô toi que j'eusse aimée, ô toi qui le savais![16]

Na verdade, Benjamin viu no soneto apenas o aspecto relevante para a fenomenologia geral do erotismo na grande cidade, mas não o aspecto alegórico, pelo qual ele também pode ser lido como uma condensação do momento fugaz em que a juventude inebriada de 1848 depara com a imagem da liberdade. No entanto, com a precisão que lhe é peculiar e na forma de uma comparação congenial ao poema, Benjamin acentua a importância primordial da multidão para a vivência aqui descrita: "nenhuma locução, nenhuma palavra nomeia a multidão no soneto [...] e, no entanto, o acontecimento depende unicamente dela, assim como o curso do veleiro depende do vento [...] a aparição que fascina o habitante da grande cidade — longe de ter na multidão apenas um adversário, um elemento hostil a ele — só lhe é proporcionada pela massa".[17] Benjamin quase apreende o duplo significado e o duplo aspecto do poema, embora também lhe escape que a multidão possui uma dupla figura: como multidão inofensiva, neutra enquanto classe, na vivência banal do dia-a-dia, e como multidão insurgente do povo, como massa revolucionária, no sentido histórico enfático. E é esta última que o poema menciona já na primeira linha. Pois o sujeito e o predicado da primeira frase, que dá o tom do poema, apenas à primeira vista são unívocos. Não é preciso lembrar o título do livro *La Rue*, de Vallès,[18] para demonstrar quão dissimulado é o verso introdutório. A astúcia de Baudelaire consiste em, a um só tempo, encobrir e evocar os gritos de rua no ano da revolução reprimida, 1848, mediante o ameaçador ruído da rua na nova Paris: um desafio para ouvidos apurados, e justamente para estes. Mas também na seqüência o encontro com uma bela desconhecida devia despertar recordações daquela caminhada pelas ruas de Paris doze anos antes — o poema foi publicado em outubro de 1860 no *Artiste* —, pois cada fase, cada detalhe desse encontro implica associações com o mundo de imagens e vivências de 1848. Em meio aos gritos e uivos da rua surge diante do melancólico a viúva que passa em toda a sua majestade e o tira de seu *spleen* — ela é como a *Liberté* de Delacroix ao gosto do dândi e teórico da modernidade Charles Baudelaire; todavia, essa grande e divina figura feminina não é a

Forte femme aux puissantes mamelles,
A la voix rauque, aux durs appas . . . [19]

celebrada por Auguste Barbier após a Revolução de Julho, mas a burguesa elegante de pretensões aristocráticas; ou seja, é antes uma senhora do tipo da senhora Aupick do que uma mulher da espécie de Marianne. A bela viúva tem, porém, mais de um aspecto em comum com as alegorias de Delacroix e Barbier. No poema à transeunte, ainda que de maneira refinada, não é difícil reconhecer Barbier:

[. . .] *du feu dans les prunelles*
Agile et marchant à grand pas,
Se plaît aux cris du peuple.[20]

A desconhecida possui vários atributos da alegoria da liberdade: beleza, grandeza, majestade, altivez, ar vitorioso, ameaçador etc, além do aspecto escultural e do apelo maternal; e, no entanto, esse ser enigmático "*avec sa jambe de statue*" e olhar de medusa — numa estrofe do *Chant du vote* altamente apreciada por Benjamin, Pierre Dupont falava da "*grande face de Méduse*" da república[21] — é também uma mulher de carne e osso, uma parisiense, cuja barra do vestido acreditamos tocar e cujo perfume acreditamos sentir. Ela é uma autêntica figura mista, tal como conhecemos da *Interpretação dos sonhos* — de fato, uma criação de sonho e desejo, na qual "passado, presente e futuro encontram-se enfileirados, como no fio contínuo do desejo";[22] em primeiro lugar vem, empiricamente, a transeunte de 1860, com a qual se pensa vivenciar o *coup de foudre* e a quem se espera reencontrar na eternidade; depois vem, lançando raios, a fatal *Liberté* de 1848, que abarca todas as imagens de desejo de liberdade, república, natureza, pátria, França, tais como foram formuladas na iconografia republicana; e, por fim, vem a mãe incestuosamente amada, especialmente aquela que, nos anos de 1827-8, vestira luto, aquela que pela viuvez estava mais próxima do menino de seis anos e a quem o adulto Baudelaire não pôde nem possuir, nem renunciar.[23] "O êxtase do homem da grande cidade não é tanto um amor à primeira vista, mas à vista final", escreveu Benjamin.[24] Contudo, esse último olhar do homem da cidade é, observado mais de perto, um sorvo de prazer e vida, suplicante e esmorecido, nos olhos da grande mãe inflexível; e essa extravagância, essa auto-satisfação do *voyeur*, fornece a cifra do comportamento erótico-político dos jovens burgueses de 1848: lastimável contrapartida ao violento *coït revolutionnaire* da *Liberté* com o povo de 1830, que os ditirambos de Barbier pretendiam testemunhar, e nos quais, no fundo, vê-se o mesmo medo da revolução que em nosso soneto, embora ali esse medo se converta em euforia. Também a *Liberté* de Barbier era uma *femme fatale*:

> *Qui ne prend ses amours que dans la populace,*
> *Qui ne prête son large flanc*
> *Qu'à des gens forts comme elle, et qui veut qu'on l'embrasse*
> *Avec des bras rouges de sang.*[25]

Benjamin diz, com razão, que *A une Passante* instaura "a figura do choque, a figura da catástrofe".[26] De uma catástrofe sexual, que pode repetir-se diariamente, e de uma catástrofe política, que, da perspectiva desse poema, parece definitiva: à juventude de 1848, da qual o poeta dos *Limbes* já pela primeira vez em junho de 1850 anunciava-se como o psico-historiógrafo, a República se apresentava, em fevereiro, como uma mulher enviuvada, disponível; todavia, além dos desejos impetuosos, essa aparição também despertava medos muito fortes. Curvada em convulsão, paralisada, petrificada, ofuscada, a juventude de 1848 nada fez para impedir que a augusta imagem desaparecesse tal como havia surgido: no clamor da multidão. Foi assim que essa juventude, pobre e desamparada, seguiu fixada na graciosa senhora Revolução, cuja imagem, no entanto, desde então estava impregnada pelo *remords*, pela atormentadora lembrança de uma falta irreparável. O instante,[27] que tudo prometia, tudo destruiu, deixando que a noite se abatesse depois que, sob o império dos próprios desejos e medos, não se soube aproveitá-lo. Como Medusa, a República não paralisou seus inimigos, mas seus filhos e veneradores pequeno-burgueses, e estes "*physiquement dépolitiqués*", como diz Baudelaire na famosa carta a seu tutor de março de 1852, suspiraram melancolicamente por ela quando tudo já estava decidido. Não se sabe ao certo se o autor do poema expõe criticamente ou perpetua a passividade, a postura daquele que quer ser libertado. Essa última alternativa seria correta, caso o verso final fosse de fato o grito espontâneo que pretende ser. O amante, que sobretudo não sabe para onde deve ir, endereça por fim uma censura à transeunte, porque esta não se interessou por seu tímido admirador (de resto, antípoda do revolucionário, tal como se apresenta na figura do cisne), não lhe concedendo espontaneamente, diante do mero apelo do olhar, a felicidade secretamente desejada. Somente a partir de todo o contexto das *Flores do Mal* depreende-se que esse eu lírico está para Baudelaire quase do mesmo modo que Frédéric para Gustave Flaubert.

No segundo poema de amor, *O vampiro*, novamente quem fala é um amante passivo, que agora espera a libertação, não por meio da amada, mas sim da amada, de seu império.

Le Vampire

Toi qui, comme un coup de couteau,
Dans mon coeur plaintif es entrée;
Toi qui, forte comme un troupeau
De démons, vins, folle et parée,

De mon esprit humilié
Faire ton lit et ton domaine;
— Infâme à qui je suis lié
Comme le forçat à la chaîne,

Comme au jeu le joueur têtu,
Comme à la bouteille l'ivrogne,
Comme aux vermines la charogne,
— Maudite, maudite sois-tu!

J'ai prié le glaive rapide
De conquérir ma liberté,
Et j'ai dit au poison perfide
De secourir ma lâcheté.

Hélas! le poison et le glaive
M'ont pris en dédain et m'ont dit:
"Tu n'es pas digne qu'on t'enleve
A ton esclavage maudit,

Imbécile! — de son empire
Si nos efforts te délivraient,
Tes baisers ressusciteraient
Le cadavre de ton vampire!"[28]

À maldição imponente precedeu aquilo que, a despeito do secreto desejo do amante, faltou no encontro com a transeunte: a violação pela mulher. No entanto, a *domina* desse poema quase não se assemelha à viúva altiva do soneto, e menos ainda à resoluta *Liberté* de Barbier; ela é comparada a um bando de demônios e, além de "forte", apostrofada como "*folle et parée*" e como "*Infâme*": o negativo da mulher ideal do poema anterior. Assim como junho de 48 se inscreve no *Cygne*, e assim como fevereiro de 48 se inscreve em *A une Passante*, assim também no *Vampire* está invisivelmente inscrita a data histórica de dezembro de 1851.[29] No entanto, seu significado alegórico-político é ressaltado justamente pela oscilação das comparações entre o plano da significação sexual e o da significação política, oscilação na qual a representação da dependência escrava fornece o *tertium comparationis*. Baudelaire toma cuidado para que a pessoa fálica e despótica (apenas no final se percebe que se trata de uma mulher) remeta expressamente a Louis Bonaparte, o "*coup de couteau*" no *coup d'Etat*: em si imotivada, a comparação indisfarçavelmente sarcástica da maldita senhora com uma horda de demônios, bem como com seus demais atributos, pode trazer ao espírito do leitor — pressupondo-se, naturalmente, que tais idéias lhe sejam compreensíveis — todo o séquito confusamente composto do *prince-président*, incluindo a camarilha de 10 de Dezembro, devidamente satanizada por Hugo em sua época. As comparações plásticas, com as quais Baudelaire descreve a psicologia da servidão sexual, ganham visivelmente mais peso, de modo que, a partir da quarta estrofe, o poema corre o risco de soçobrar, tornando-se transparente enquanto mera alegoria do amor-ódio de uma sociedade masoquista em relação a seu tirano. Tal perigo é exorcizado principalmente pela feição confessional do eu-lírico, sua falsa imediatez e passionalidade, que fazem parte da estratégia do autor das *Fleurs du Mal*. Seria possível tornar patente que Baudelaire estabelece aqui um sistema de correspondência entre as formas *a priori* diferentes de servidão erótica e política, e apresenta uma estrutura de personalidade neurótica que predestina seu portador à servidão. As revoltas desse *imbécile* que amaldiçoa seu dominador são mais devaneios que ações. Incapaz de atividade autônoma, ele não pode existir por muito tempo sem um abalo passivo ou ativo, mas sobretudo não pode existir sem o prazeroso sofrimento de sentir-se subjugado e tolhido — de resto, a esperança do extasiado, de poder delegar o trabalho de libertação às armas de outros, remete o historiador à esperança da burguesia liberal de dezembro de 1851, que, como Victor Hugo, correu para o Faubourg Saint-Antoine, a fim de ser salva pelo proletariado de Paris, depositando depois sua sorte em alguém que praticasse um atentado. A estrofe final desqualifica radicalmente essas fantasias de liberdade pequeno-burguesas, ao mostrar que a elas corresponde uma vontade de impotência. Nas trevas da restauração napoleônica e nessa infra-estrutura psico-sexual com fixações neuróticas, o pretenso revolucionário de 1848 descobre em si próprio o agente da contra-revolução permanente, e somente essa descoberta transformada em crítica de si e da sociedade faz dele um revolucionário potencial. E uma vez mais um malicioso duplo sentido toca bem de perto o limite daquilo que podia ser dito em 1855-57: uma provocação ortográfica qualquer, a letra maiúscula em "*empire*" ("*Imbecile! — de son Empire/Si nos efforts te délivraient* [...]"), e a idéia latente do poema seria revelada, e o poeta poderia ser condenado ao silêncio — não apenas à mais rigorosa autocensura — pela justiça imperial, por motivos que não seriam o da mera imoralidade! Chamo a atenção do leitor não familiarizado com o linguajar político da época — a quem talvez uma tal interpretação pareça pouco convincente — para o fato de que a comparação entre déspotas usurpadores e aves de rapina, parasitas, sanguessugas etc. já tinha então uma longa tradição, que remontava ao *Ancien Régime*, e também para o fato de que, no *Vampire*, Baudelaire se inspira na mesma fonte de imagens crítico-sociais que Karl Marx; de modo congenial, este último condensa a representação do vampirismo da nova sociedade no fim de seu *Dezoito Brumário de Louis Bonaparte:* "A ordem burguesa, que no início do século colocou o Estado como vigia da recém-surgida parcelização da terra e a adubou com louros, tornou-se o vampiro que lhe suga o sangue e a medula, e a lança na caldeira de alquimista do capital".[30] O número de caricaturas em que o próprio Napoleão III e seu séquito são comparados com bestas repugnantes é enorme — e, entre elas, também se encontra o vampiro.[31]

Se, para finalizar, tirarmos as conseqüências de nossa leitura de Flaubert e Baudelaire, poderemos afirmar: depois de 1848, os melhores representantes da *art-névrose*, Baudelaire e Flaubert, reconheceram as tendências e tentações de suas neuroses individuais como correspondências ao procedimento político de sua própria geração e classe, pondo a descoberto a "neurose objetiva" de sua época, ao provocar o distanciamento da própria história como *histoire* poético-fictícia de um jovem rapaz como Flaubert, ou como "*histoire des agitations spirituelles de la jeunesse moderne*", como Baudelaire.[32] Longe de desconhecer a realidade histórica de sua sociedade, devido a dificuldades neuróticas com o real — diagnosticadas por Sartre como tendência à perda do senso de realidade —, eles a analisaram, graças justamente ao íntimo conhecimento da própria psique, com uma agudez e plenitude insuperáveis em toda a literatura desde então.

Notas

1 Rudi Dutschke, lider do movimento estudantil socialista alemão (SDS), foi baleado em 1968, em Berlim. [N.T.]

2 J. P. Sartre, *L'Idiot de la famille* (Paris, 1971), v. III, p. 32.

3 *Ibidem*, v. III, pp. 242ss.

4 *Ibidem*, v. III, p. 327.

5 J.-P. Sartre, *Questions de Méthode* (Paris, 1960), pp. 90ss.

6 Veja-se a esse respeito E. Köhler, "Flaubert und seine *Education Sentimentale*", in *Esprit und arkadische Freiheit* (Frankfurt/Bonn, 1966), pp. 198ss.

7 J. Proust, "Structure et Sens de *L'Education sentimentale*", in *Revue des Sciences Humaines*, fasc. 125, janeiro-março de 1967, pp. 67ss.

8 Veja-se *O idiota da família*, ed. cit., v. III, p. 448ss.

9 J. Proust, *art. cit.*, p. 79.

10 Para o significado do acaso na *Educação*, veja-se meu ensaio "Zum gesellschaftlichen Standort der 'Neurose-Kunst'", in T. König (org.), *Sartres Flaubert lesen*. (Reinbeck, 1980), pp. 149-90. Compare-se ali meu posicionamento em relação às correspondentes teses de E. Köhler, *Der literarische Zufall, das Mögliche und das Notwendige* (Munique, 1973).

11 *MEW*, v. V, p. 133.

12 Veja-se a este respeito S. Freud, *Über die allgemeinste Erniedringung des Liebeslebens*, in *Gesammelte Werke* (Londres, 1973), v. VIII.

13 G. Flaubert, *Oeuvres*, ed. Thibaudet e Dumesnil (Paris, 1952), v. II, p. 348.

14 Veja-se D. Oehler, "Um socialista hermético", neste mesmo volume; idem, *Pariser Bilder* I, pp. 232ss e 252ss; K. Biermann, "Le Cygne und die Tradition der Paris-Lyrik seit 1830", in *Lendemains* 6 (1977), pp. 9lss; idem, "Vom Flaneur zum Mystiker der Massen", in *Romanistische Zeitschrift für Literaturgeschichte* 2-3 (1978), pp. 298ss; W. Fietkau, *Schwanengesang auf 1848* (Reinbeck, 1978); O. Sahlberg (org.), *Baudelaire 1848: Gedichte der Revolution* (Berlim, 1977), especialmente pp. 121ss; H. Stenzel, "Baudelaires *le Cygne* — eine Studie zur Dialektik der historisch-gesellschaftlichen Negativität im Werk Baudelaires", in *Romanistische Zeitschrift für Literaturgeschichte* 4 (1977), pp. 464ss.

15 Sobre este último, veja-se D. Oehler, "*Assomons les Pauvres!*: Dialektik der Befreiung bei Baudelaire", in *Germanisch-Romanische Monatsschrift* (1975), pp. 454ss, e o capítulo VI de meus *Pariser Bilder* I, pp. 255ss.

16 "*A uma transeunte*. A rua ensurdecedora à minha volta bramia. / Alta, delicada, em luto profundo, dor majestosa, / Uma mulher, de mão exuberante, passou / Levantando, balançando o bordado e a barra da saia; // Ágil e nobre, com sua perna escultural. / Eu, eu bebia, crispado como um insensato, / Em seu olho, céu lívido onde se forma a tempestade, / A doçura que fascina e o prazer que mata. // Um clarão [...] depois a noite! — Beldade fugitiva / Cujo olhar me fez subitamente renascer, / Não te verei de novo antes da eternidade? // Em algum lugar, bem longe daqui! Tarde demais! talvez jamais! / Pois ignoro para onde foges, tu não sabes para onde vou, / Tu, a quem eu teria amado, tu que sabias disso!". [N.T.]

17 W. Benjamin, *Charles Baudelaire. Ein Lyriker im Zeitalter des Hochkapitalismus* (Frankfurt, 1969), p. 130.

18 Sobre a semântica desse título favorito de Vallès, vejam-se as observações de R. Bellets na edição Pléiade (Paris, 1975), v. I, pp. 1468ss.

19 "Forte mulher de grandes seios / Voz rouca, duros encantos"; cf. A. Barbier, *La Curée* III, *apud* E. Crépet, *Les Poetes Français* (Paris, 1887), v. IV, p. 338.

20 "[...] fogo nas pupilas, / Ágil e marchando a largos passos, / Alegra-se com os gritos do povo." [N.T.]

21 Citado por Benjamin, *op. cit.*, p. 25.

22 S. Freud, *Der Dichter und das Phantasieren*, in *Studienausgabe* (Frankfurt, 1969), v. x, p. 274.

23 Também no *Cisne* subitamente surge, na capital, uma figura mista em traje de luto: Andrômaca — ela também a um só tempo mãe e alegoria da República. Veja-se D. Oehler, "Um socialista hermético", mais abaixo. A imagem da mãe é o centro de um comentário mais ortodoxamente psicanalítico, que vale a pena ler, de E. M. Knapp-Tepperberg, "Baudelaire: *A une Passante*, Psychoanalytische Bemerkungen zu einer Textvariante", in *Germanisch-Romanische Monatsschrift* 24 (1974), pp. 182-92. A variante estudada pela autora, "*m'a fait souvenir et renaître*", também é elucidativa para uma leitura político-alegórica.

24 Benjamin, op. cit., p. 130.

25 "Aquela que não escolhe seus amantes senão no povo, / Que não oferece o largo regaço / Senão a pessoas fortes como ela, e quer que a abracem / Com braços vermelhos de sangue." [N.T.]

26 Benjamin, *op. cit.*, p. 137.

27 Em alemão: *Augenblick*, literalmente: piscar de olhos. [N.T.]

28 "*O Vampiro* Tu que, como um golpe de navalha, / Entraste em meu peito queixoso; / Tu que, forte como um bando / De demônios, vieste, doida e paramentada, // De meu humilhado espírito / Fazer teu leito e domínio; / Infame, a quem estou ligado / Como o condenado à cadeia, // Como ao jogo o jogador teimoso, / Como à garrafa o bêbado, / Como aos vermes a carniça, / Maldita, maldita sejas! // Pedi ao gládio veloz / Que conquistasse minha liberdade, / E disse ao pérfido veneno / Que ajudasse minha covardia. // Ai! O veneno e o gládio / Me desdenharam e disseram: / "Não és digno para que te libertem / de tua maldita escravidão, / Imbecil! — de seu império / Se nossos esforços te livrassem, / Teus beijos ressuscitariam / O cadáver do teu vampiro!". [N.T.]

29 Veja-se D. Oehler, "Um socialista hermético", mais abaixo.

30 *MEW*, VIII, p. 201.

31 *Les Vampires* é o título de um panfleto do socialista e futuro participante da comuna A. Vermorel contra o Segundo Império e os políticos burgueses, principais responsáveis pelo fracasso da Segunda República. Devo a meu aluno Manfred Ertl a indicação de uma frase importante no capítulo final das *Confissões de um revolucionário* (datadas de outubro de 1849), de Proudhon: "Tomemos cuidado para não insuflar nova vida a esse cadáver movido por um espírito infernal. Esconjurá-lo através

do direito de voto poderá enterrá-lo para sempre em seu túmulo" (ed. G. Hillmann [Reinbeck, 1969], p. 223.) Temos aqui não apenas a comparação com o vampiro, mas também a imagem que produz o derradeiro efeito do poema. É bem possível que o poema de Baudelaire tenha sido concebido como correção da ainda bem otimista autocrítica das *Confissões* de Proudhon, em cujo início se encontra a famosa e ao mesmo tempo abstrata afirmação "Não estávamos amadurecidos para a liberdade", juntamente com a exortação algo ingênua: "Se agora aprendemos a compreendê-la, ela se tornará realidade pelo fato de nossa compreensão." Também o poema em prosa *Espanquemos os pobres!*, que contém a teoria revolucionária de Baudelaire, é uma resposta a Proudhon. Cf. *Pariser Bilder 1*, pp. 155ss.

32 "História das agitações espirituais da juventude moderna". Veja-se o v. 1 da edição das *Flores do Mal* de Crépet, Blin e Pichois (Paris, 1968), pp. 536ss.

O caráter duplo do heroísmo e do belo modernos

[TRADUÇÃO Samuel Titan Jr.]

H. Daumier, “Un grand geste” [1843-1846]

O caráter duplo do heroísmo e do belo modernos

Em torno a duas notas de jornal citadas por Baudelaire em 1846

I. AS PSEUDO-CONTRADIÇÕES DE BAUDELAIRE. OBSERVAÇÕES METODOLÓGICAS.

Por mais que saiba formular boas questões, Jean-Paul Sartre é muitas vezes um simplificador em matéria de crítica literária. É consternador vê-lo dissertar sobre o século XIX de modo ainda mais burguês que os burgueses que tanto abomina. Deixando de lado certas especulações psicológicas muito a seu gosto, o que ele tem a dizer sobre Baudelaire e Flaubert em nada se distingue dos disparates que se repetem a propósito desses dois autores: seres desequilibrados e neuróticos, inimigos sorrateiros de sua classe, nostálgicos da aristocracia, cegos e mesmo rancorosos diante do proletariado, e ainda por cima covardes, seus fracassos derivando de seu amor inconsciente pela mãe etc. Por interessantes que sejam essas considerações, não se percebe sua ligação com a obra poética e romanesca dos autores. Que importa a secura de Madame Aupick a quem procura entender as *Flores do Mal*, ou ainda a tese sobre o pai de Gustave para elucidar o sistema magnífico da *Educação sentimental*? Deve-se insistir sobre esta verdade: a literatura vale pelo que é, não pela biografia mais ou menos acidentada dos que a produzem. Primeiro há que se debruçar sobre os textos; só então, tendo-os meditado, podemos nos dar ao luxo de devanear um tantinho sobre a vida do autor. Más atenção! Não se imagine que isso traga novas luzes à leitura! No melhor dos casos, essa especulação confirma o que já está no texto ou fornece um aspecto acessório — sem jamais explicar o segredo da coisa: é no texto e tão-somente nele que se deve procurá-lo.

> Como se poderia então conceber a existência de uma relação interna entre as reivindicações das classes inferiores e os princípios da arte de escrever? Proudhon parece ter sido o único a intuí-la; além de Marx, é claro. Mas nenhum dos dois era literato. A literatura, toda ocupada com sua autonomia, é ela mesma seu próprio objeto.[1]

Eis o que Sartre escreve sobre a época que nos interessa aqui. Mas não! Basta ler com atenção um texto como o *Salão de 1846*, tão capital para a estética moderna, para nos convencermos do caráter errôneo dessa proposição. Porém esses textos-chave foram mal lidos. De outro modo, não se teria tomado o *Salão de 1846* pelo contrário do que ele de fato é, a saber, testemunho da extrema lucidez estética e política do jovem Baudelaire. Esse suposto admirador da burguesia é na verdade seu crítico mais áspero e mais astucioso. Fingindo bajulá-la desde a "Dedicatória ao Burguês" e lisonjear suas utopias mais vis, ele faz um pastiche dos mais reveladores de suas artimanhas retóricas e ideológicas, e opõe um veto sumário à cambada dos "artistas burgueses", que por seu ódio estúpido ao *épicier*[2] fazem o jogo da burguesia. A partir de 1845, Baudelaire dá a entender que compreendeu como o burguês, antes de ser inimigo do belo e do ideal, é inimigo da liberdade daqueles que Thiers designará pouco mais tarde por "vil multidão".[3] E o jovem Baudelaire mimetiza os gestos monstruosamente cínicos da boa sociedade diante das queixas do gado humano, a fim de ressaltar-lhes a enormidade:

> *Vouz n'avez jamais en aucune noble entreprise laissé l'initiative à la minorité protestante et souffrante, qui est d'ailleurs l'ennemie naturelle de l'art.*
>
> *Car se laisser devancer en art et en politique, c'est se suicider, et une majorité ne peut pas se suicider.*[4] [875]
>
> *Il ne veut plus travailler, humble et anonyme ouvrier, aux roses et aux parfums publics; il veut être libre, l'ignorant,* [...].[5] [946]

É inquietante pensar que tais declarações pró-burguesas tenham sido levadas a sério. Talvez isso não pareça absurdo porque ainda há quem veja aí alguma verdade e persista em crer que as massas humanas destinam-se à servidão estúpida. Algumas dessas máximas do *juste milieu*[6] estão sempre a rondar nossos cérebros. Mas Baudelaire não tem parte com isso, por mais que se afirme o contrário! Ele apenas faz uso desses "burguesismos" como antídoto contra a infiltração ideológica. Não é claro e distinto quem quer: em meados do século passado havia um só público, o público que Baudelaire tencionava contestar. Além disso, havia uma censura severa, que poderia tê-lo golpeado já antes de 1857 e mesmo sob a Monarquia de Julho. Donde a quase obrigatoriedade de uma linguagem velada, esópica. É onde entra em jogo o caráter contraditório do discurso. Pois as famosas contradições baudelairianas não resultam do caráter versátil ou instável do poeta, nem de incertezas na formação de uma doutrina estética, entre outras platitudes: essas contradições são semeadas em sua obra de caso pensado, a fim de não trair o autor, e para melhor trair seu público, com vistas a um público virtual, público que Baudelaire invocava, público de iconoclastas que um dia viria fazer *tabula rasa* da auto-proclamada cultura dos bem-de-vida.

O *Salão de 1846* passa por ser excepcionalmente contraditório no seio de uma obra que já parece sê-lo à saciedade. De modo que serei acusado de paradoxo ao afirmar que ele não é menos coerente e claro que tudo o mais que saiu da pluma desse escritor rigoroso. É certo que ele muda várias vezes de tom: há passagens em que se dirige aos burgueses, quando se compraz em ser irônico e equívoco; e há as passagens onde os deixa de lado para só pensar nos artistas e nas obras-primas, quando então é sério, profundo e entusiástico. O capítulo final pertence à primeira categoria, preconizando o heroísmo moderno de modo elíptico, alusivo e até mesmo hipócrita. Como não se notou essa diferença de estilo, perdeu-se o sentido não apenas das passagens em questão — "Dedicatória"; capítulo XI: "Sobre o senhor Horace Vernet"; capítulo XVIII: "Das escolas e dos trabalhadores", em especial a diatribe contra o republicano iconoclasta —, mas do *Salão* inteiro, que não é senão uma defesa ora engajada, ora irônica, até mesmo satânica, da iconoclastia estética e política: revolta contra o classicismo em arte, revolta contra o *juste milieu* em política — por onde se vê que republicanos e outros "anarquistas" são aliados naturais do artista moderno.

A dedicatória e o hino ao policial foram simplesmente entendidos às avessas. São textos que dizem o contrário do que se lhes atribui. Quanto ao capítulo final, as coisas são mais complicadas. Não se percebeu que se trata de uma elipse, e por conseguinte fez-se injustiça ao autor. É significativa a opinião do bom Asselineau, que entretanto jamais desconfiou das simpatias políticas do amigo:

> Infelizmente, o último capítulo, a conclusão, *Do heroísmo da vida moderna*, não conclui... A argumentação se enfraquece quando chega a hora de definir esse belo moderno tão preconizado e a revolução que ele é chamado a produzir nas artes plásticas. Pode-se lamentar aqui que a afirmação tome por demais o lugar da demonstração. Beleza moderna, vá lá! Mas quanto à oposição entre belo moderno e belo antigo, sempre acreditei que a questão reduzia-se a diferenças de clima e de hábitos, que justificam uma preferência relativa, e não absoluta. De resto, essa coda, um pouco fraca e opaca, não rouba nada ao esplendor das primeiras páginas, nem ao brilho do espírito que anima a obra inteira.[7]

Mesmo críticos mais perspicazes não costumam se sair melhor ao examinar esse esboço de uma teoria da modernidade (sem este termo, é claro). É o caso de Walter Benjamin, o primeiro a sistematicamente discernir em Baudelaire um irmão espiritual de Blanqui. Ele censura ao teórico do belo moderno a superficialidade com que trata a questão.[8] Não dando pelas implicações políticas da teoria, Benjamin a reduz, como Asselineau, à oposição estéril entre belo moderno e belo antigo. Ora, não é jamais o belo em si que interessa a Baudelaire, mas o belo político, o belo que sinaliza o estado de ânimo de uma sociedade — se Baudelaire finge o contrário, ele mente como um tira-dentes. Permitam-me demonstrar com base em fatos as hipóteses heréticas que acabo de propor!

Num texto literário, temos primeiro a coerência interna e depois a história, quer dizer, o aspecto fugitivo do texto. Graças à coerência interna, o texto é compreensível em seu conjunto, em suas grandes linhas, sem qualquer conhecimento da época de sua composição. Mais, o texto é capaz de nos fazer entrever e até mesmo conhecer a época, de modo que, mesmo sem noções históricas, podemos perfeitamente desfrutar de um texto e retirar dele uma certa visão do tempo a que se refere, ao passo que o conhecimento histórico mais detalhado não nos dispensa do trabalho exegético, caso queiramos fazer alguma idéia do sentido de um texto literário. E é apenas quando temos em mãos o fio condutor do sentido que podemos penetrar sem medo no dédalo da contemporaneidade ficção/realidade, para comparar em minúcia o texto e a época. Tanto melhor se esse trabalho de vaivém entre literatura e realidade histórica dá resultados, pois então enriquece-se a interpretação com uma dimensão nova, que sem uma pesquisa desse gênero permaneceria apenas como pressentimento. Entretanto, para obtermos uma visão adequada da obra, não temos absolutamente necessidade de nos submeter a tais pesquisas; basta que nos aferremos à coerência interna do texto, que naturalmente é função da lógica do pensamento do autor. Quanto mais coerência um texto possui, tanto melhor ele deveria afastar por si só todos aqueles mal-entendidos originários da falta de conhecimentos históricos do leitor. É o caso do *Salão de 1846*, cuja extrema coerência, incólume aos solavancos da retórica, deve em princípio permitir uma compreensão exata e total.

II. A COERÊNCIA INTERNA DA TEORIA DO BELO MODERNO

O capítulo sobre o heroísmo moderno é estreitamente ligado aos capítulos precedentes do *Salão de 1846* e ao ensaio sobre os caricaturistas, em especial às páginas sobre Daumier, ensaio escrito por volta de 1846, como nos ensina Claude Pichois. Destacada desse duplo contexto, entende-se muito imperfeitamente a teoria do heroísmo moderno. Ademais, deve-se levar em conta que Baudelaire, ao final do *Salão*, volta-se uma vez mais para a clientela burguesa, à qual prometera uma iniciação aos arcanos da arte: donde o discurso simplificado e mistificador, nem cá nem lá, como nas passagens análogas. Cabe a nós desvelar as alusões, insinuações e malícias do texto, o que não é tarefa difícil, uma vez que se orientam todas em sentido romântico — na acepção baudelairiana do termo — e revolucionário, ou ainda, para dizê-lo com mais prudência, anti-burguês. Essa atitude contestadora manifesta-se ora abertamente, por observações que destoam do panegírico da dedicatória (ao menos para quem quisesse acreditar até o fim no tom sério de Baudelaire-Dufays):

> *N'est-il pas l'habit nécessaire de notre époque, souffrante et portant jusque sur ses épaules noires et maigres le symbole d'un deuil perpétuel? Remarquez bien que l'habit noir et la redingote ont non seulement leur beauté politique, qui est l'expression de l'égalité universelle, mais encore leur beauté poétique, qui est l'expression de l'âme*

publique; — une immense défilade de croque-morts, croque-morts politiques, croque-morts amoureux, croque-morts bourgeois. Nous célébrons tous quelque enterrement.[9] [950]

— ou, mais diretamente ainda, como sarcasmo puro:

Pour rentrer dans la question principale et essentielle, qui est de savoir si nous possédons une beauté particulière, inhérente à des passions nouvelles, je remarque que la plupart des artistes qui ont abordé les sujets modernes se sont contentés des sujets publics et officiels, de nos victoires et de notre héroïsme politique. Encore les font-ils en rechignant, et parce qu'ils sont commandés par le gouvernement qui les paye.[10] [951]

A passagem sobre o traje moderno é de abordagem mais difícil por manter-se a meio caminho entre o satírico (quando não o caricato) e o patético. Parece ter retirado inspiração da obra de um homem cujo gênio Baudelaire esteve entre os primeiros a saudar — "*je veux parler* [...] *de l'un des hommes les plus importants, je ne dirai pas seulement de la caricature, mais encore de l'art moderne*"[11] [999]: Honoré Daumier, adversário tão encarniçado da burguesia quanto inofensivo por índole, que tão bem soube ressaltar-lhe os traços cadavéricos. E o ensaio sobre Daumier lança nova luz sobre nossa passagem. Se não, vejamos:

Feuilletez son oeuvre, et vous verrez défiler devant vos yeux, dans sa réalité fantastique et saisissante, tout ce qu'une grande ville contient de vivantes monstruosités. Tout ce qu'elle renferme de trésors effrayants, grotesques, sinistres et bouffons, Daumier le connaît. Le cada-

> *vre vivant et affamé, le cadavre gras et repu, les misères ridicules du ménage, toutes les sottises, tous les orgueils, tous les enthousiasmes, tous les désespoirs du bourgeois, rien n'y manque.*[12] [1004-1005]

Este comentário fornece a chave do que há de misterioso no elogio do traje negro: aqueles que o envergam, os cadáveres gordos e saciados, são por assim dizer apenas metade da verdade sobre a Monarquia de Julho; a outra metade, e a mais importante aos olhos de Baudelaire, é a da gente de ombros magros, os cadáveres vivos e esfomeados, que de hábito não possuem traje negro, e vestem blusa, trapos ou mesmo nada.

Como, senão pela hipótese da ironia, harmonizar a felicidade dos saciados, cantada pela dedicatória, com essa evocação de um luto universal e perpétuo? Ou o desprezo pelo suicídio, brandido na dedicatória, com a glorificação do suicídio como primeira paixão *moderna*?

Essa antítese, que caracteriza o *Salão* inteiro e que encontramos aqui em estado latente, ganha um último desenvolvimento na figura de dois exemplos do heroísmo moderno: o ministro e o grande criminoso. Quem não conhece os protagonistas históricos tem todo direito de se espantar com a escolha de dois heróis situados nos antípodas da sociedade. Uma escolha talvez ditada pela moda, mas Baudelaire jamais segue a moda sem aprofundá-la, sem tirar dela algum proveito estético. Sendo assim, a escolha deve embutir alguma intenção: seria um signo da preocupação estética de Baudelaire, que não se interessa nem pela política, nem pelas hierarquias sociais, e preocupa-se apenas com o *dandismo* dos dois personagens, que agem ambos com o sangue-frio do dândi? Essa conjetura é excluída por duas outras passagens do *Salão*, nas quais Baudelaire dá mostras de rara lucidez política. De resto, a aproximação entre ministro e assassino não pode deixar de ultrajar o primeiro — para não falar do conjunto do sistema político. Deve haver aí alguma intenção satírica, mas qual? O autor quer sugerir que o ministro não difere em muito de um condenado à morte? Ou talvez que o "*spectacle de la vie élégante*" e o espetáculo "*des milliers d'existances flottantes qui circulent dans les souterrains d'une grande ville*"[13] [951] são parecidos? Mas, outra vez, damos com uma contradição: após negar a existência de um heroísmo político entre seus contemporâneos e mencionar a vida elegante e os subterrâneos da capital como os locais onde se deve buscar o heroísmo moderno, Baudelaire evoca a anedota do ministro. Mas não é este um tema político, uma vez que esse heroísmo se manifestara na Câmara? Questão que leva a uma outra: suponhamos que o grande criminoso tenha sido um conspirador político, um homem cujo crime fora um atentado à vida do monarca — coisa que não está excluída para quem tiver lido com atenção o texto sobre o policial e o anarquista, no capítulo precedente. Encontramo-nos naquele ponto em que a coerência interna não basta mais ao intérprete, quando então este se vê obrigado a recorrer aos materiais históricos.

III. DOCUMENTAÇÃO SOBRE DUAS NOTAS DE JORNAL

Desconfia-se de certo descaso da parte dos filólogos quando se vê que ninguém se perguntou se esses dois protótipos do heroísmo moderno são invenções de Baudelaire ou se ele alude a acontecimentos reais. Apenas Jonathan Mayne, em sua tradução inglesa dos escritos baudelairianos sobre arte, julga poder identificar o segundo dos heróis:

> Baudelaire refere-se a Lacenaire (1800-1836), desertor, assassino e rebelde, cuja carreira tornou-se símbolo romântico da revolta contra a sociedade. O Abbé Montès era capelão-mor da prisão de La Grande Roquette

— constata ele, sem explicar a divergência das iniciais: por que "*Le sublime B...!*", se se trata de Lacenaire? E Kelley sequer suspeitou do lobo embaixo da pele de cordeiro, seu comentário faz silêncio sobre o assunto. No que toca o ministro, não é preciso procurá-lo muito longe. Comecemos por citar o texto que versa sobre seu heroísmo.

a) Heroísmo e modernidade do ministro — Guizot

> *Le spectacle de la vie élégante et des milliers d'existences flottantes qui circulent dans les souterrains d'une grande ville, — criminels et filles entretenues, — la* Gazette des Tribunaux *et le* Moniteur *nous prouvent que nous n'avons qu'à ouvrir les yeux pour reconnaître notre héroïsme.*
>
> *Un ministre, harcelé par la curiosité impertinente de l'opposition, a-t-il, avec cette hautaine et souveraine éloquence qui lui est propre, témoigné, — une fois pour toutes, — de son mépris et de son dégoût pour toutes les oppositions ignorantes et tracassières, — vous entendez le soir, sur le boulevard des Italiens, circuler autour de vous ces paroles: 'Etais-tu à la Chambre aujourd'hui? as-tu vu le ministre? N... de D...! qu'il était beau! je n'ai jamais rien vu de si fier!' Il y a donc*

une beauté et un héroïsme modernes! Et plus loin: 'C'est K. — ou F. — qui est chargé de faire une médaille à ce sujet; mais il ne saura pas la faire; il ne peut pas comprendre ces choses-là!'[14] [951-952]

O orgulho e a arrogância de Guizot eram proverbiais. Seu famoso "*Enrichissez-vous!*"[15] dá prova disso. Sua arrogância e sua política, dita de resistência (às idéias de reforma), faziam dele o homem mais detestado pelo povo e pela jovem boêmia; conseguia ser mais impopular que o pequeno Thiers, seu grande adversário no parlamento e junto ao rei. Prorromper em injúrias contra *l'infame Guizot* era questão de honra para todo membro da *intelligentsia* dos anos 40.[16] Razão a mais para que Baudelaire, inimigo jurado dos clichês de qualquer proveniência, ensaie a apologia, decerto que mistificatória, desse homem, de modo a golpear em cheio a tolice do esquerdismo falastrão. "*Socialiste et républicain*" como seu personagem Samuel Cramer um ano mais tarde, Baudelaire abomina a tal ponto a reiteração mecânica dos *slogans* que seria capaz de fazer-se conservador, se os conservadores não o entediassem em igual medida com suas palavras de ordem. Por conseguinte, ele se ri de ambas linguagens esclerosadas, pastichando o linguajar dos "*satisfaits*".

Na história parlamentar tão pouco agitada do período censitário, e na falta de oposição genuína, contam-se nos dedos as sessões conturbadas. A Europa inteira vinha à Câmara ouvir os grandes oradores de que se orgulhava a França. Adolphe Thiers, o belicoso, La Rochejaquelein e Berryer, campeões do legitimismo, intelectuais e poetas como Cousin, Villemain, Tocqueville, Lamartine, Odilon Barrot, o vaidoso líder da oposição dinástica, Montalembert, o ultra-eloqüente, os poucos representantes da Montanha, com Ledru-Rollin à esquerda, e naturalmente o próprio líder do governo, Guizot, o professor, o historiador, o protestante. Mas acorria-se à Câmara mais pelo prazer espiritual que por curiosidade política, pois nada acontecia de politicamente relevante no Palais Bourbon, que nisso era a imagem exata do país — em 1843, Lamartine constatara do alto da tribuna parlamentar que a França se entediava. Não deve então causar surpresa se Baudelaire, sempre cioso de ir na contramão da opinião pública,[17] decide justamente projetar a paixão moderna no lugar menos apaixonante possível e o heroísmo moderno no homem ao mesmo tempo mais impopular, como besta-fera da confraria *artistique* [813], e mais anacrônico possível, na medida em que se trata do chefe de fila de uma classe que, ainda que há pouco chegada ao poder político, já se encontra condenada pela mesma história que a fez triunfar. Essa escolha oferece uma excelente amostra do satanismo baudelairiano, tão mal compreendido, satanismo essencialmente emancipador. Mas, antes de concluir, passemos aos fatos!

Os anais da Monarquia de Julho contêm a descrição de um debate no qual Guizot, isolado, teve ocasião de mostrar a real medida de seu orgulho. Falo da sessão de 26 de janeiro de 1844, quando Guizot provocou um ataque furioso do partido legitimista e da esquerda dinástica contra sua pessoa, por obra de sua obstinação em ver "castigados" no discurso ao rei os peregrinos de Belgrave Square, isto é, os legitimistas (entre os quais o velho Chateaubriand) que voltavam de uma viagem a Londres para render homenagem ao jovem Henrique v. A oposição, nesse dia, passou ao contra-ataque e detonou como uma bomba o nome de Gand, apelido proveniente da esquerda extra-parlamentar, que costumava designar Guizot pela expressão de "homem de Gand". O nome dessa cidade evocava um episódio de 1815, quando Guizot traíra baixamente a Constituição ao iniciar conversações secretas com Luís XVIII. No dia que nos interessa, alguém deu o sinal de alarme pronunciando distintamente o nome fatídico de Gand. Logo elevou-se um clamor geral, a Montanha vermelha e a Montanha branca pressionam o ministro com questões ultrajantes e ameaçadoras:

> Quase todos os membros da esquerda, em pé, punhos cerrados, o insulto nos lábios, ébrios de alarido e violência, cumprem seu papel nesse concerto terrível. Os legitimistas juntam-se a eles [...]. Thiers e seus amigos assistem à cena, mudos, imóveis, sem nada fazer para detê-la, esperando a hora de colher seus frutos [...]. Guizot está quase só diante dessa nova espécie de motim, pálido, lábios contraídos, alquebrado de cansaço [a confusão durava já mais de uma hora], mas de cabeça erguida, mantendo os que o insultavam sob o fulgor de um olhar que nada podia desviar.[18]

Este texto é de autoria de Thureau-Dangin, que aparentemente quer bem ao doutrinário insultado. Quando se consultam os jornais do fim de janeiro, como sugere Baudelaire, não é difícil reunir todos os detalhes dessa jornada parlamentar, o que não dispensa o comentador de encontrar a chave do enigma: Guizot terá sido aos olhos de Baudelaire um protótipo do heroísmo moderno?

O *Moniteur* de 27 de janeiro de 1844 faz um relato interminável (dois suplementos) dessa sessão, no qual os deputados de esquerda, sobretudo Garnier-Pagès e Ledru-Rollin, causam má impressão. O ministro, em revanche, interrompido cem vezes pelas vaias de seus inimigos sempre que começa a responder "Sim, fui a Gand...", faz figura de grande homem. E seu triunfo é completo no momento em que Odilon Barrot impõe silêncio à assembléia com a promessa irônica de confissões vergonhosas, pois então Guizot pode concluir sua declaração tantas vezes interrompida, não somente para se lavar de qualquer suspeita de traição, mas ainda para levar sua insolência às raias de um soberbo desdém. À afirmação de que fora a Gand a fim de instar Luís XVIII a respeitar as liberdades da Carta, ele acrescenta esta frase certamente admirável:

> E, quanto às injúrias, às calúnias, às cóleras exteriores, que se multipliquem, que se acumulem à vontade — jamais se erguerão acima do meu desdém.[19]

Thureau-Dangin e Hillebrandt dão ainda a versão exata dessa tirada solene[20] e mencionam uma carta de felicitações enviada pelo rei a seu ministro e uma medalha cunhada a pedido de amigos de Guizot a fim de comemorar o ato de bravura de seu ídolo político. Thureau-Dangin escreve que

> pessoas estranhas à Câmara, em sua maioria desconhecidas do senhor Guizot, reuniram-se para encomendar uma medalha em que o ministro é representado à tribuna, enfrentando o tumulto.[21]

Qual não foi minha surpresa quando a senhorita Jacquiot, do Gabinete de Medalhas da Biblioteca Nacional da França trouxe-me essa medalha! Uma medalha de bronze, datada de 1844, de 5,2 cm de diâmetro e que, ao invés da cena triunfal na Câmara, traz um busto de Guizot. De modo que tem razão o burguês a quem Baudelaire faz dizer que o artista não saberá tratar o tema, pois que "*il ne peut pas comprendre ces choses-là!*". Esse trabalho bastante medíocre é obra de Maurice-Valentin Borrel (1804-1882), gravador de medalhas, ilustre em sua época, tendo gravado a imagem de mais de uma celebridade contemporânea, como Cavaignac, Lamartine, Hugo, Michelet, Kossuth, Napoleão III e a imperatriz Eugénie.

b) Heroísmo e modernidade do assassino — Poulmann

As iniciais enganosas "K. — ou F.", no lugar do "B." de Borrel levam a duvidar de um outro "B.", suposta inicial do nome do seguinte herói:

> *Ou bien: 'Le sublime B...!' Les pirates de Byron sont moins grands et moins dédaigneux. Croirais-tu qu'il a bousculé l'abbé Montès, et qu'il a couru à la guillotine en s'écriant: 'Laissez-moi tout mon courage!'*
> *Cette phrase fait allusion à la funèbre fanfaronnade d'un criminel, d'un grand protestant, bien portant, bien organisé, et dont la féroce vaillance n'a pas baissé la tête devant la suprême machine!*[22] [952]

Trata-se de um criminoso comum ou de um conspirador político, condenado à pena de morte por atentar contra a vida do rei? Eis a grande questão! Nenhum dos assassinos célebres do regime orleanista tem nome começando por "b"; o mesmo vale para os guilhotinados por motivos políticos. Claro que há Barbès e Blanqui, condenados à morte (mas finalmente agraciados) depois da insurreição de maio de 1839. E em 1832-1833, dois indivíduos, Bergeron e

Benoist, acusados de tentativa de regicídio, acabaram por ser liberados por falta de provas. Por onde continuar, então?

Uma tradução alemã das *Mémoires* de Sanson resolveu minhas dificuldades. Após percorrer a descrição por vezes fortemente edificante dos últimos instantes de Fieschi, Pépin, Morey (19 de fevereiro de 1836), do jovem Alibaud — republicano de vinte e seis anos, que morreu em 11 de julho de 1836 exclamando: "Morro pela liberdade, pelo bem da humanidade, pela extinção da infame monarquia!"[23] e que, como Lacenaire (janeiro de 1836), não quis a assistência do abade Montès —, enfim de todos os "*grands protestants*" ou pobres-diabos que subiram ao cadafalso, entre os quais Ennemond-Marius Darmès, polidor, quarenta e três anos de idade, que o Tribunal dos Pares (*Cour des Pairs*) considerou culpado de parricídio por ter disparado contra o rei (executado em 31 de maio de 1841), dei com meu homem, o herói moderno do *Salão de 1846*, um certo Pierre-Joseph Poulmann. Ele assassinara um velho de setenta anos, o senhor Jeanton, que mantinha um albergue isolado entre Mormont e Nangis.

Mas, estranha coincidência (da qual só me apercebi ao folhear, em Paris, o *Moniteur* de janeiro de 1844, uma vez que a tradução alemã omitia a data da execução), o julgamento de Poulmann teve lugar na mesma semana da sessão tumultuada na Câmara dos Deputados. E ao se ler o resumo do processo no *Moniteur* e na *Gazette des Tribunaux*, compreende-se que Baudelaire tenha-se impressionado com a semelhança e a diferença de dois acontecimentos que o acaso colocara face a face, por assim dizer: no alto da hierarquia social, o processo contra o primeiro-ministro acusado de alta traição, terminando em absolvição das mais honrosas; mais abaixo, o processo contra o homem do lúmpen-proletariado que enveredara para o crime desde a primeira juventude, por conta de punições excessivamente severas, um homem cujo caráter tinha tudo para fascinar o espírito do poeta. Nem mesmo os advogados, notários e jornalistas foram de todo insensíveis à força ingênua e passional de Poulmann, e o próprio juiz teve que constatar que "o caráter do acusado é uma estranha mistura de bons sentimentos e paixões perversas".[24] Todos se assustaram com o sangue-frio do acusado, com a ausência completa de sentimento de culpa:

> Tendo sabido num albergue de Guignet que o senhor Jeanton era muito pão-duro e que tinha muito dinheiro, tomei imediatamente a decisão de ir matá-lo.[25]

— impressionaram-se com seu sentido firme de dignidade moral:

> Quando o procurador chega [em seu relato dos antecedentes de Poulmann] à sentença de trabalhos forçados, o rosto do acusado anima-se e, à medida em que o ministério público continua a pedir o degredo, crispam-se os lábios de Poulmann, seus olhos congestionaram-se de sangue. Nesse momento, sua face é pavorosa de se ver.[26]

— ficaram involuntariamente irritados e chocados com sua atitude de "*grand protestant*":

> A sociedade, dizia ele, mandara um inocente para o cativeiro; pois bem, ele declarara guerra à sociedade, sem mais hesitar antes de qualquer crueldade.[27]

> Haveis escutado o grito de guerra lançado contra a sociedade, e respondereis a esse grito selvagem com a ação enérgica da lei.[28] [Este é o ponto culminante do requisitório, que não deixou de ter efeito.]

— e finalmente emocionaram-se e comoveram-se com as mostras de uma sensibilidade rara e profunda

> Mas logo em seguida, quando o procurador menciona a noiva do assassino, dessa moça que morrera às vésperas do casamento, quando o procurador menciona a mãe do acusado, da benção que ela lhe dera no momento em que o deixava para sempre, o rosto de Poulmann, há pouco tão pavoroso, demonstra ternura, seus olhos ficam marejados [. . .].[29]

O repórter do *Moniteur* lembra que, ao nomear os dez cúmplices de seu crime, Poulmann

> cuida de eximir Simonnet, sua concubina, de cumplicidade no assassinato no vilarejo da Picardia.[30]

No dia seguinte ao triunfo de Guizot, o sábado de 27 de janeiro, Poulmann é condenado à morte. A *Gazette des Tribunaux* relata que ele tem os olhos cheios de lágrimas, lágrimas de alegria, pois sua amante Louise Simonnet não deve morrer junto com ele. Perfeitamente satisfeito com a decisão do tribunal, ele recusa uma tentativa de cassação, "impaciente, dizia ele, por acabar logo com a vida".[31]

Eis a morte que o jovem Baudelaire recorda em 1846 como particularmente heróica. Permito-me citar mais longamente o relato da *Gazette des Tribunaux* de 7 de fevereiro, uma quarta-feira:

> Esta manhã, às quatro horas, o diretor da prisão de La Roquette dirigiu-se à cela para anunciar-lhe que devia se preparar para morrer, e disse-lhe que o abade Montès aguardava-o. Poulmann respondeu que não o receberia. O abade Montès adiantou-se então. "Retire-se, retire-se", exclamou Poulmann, "não quero vê-lo. Se pudesse, eu o espancaria." Todas as tentativas do eclesiástico foram inúteis, e ele teve que se retirar... [Junto ao cadafalso, Poulmann torna a declarar inocente sua companheira Louise.] Nesse momento aparece o carrasco. Ao percebê-lo, Poulmann diz: "É sem dúvida com o senhor Sanson que tenho a honra de falar? Eu lhe agradeceria se não amarrasse minhas mãos, prometo não opor nenhuma resistência... Há dois centavos no meu bolso", disse ainda, "são para o meu coveiro!". Em seguida, terminados os últimos preparativo, ele diz com voz entrecortada: "Quanta, quanta cerimônia para cortar a cabeça de um homem!'. [Ele pede um copo de aguardente.] Quando Poulmann percebe o eclesiástico, ele se detém e diz: "Retire-se, deixe-me em paz! Não quero conversa!". E volta-lhe as costas bruscamente. Em vão o abade Montès mostra-lhe o crucifixo enquanto faz algumas exortações; Poulmann, fortemente exasperado, persiste em afastá-lo.

Uma vez em mãos do carrasco, este último tenta ainda convencê-lo a escutar as palavras do eclesiástico. "Não, não", exclama

Poulmann, com voz forte, "não quero!" "Mas vamos", diz o carrasco, "fale com ele, nem que seja por sua mãe!" "Infeliz — responde Poulmann —, quer acabar com minha coragem?!" E subiu os degraus do cadafalso.

Uma vez sobre a plataforma, ele exclama: "Adeus, Louise, adeus! Meu último pensamento é para ti...". Em seguida ergue a cabeça, mira a lâmina fatal e, como se um pensamento sublime viesse dobrar a vontade desse homem, que há pouco recusava com blasfêmias o ministro da religião [...], cai de joelhos e, voltando os olhos para o céu, exclama: "Adeus, minha mãe! Meu Deus, perdoa-me!" Poucos segundos depois, tudo estava consumado."[32]

Sanson oferece uma versão ligeiramente diferente de alguns momentos dessa cena; seu relato é menos dramático. Como as *Mémoires*[33] só foram publicadas em 1863, é evidente que, em 1846, Baudelaire tem em mente o relato da *Gazette des Tribunaux*.

Com efeito, percebe-se que Poulmann tem mais de um ponto de contato com os heróis românticos (no sentido baudelairiano do termo) do feitio de Julien Sorel e Lucien Leuwen, que também pronunciam o significativo *N'est-ce que ça?*[34] ou ainda com os heróis de Balzac; a afinidade com o Jean Valjean dos *Miseráveis* é apenas exterior. Vêm à memória os poemas das *Flores do Mal*, que provam como essa admiração do jovem Baudelaire pelo dândi-forçado de 1844 não fora um fascínio passageiro ou teórico: *O vinho do assassino*, *O sonho de um curioso*, *O morto feliz*, poemas que parecem compostos por um Poulmann poeta. Pois a morte de Poulmann, assim como a de Julien Sorel, é na verdade um suicídio mal disfarçado; também ele poderia exprimir o desejo de "dormir no esquecimento como o tubarão nas águas" (*O morto feliz*, verso 4).

IV. CONSEQÜÊNCIAS POLÍTICAS DA TEORIA BAUDELAIRIANA DO BELO MODERNO

Em se tratando de um tema tão delicado e complexo, e num ensaio que apenas resume uma pesquisa de vários anos, não há como exigir demonstrações exaustivas. Bem sei que não se deve esperar consenso total quando está em jogo uma interpretação ideológica, cada qual compreendendo apenas o que prefere compreender. Donde as reflexões seguintes, que propõem uma visão nova, mais concreta e perfeitamente coerente da obra baudelairiana, sem contudo pretender impô-la a todos.

É a história que fornece a Baudelaire a antítese que examinamos. Mas qual seu significado preciso? Ela ocupa uma espécie de *juste milieu* estético entre a alta e a baixa sociedade da Monarquia de Julho? Para responder à questão, é necessário saber que o triunfo de Guizot foi uma vitória de Pirro, se não pior. Pois a sessão de 26 de janeiro de 1844 racha a coalizão de direita e mostra ao país que o *parti de la Résistance* não é invulnerável. De modo que os contemporâneos consideraram o "debate do ferrete" como uma guinada decisiva na história da monarquia burguesa:

> Houve outrora um homem chamado Guizot, que discorria, em meio a amigos presos a seus lábios eloqüentes, sobre um sistema de governo fundado na influência da grande propriedade e parcialmente emprestado à Inglaterra [...]. Esse sistema deveria coligar toda a direita, sem a qual ele pensava ser impossível criar uma dessas maiorias [parlamentares] independentes da Corte, capazes de produzir um sistema e um ministério nos quais ela [a direita] se personifica. Esse

senhor Guizot morreu, já não conta em matéria de política. Vê-se bem que não há nada de comum entre ele e esse outro senhor Guizot que, há alguns meses, recolhia do cadafalso um termo caído em desuso até mesmo em nossas leis penais [o ferrete fora abolido em 1832] para aplicá-lo àquela mesma opinião de direita que o outro Guizot queria coligar e chamar em seu apoio.[35]

Pode-se então presumir que essa perda de prestígio, credibilidade e poder político foi o que motivou Heine a suspender seus artigos sobre Lutécia para a *Gazeta de Augsburg*. Pois Heine, como Baudelaire, sempre atento "*au vent que soufflera demain*"[36] (*Salão de 1845* [866]), provavelmente sentiu aproximar-se o fim do reino de Luís-Filipe e receou ver-se obrigado a comentar a queda política do homem de quem recebia uma pensão e que, sobretudo, poderia expulsá-lo do território francês — como ocorreu a Karl Marx em janeiro de 1845. Ao menos é isso o que sugere um texto de 1854, inserido na tradução alemã de *Lutécia* — mas não na edição Lévy de 1855 —, onde Heine explica-se nos seguintes termos:

> Naquele ano de 1844, tive que admitir que, se o senhor Guizot ficasse sabendo de minha correspondência e se minhas críticas em alguma medida indispusessem-no contra mim, esse homem passional seria bem capaz de superar seus sentimentos magnânimos e dar cabo do crítico importuno de modo bastante sumário. Assim chegariam ao fim não só a correspondência parisiense como o correspondente em Paris.[37]

Nossa sessão parlamentar nos priva dos preciosos testemunhos de Heine sobre os anos de formação da revolução de 1848, anos em que dois Carlos, um francês e um alemão, um poeta e crítico de arte e um filósofo e economista, cumpriram seus papéis na "velha Paris" que recorda *O cisne*, de 1859. Mas isto apenas entre parênteses!

Sabe-se que a impopularidade de Guizot foi uma das causas da revolução de Fevereiro. Em *Mes Poisons*, Sainte-Beuve liga-a implicitamente à sessão de 1844:

> A perdição de Guizot foi o orgulho, a confiança, essa certeza de estar com a razão (mesmo que contra todos) que é o selo do doutrinário; foi assim que ele praticou a *política do excesso*, como a definia Molé. Vemos agora os resultados dessa política — tudo em escombros.[38]

A astúcia, o satanismo de Baudelaire consiste precisamente em instigar as classes médias a desempenhar o papel de opressoras e exploradoras, a perseverar no caminho do Mal que levará cedo ou tarde à destruição da civilização burguesa. O satanismo baudelairiano, que o leva a exortar o policial a castigar "*religieusement les omoplates de l'anarchiste*"[39] [947] e, vinte anos mais tarde, a convidar a sociedade imperial a espancar os pobres,[40] esse satanismo põe-se em verdade a serviço da revolução. Pena que tenha sido tão mal compreendido! Assim, para derrubar Luís-Filipe, Guizot e seus esbirros, ele prefere festejar a fatuidade dos potentados e enfurecer pelo ridículo e pela brutalidade a massa dos miseráveis — vítimas passivas, o mais das vezes. Isso explica o tom difamatório do relato dos feitos do assassino Poulmann. A difamação é completa no capítulo precedente, onde Baudelaire propõe o republicano, o revoltoso como personagem de comédia — tudo para provocar uma reação violenta da parte dos oprimidos. A teoria que ele desenvolverá em *Espanquemos os pobres!*, ele a aplica desde 1846. E, em virtude dessa teoria, o policial é comparado a Júpiter, e Guizot é proclamado protótipo do heroísmo moderno. Nesses exemplos, Baudelaire esboça uma caricatura feroz e lamentável da realidade social, semelhante à de Daumier — que também mostra o burguês em trajes de herói antigo —, mas bem menos evidente, impregnada que é de satanismo.

Baudelaire dá a entender que não existem heróis modernos, dada a incompatibilidade das paixões das classes que compõem a sociedade. O que parece ato de heroísmo para o burguês será perfídia e covardia aos olhos de um republicano:

> Arrastado à tribuna, o senhor Guizot mostrou-se pálido, acuado, como num pelourinho. 'Estive em Gand', disse ele, e bastou essa afronta para que todo o passado desse homem, sob os vitupérios ardorosos da esquerda, desabasse sobre ele; e enquanto ele se debatia, arfando sob essa pressão sufocante, cada um veio apunhalar esse coração onde o sangue não circulava mais e estraçalhar essas carnes moribundas.

como se lê no *Charivari* de 28 de janeiro de 1844 sob o título "GAND!!!". No mesmo dia, a *Gazette des Tribunaux* exibe um quadro bastante diverso:

> Mas dava gosto ver como o ministro, sozinho contra todos, recuou sobre si mesmo diante da tempestade próxima, para

> então recuperar a voz e os gestos, revigorar-se do impacto da indignação coletiva, encará-la e por fim enfrentar de cabeça erguida o ímpeto desesperado de tantos ressentimentos antigos...

O sentimento do belo depende da situação social, como Baudelaire sabe melhor que qualquer outro de sua época. A antítese entre policial e revoltoso, a justaposição do ministro e do criminoso insiste sobre a incompatibilidade de duas estéticas opostas, que correspondem, como ele não deixa de lembrar, a duas políticas. Dito isso, os proletários são fatalmente iconoclastas, uma vez que devem destruir o belo da classe opressora a fim de realizar seu próprio ideal. O instinto iconoclasta das classes inferiores é uma invenção burguesa que visa difamar as reivindicações dos explorados: é o que Baudelaire demonstra à maravilha no pastiche do *flâneur* que deblatera contra o inimigo de Rafael e de Watteau, das rosas e dos perfumes públicos, o sujeito que deu para achar que pode "*être libre, l'ignorant*" [946]. Como se pôde julgar Baudelaire capaz de propor tais disparates a sério? Logo ele, que escreveu que:

> *Le goût immodéré de la forme pousse à des désordres monstrueux et inconnus. Absorbées par la passion féroce du beau, du drôle, du joli, du pittoresque* [...] *les notions du juste et du vrai disparaissent. La passion frénétique de l'art est un chancre qui dévore le reste.* [...] *Je comprends les fureurs des iconoclastes et des musulmans contre les images.*[41] [627]

Não se pense que estou esquecendo das divergências entre as estéticas de Baudelaire. Elas não existem. Há tão-somente diferenças de tom, de retórica: em 1846, Baudelaire é irônico e alusivo; em 1852, ele é explícito. Eis tudo. E daí em diante, ele volta à maneira elíptica, ainda mais astuciosa que antes. E sem jamais renegar seu socialismo satânico.

A comparação implícita entre a oposição ridícula do *ventre législatif* e a oposição criminalizada dos republicanos que compareciam regularmente diante dos tribunais do regime era corrente entre os críticos do sistema orleanista, de Cormenin e A. Pommier a Proudhon e Marx, de Chateaubriand e Balzac a Stendhal e Heine. Os três últimos exprimiram, cada qual à sua maneira, a necessidade para o escritor moderno de tirar suas próprias conclusões a partir desse estado de coisas. Baudelaire, que os estudara proveitosamente, que meditara sobre a obra de Delacroix e Daumier, comparece em 1846 com um programa completo para a arte e a poesia modernas. Uma estranha contaminação deve ter ocorrido nesse espírito impressionável quando da leitura dos jornais de janeiro de 1844. No dia 28, a *Gazette des Tribunaux* informa a seus leitores que Poulmann fora condenado à morte. Duas páginas adiante, ela retorna aos acontecimentos na Câmara e exalta a beleza do ministro. Em meio a esse hino, damos de encontro com uma frase que pode ter chamado a atenção de quem ainda estivesse pensando no destino do assassino: "de acusado que era, ele passou repentinamente ao papel de acusador" (p. 307).

Tudo é questão de perspectiva. Também Poulmann arvorara-se em acusador da sociedade que mandara um inocente para o cativeiro, e é justamente por isso que ele é punido com rigor extremo. O mesmo aconteceu aos conspiradores políticos. Historiadores conservadores, como Thureau-Dangin, deploram amiúde o cinismo do partido republicano, que supostamente encorajava o regicídio ao chamar de "heróis" os assassinos políticos. Inversamente, o *Salão de 1846* desnuda, à maneira satânica, o cinismo da classe dominante, que leva às nuvens um policial brutal. A obra justapõe ainda a solenidade obtusa do ministro onipotente — "*On peut épuiser ma force — on n'épuisera pas mon courage*" — à "*féroce vaillance*" do criminoso: "*Laissez-moi tout mon courage*". (Será necessário notar que a fala autêntica de Poulmann é ainda mais bela que a versão de Baudelaire?)

No mundo moderno, há heróis e heróis, heróis burgueses e heróis populares, e que se desprezam mutuamente. Em 1846, Baudelaire coloca-os face a face, sorrateiramente — e não há como duvidar qual deles merece sua simpatia. Victor Hugo, o homem das idéias eternamente embaralhadas, mais tarde conspurcou a memória da alma inocente de Poulmann ao acoplar seu nome ao de Napoleão III, o assassino de 2 e 4 de dezembro de 1851:

> *C'est fini! Le silence est partout, et l'horreur.*
> *Vive Poulmann César et Soufflard empereur!*[42]

Baudelaire jamais cometeria uma confusão desse calibre! Em sua linguagem terrivelmente elíptica, ele diz em substância o mesmo que diz Marx nas *Lutas de classe na França*:

> Enquanto a aristocracia financeira ditava as leis, dirigia a gestão do Estado, dispunha de todos os poderes constituídos, dominava a opinião pública pela força dos fatos e da imprensa, reproduzia-se em todas as esferas, da Corte ao botequim, a mesma prostituição, a mesma trapaça desavergonhada, a mesma sede de riqueza. [...] Era em especial na nata da

> sociedade burguesa que se desencadeava a satisfação das ambições mais malsãs e mais desregradas, entrando a cada instante com as próprias leis burguesas, pois é lá onde o gozo torna-se depravado, onde o ouro, a lama e o sangue se misturam, é lá que a riqueza proveniente do jogo vai buscar satisfação. A aristocracia financeira, em seu modo de ganho como em seus gozos, não é outra coisa senão a ressurreição do *lúmpen-proletariado* nos píncaros da sociedade burguesa.[43]

Em sua teoria do heroísmo moderno, Baudelaire vai mesmo além de Marx, pois este limita-se a constatar que o período heróico da burguesia ficou para trás a partir do momento em que o liberalismo se instala no poder.

> Uma vez estabelecida a nova forma de sociedade, desapareceram os colossos ante-diluvianos e, com eles, a Roma ressuscitada: os Brutus, os Gracos, os Publícolas, os tribunos, os senadores e o próprio César. A sociedade burguesa, em sua sóbria realidade, criara seus próprios porta-vozes na pessoa de Say, Cousin, Royer-Collard, Benjamin Constant e Guizot. Seus verdadeiros capitães achavam-se detrás dos balcões, e a 'cabeça de porco'[44] de Luís XVIII [ou a 'pêra' de Luís-Filipe] era sua cabeça política. Mas por pouco heróica que seja a sociedade burguesa, ainda assim o heroísmo, a abnegação [...] tinham sido necessários para trazê-la ao mundo.[45]

Baudelaire descobre um novo heroísmo no *juste milieu* e propõe aos artistas que tirem proveito dele: um heroísmo de caricatura. A cena no parlamento deveria portanto ser executada por um artista capaz de captar o ridículo profundo tanta dessa revolta de burgueses quanto da empáfia do ministro. Baudelaire não pode ter em mente outro senão Daumier, o qual não poderia ilustrar essa cena após as leis de setembro de 1835, que atingiram mortalmente a sátira política e que explicam parcialmente a linguagem elíptica do jovem Baudelaire. Mas o grande caricaturista recordou o triunfo de Guizot por ocasião de uma cena semelhante, que teve lugar em tempos mais livres: em 1851, ele representa Léon Faucher à tribuna da Assembléia Nacional, repetindo como um papagaio as famosas palavras de Guizot: "Vossas injúrias jamais se erguerão acima de meu desdém!".[46] Os deputados que atacam o ministro são muito feios e ridículos, signo da rápida decadência da oposição sob a Segunda República — quando desempenhou um papel tão triste quanto o da oposição sob Luís Filipe.

Eis então metade da teoria do belo moderno segundo Baudelaire. A outra ocupa-se do heroísmo e da beleza do homem anônimo, representante do povo no sentido estrito do termo. É aí que Baudelaire revela que o heroísmo clássico passou-se para o lado das massas, o que o leva a procurar um novo Delacroix (que de resto pintara duas cenas de revolta parlamentar na época revolucionária: o *Assassinato do bispo de Liège* e *Boissy d'Anglas, tenant tête à l'émeute*) e um novo Balzac que se ocupem desse heroísmo oculto sob aparências repugnantes ou ridículas. Ao mesmo tempo, ele se apresenta por conta própria como um inovador dessa espécie em matéria de crítica de arte e poesia. Na verdade, ele já o é, muito embora ainda não seja tido por tal. Linguagem é elipse, poesia é linguagem elíptica, e Baudelaire é o poeta elíptico por excelência! O que teremos a perder quando reconhecermos isso?

Notas

1 J.-P. Sartre, *Qu'est-ce que la littérature* (Paris, 1948), p. 153.

2 Literalmente, "merceeiro"; o termo vale por "pequeno-burguês", "filisteu" etc. [N.T.]

3 Duas frases da obra citada de Sartre resumiriam bastante bem a lição dos textos anti-burgueses do Baudelaire de 1845-1846: "Sabe-se bem que a arte pura e arte vazia são uma mesma coisa e que o purismo estético não foi mais que uma brilhante manobra defensiva dos burgueses do século passado, que preferiam ser denunciados como filisteus do que como exploradores" (p. 35); e ainda: "O burguês é aquele que nega a existência de classes sociais e em particular da burguesia" (p. 145).

4 "Não houve empresa nobre em que tenham cedido a iniciativa à minoria sofredora e protestante, que de resto é inimiga natural da arte. Pois deixar-se ultrapassar em arte e em política equivale ao suicídio, e uma maioria não pode suicidar-se." As citações referem-se às *Oeuvres complètes* de Baudelaire, na edição Pléiade de 1968. Nesta passagem, Baudelaire dirige-se à maioria parlamentar que se tinha por maioria da nação.

5 "Ele não quer mais trabalhar — humilde e anônimo trabalhador — nas rosas e perfumes públicos; ele quer ser livre, o ignorante [...]" Esta frase parece aludir à tirada célebre de Guizot: "O trabalho é um freio [...]".

6 Isto é, "meio termo", "bom senso". [N.T.]

7 Ch. Asselineau, *Charles Baudelaire, sa vie et son oeuvre* (Paris, 1869), pp. 22ss.

8 W. Benjamin, *Charles Baudelaire. Ein Lyriker im Zeitalter des Hochkapitalismus*, ed. Rolf Tiedemann (Frankfurt, 1974), p. 81.

9 "Não é esse o traje necessário de nossa época sofredora, que leva em seus ombros negros e magros o símbolo de um luto eterno? Notem bem que o traje negro e a sobrecasaca não possuem apenas uma beleza política, expressão da igualdade universal, mas também uma beleza poética, expressão da alma pública; um imenso desfile de papa-defuntos: papa-defuntos políticos, amorosos, burgueses. Estamos todos a celebrar algum enterro." [N.T.]

10 "Voltando à questão principal e essencial, que é a de saber se possuímos uma beleza particular, inerente às novas paixões, observo que a maioria dos artistas que abordaram temas modernos contentaram-se com temas públicos e oficiais, com nossas vitórias e nosso heroísmo

político. E só o fazem a contragosto e por encomenda do governo que lhes paga." [N.T.]

11 "Refiro-me a um dos homens mais importantes, não apenas da caricatura, mas da arte moderna." [N.T.]

12 "Folheiem sua obra e verão desfilar diante dos olhos, em sua realidade fantástica e cativante, tudo o que uma grande cidade contém em matéria de monstruosidades vivas. Seus tesouros terríveis, grotescos, sinistros e bufões, Daumier conhece-os todos. O cadáver vivo e faminto, o cadavre gordo e empanturrado, as misérias ridículas do casamento, todas as tolices, todos os orgulhos, todos os entusiasmos, todos os desesperos do burguês — está tudo ali." [N.T.]

13 "[...] milhares de existências flutuantes que circulam nos subterrâneos de uma grande cidade." [N.T.]

14 "O espetáculo da vida elegante e das milhares de existências flutuantes que circulam nos subterrâneos de uma grande cidade — criminosos e moças alegres –, a *Gazeta dos Tribunais* e o *Monitor* provam-nos que basta abrir os olhos para reconhecer nosso heroísmo. Um ministro, encurralado pela curiosidade da oposição, soube dar prova definitiva, com a altiva e soberana eloqüência que lhe é própria, de seu desprezo e de seu desgosto diante de todas as oposições ignorantes e arruaceiras — é o que se ouve comentar à noite no Boulevard des Italiens: '— Você esteve na Câmara ontem? Viu o ministro? Com a breca! Como esteve bem! Nunca vi ninguém mais orgulhoso!' Existem então uma beleza e um heroísmo modernos! E logo adiante: '— Foi K., ou F., que se encarregou de cunhar uma medalha a respeito, mas ele não saberá o que fazer, ele não entende dessas coisas'." [N.T.]

15 "Enriqueçam!" [N.T.]

16 Veja-se a anedota narrada por Toubin: em abril de 48, Baudelaire interrompe o ardor demagógico de seu amigo Esquiros — que vociferava contra o infame Guizot a fim de se eleger deputado — fazendo-lhe uma pergunta precisa sobre economia política; cf. J. Mouquet/W. T. Bandy, *Baudelaire en 1848* (Paris: Emile-Paul Frères, 1946), p. 21.

17 O próprio Baudelaire explica sua aversão às opiniões correntes logo no começo do *Salão de 1845*: "*C'est avec le même mépris de toute opposition et de toutes criailleries systématiques, oppositions et criailleries devenues banales et communes* [...]" [com o mesmo desprezo por toda oposição e por todo choramingo sistemáticos, oposições e choramingos tendo-se tornado banais e comuns], anotando em seguida que "*les réclamations sont*

peut-être justes, mais elles sont criailleries, parce qu'elles sont devenues systématiques" [as reclamações podem ser justas, mas são choramingos, uma vez que se tornaram sistemáticas] [814]

18 P. Thureau-Dangin, *Histoire de la monarchie de Juillet* (Paris, 1883-1892), v. v, pp. 240ss.

19 Cf. *Le Moniteur universel* de 27 de janeiro de 1844.

20 Thureau-Dangin, *ibid.*, pág. 242; K. Hillebrandt, *Geschichte Frankreichs von der Thronbesteigung Louis-Philippes bis zum Fall Napoleons III* (Gotha, 1877-1881), v. II, p. 537.

21 Thureau-Dangin, *ibid.*, p. 243.

22 "Ou ainda: '— O sublime B...!' Os piratas de Byron são menos grandiosos e menos desdenhosos. Dá pra acreditar que ele deu um safanão no abade Montès e que correu para a guilhotina gritando: 'Deixem-me ao menos a coragem!' Essa frase alude à fúnebre fanfarronada de um criminoso, de um grande prostestante, que soube se conduzir, e cuja feroz valentia não se apequenou diante da máquina suprema!" [N.T.]

23 Thureau-Dangin, *ibid.*, p. 199.

24 *Gazette des Tribunaux*, 26 de janeiro de 1844, seção "Justice Criminelle", p. 303 (o resumo do primeiro dia do julgamento, no número do dia 25, não se encontra no exemplar da Bibliothèque Nationale).

25 *Moniteur* de 26 de janeiro de 1844, seção "Tribunaux"; ver ainda a *Gazette* do mesmo dia, p. 302.

26 *Gazette des Tribunaux* de 26 de janeiro de 1844.

27 *Moniteur* de 26 de janeiro de 1844.

28 *Gazette des Tribunaux* de 26 de janeiro de 1844, p. 303.

29 *Ibid.*, p. 302.

30 *Moniteur* de 26 de janeiro de 1844.

31 *Gazette des Tribunaux* de 27 de janeiro de 1844

32 *Gazette des Tribunaux* de 7 de fevereiro de 1844, pp. 338-339.

33 *Sept Générations d'exécuteurs, 1688-1847. Mémoires des Sanson*, organizadas, redigidas e publicadas por H. Sanson, ex-executor de altas sentenças do Tribunal de Paris (Paris, 1863), v. VI, pp. 529-532; ver também p. 540.

34 "*'Mon Dieu! être heureux, être aimé, n'est-ce que ça?' dit Julien après avoir obtenu les faveurs de Mme de Rênal*" ["Meu Deus, ser feliz, ser amado, é apenas isso?", disse Julien depois de ter obtido os favores da Senhora de Rênal]; quanto a Lucien: "*Un avancement merveilleux pour mon âge, mes talents, la position de mon père dans le monde, m'a-t-il jamais donné d'autre sentiment que cet étonnement sans plaisir: N'est-ce que ça?*" [Um grande

avanço para a minha idade, meus talentos, a condição de meu pai — nada disso causou em mim outro sentimento senão aquele espanto desprovido de prazer: *É apenas isso?*] — in Stendhal, *Romans et nouvelles*, ed. de Henri Martineau (Paris, 1952), v. 1, pp. 299 e 1356. No *Rêve d'un curieux* das *Flores do Mal* essa exclamação é proferida diante da morte, como no caso de Poulmann. Lembremos que Stendhal inspirara-se numa nota da *Gazette des Tribunaux* de dezembro de 1827 sobre o processo de Antoine Berthet (outro "sublime B...") para redigir *O Vermelho e o Negro* (cf. o apêndice à edição Pléiade, v. 1, pp. 715-730).

35 A. Nettement, *La Presse parisienne, moeurs, mystères, intérêts, passions, caractères, luttes et variations des journaux de Paris* (Paris: Bureau de la Lecture et de la Censure, 1846), p. 9.

36 "[...] ao vento que soprará amanhã." [N.T.]

37 Heine, *Sämtliche Werke*, ed. Elster (Leipzig, s. d.), v. 6, p. 387.

38 Sainte-Beuve, *Mes Poisons*, ed. H. Guillemin (Paris, 1965), p. 69.

39 "[...] religiosamente as omoplatas do anarquista." [N.T.]

40 Vejam-se meus dois artigos "*Assommons les pauvres!* Dialektik der Befreiung bei Baudelaire mit einer Parallele zu Brechts *Die drei Soldaten*", in *Germanisch-Romanisch Monatsschrift*, 1975, e "Um socialista hermético", mais abaixo. Este último artigo contém o modelo de uma interpretação política e histórica do *Cisne* baudelairiano.

41 "Quando imoderado, o gosto pela forma leva a desordens monstruosas e desconhecidas. Tomados pela paixão feroz pelo belo, do estranho, do gracioso, do pitoresco, as noções do justo e do verdadeiro desaparecem. A paixão frenética pela arte é um câncer que devora o resto. Entendo bem a fúria dos iconoclastas e dos muçulmanos contra as imagens." [N.T.]

42 "Acabou-se enfim! Silêncio por toda parte, e horror. / Viva Poulmann César e Soufflard Imperador!" — "Nox II", *Les Châtiments*, in *Oeuvres poétiques*, ed. P. Albouy (Paris, 1967), v. 2, p. 8; ver ainda p. 243: "Le bedeau Poulmann sert la messe."

43 Marx, *Les Luttes de classes en France, 1848-1850 / Le 18 Brumaire de Louis-Bonaparte* (Paris, 1948), p. 42.

44 "Tête de lard", literalmente "cabeça de toucinho": pessoa teimosa, de mau caráter. [N.T.]

45 Marx, *Le 18 Brumaire*, *op. cit.*, p. 174.

46 L. Delteil, *Le Peintre-Graveur Illustré* (New York, 1969), núm. 2122.

Um socialista hermético

[TRADUÇÃO Samuel Titan Jr.]

H. Daumier, "L'antique est toujours beau" [1850]

Um socialista hermético

Sobre a polêmica baudelairiana entre
Walter Benjamin e Bert Brecht[1]

The nightingale, if she should sing by day,
When every goose is cackling, would be thought
No better a musician than the wren.
How many things by season season'd are
To their righr praise and true perfection!

Shakespeare, *O mercador de Veneza*

I.

Pouco antes da eclosão da guerra, ainda em seu exílio dinamarquês, Bert Brecht discutiu com Walter Benjamin sobre o significado político das *Flores do Mal*. Benjamin trabalhava numa reconstrução histórico-filosófica do século XIX, concebida como uma monumental "obra exegética total" [*exegetisches Gesamtkunstwerk*], em cujo centro estaria uma reinterpretação da poesia de Charles Baudelaire. Reinterpretação na medida em que Benjamin fazia de Baudelaire — supostamente artista puro e reacionário em política — uma testemunha de acusação no "processo histórico que o proletariado move à classe burguesa".[2] Baudelaire seria, na verdade, cúmplice incógnito da conspiração de Blanqui, o líder dos trabalhadores revolucionários franceses entre 1830 e 1871. Benjamin identifica a "ação", a que um dos poemas do ciclo *Revolta* quer irmanar o "sonho", à ação subversiva de Blanqui.[3] Brecht mostrou-se cético, mas de qualquer modo retomou a leitura das *Flores do Mal*; começou mesmo uma tradução de *As velhinhas*, que logo interrompe: o poema, anota Brecht, "mais que mostrar a demagogia do falso Napoleão (Napoleão III), vive dela. É característico que eu não tenha afinal de contas conseguido chegar à parte em que se fala do mármore com que se farão os bustos das velhas. Hoje em dia qualquer pequeno-burguês caga em mármore, os toaletes são feitos de mármore".[4] As notas sobre "A beleza na poesia de Baudelaire" deixam transparecer irritação, até mesmo amargura. Elas culminam no seguinte veredito: "Baudelaire é a punhalada final nas costas de Blanqui. A derrota de Blanqui é sua vitória de Pirro".[5] Essa inversão crassa da posição de Benjamin não deixa entretanto de confirmar a "apologia" benjaminiana, ao menos no que diz respeito ao teor eminentemente político dessa poesia lírica; mas a idéia de uma tal "punhalada final" parece ainda mais arbitrária, mais grotesca do que a idéia de uma cumplicidade entre o poeta e o revolucionário. Não teria Brecht exagerado a periculosidade desse voluminho de poemas mal e mal compreensíveis? Dificilmente — com o reparo de que a punhalada não é desferida na direção que Brecht supõe: o ataque a Blanqui é apenas simulação.

Baudelaire não encontrou muita simpatia ou compreensão da parte da esquerda. De Jules Valès — que em 1867 assinou um cruel obituário do "atorzinho de segunda" —, passando por Rosa Luxemburg — que o põe ao lado de D'Annunzio — e Lukács — que reprova, a ele e a Flaubert, a representação da problemática pessoal à exclusão da problemática social do artista —, até Lu Hsün — para quem Baudelaire é o protótipo do revolucionário *blasé* —, a recepção socialista é uma longa série de mal-entendidos.

Ela deixa escapar o conteúdo da obra, exatamente à maneira das efusões sentimentais da recepção burguesa, que toma ao pé da letra os apelos baudelairianos à fraternidade, e, como fez o falecido presidente Pompidou, procura estilizar a mais inflexível recusa de uma sociedade corrompida até a raiz dos cabelos como pura pose edificante, como lamúria pequeno-burguesa sobre o divórcio de teoria e prática.[6] Se lembrarmos que são exatamente os versos em questão — "*Certes, je sortirai, quant à moi, satisfait / D'un monde où l'action n'est pas la soeur du rêve*"[7] — que sugeriram a Benjamin a aproximação entre Baudelaire e Blanqui, torna-se fácil intuir a raiz e a justificativa dos desacertos interpretativos da esquerda, como no caso de Brecht: ele condena, na figura de Baudelaire, um *clássico burguês*. Uma vez que o socialismo partiu da interpretação estabelecida da obra de Baudelaire, chegou-se a uma homologia entre mal-entendidos (e condenações, ao menos no período inicial, de 1850 a 1880) de direita e de esquerda. Benjamin é possivelmente o único leitor marxista que, livre do conformismo, consegue decifrar Baudelaire e desfazer a teia de mentiras das leituras afirmativas. Também Brecht sai a rasgá-la — mas toma a teia pela obra. Mesmo Benjamin, que ignora consistentemente esse véu, volta e meia não tem mais que fragmentos dele entre as mãos, quando acreditava tocar o próprio corpo. É por isso que ele se equivoca na avaliação da teoria das *correspondances*, assim como lhe escapa a essência utópica da memória em Baudelaire.[8] Em conseqüência, as hesitações em suas análises têm alguma responsabilidade pelo entusiasmo algo embaraçado da filologia baudelairiana, que não foi além de declarações vazias sobre a importância e a atualidade de Benjamin. Mais vale, para honrar sua tentativa de reabilitar como militantemente anti-burguesa uma posição estética abandonada sem luta pelo realismo socialista, empreender aquelas concretizações conteudísticas que Benjamin não teve tempo de concluir. Trata-se de expôr Baudelaire — e muito daquilo que marcha sob o estandarte de *l'art pour l'art* — à leitura histórico-política. Talvez as discussões baudelairianas entre Brecht e Benjamin, centradas sobre o valor da arte *surrealista* em sentido amplo, provem ter mais valor para a formação de uma estética socialista, livre de elementos pequeno-burgueses, do que a prestidigitação anacrônica de Lukács e outros com o fetiche do "realismo".

Os três poemas do ciclo *Revolta* jamais figuram nas antologias francesas para uso de escolares e admiradores. Decerto que esses textos não são de modo algum *poésie pure*, nem oferecem acesso confortável ao conjunto da obra (pelo contrário!). São três apelos revolucionários, publicados durante o curto período, entre a revolução de fevereiro de 1848 e dezembro de 1851, livre de censura à imprensa. Contrapondo-se à idéia de um "pecado original econômico" (Marx), versão liberal da gênese da desigualdade, e voltando-o contra seus autores, Baudelaire distingue entre a raça de Abel, cara a Deus, e a raça condenada de Caim:

Rasse d'Abel, dors, bois et mange;
Dieu te sourit complaisamment.

Race de Caïn, dans la fange
Rampe et meurs misérablement.[9]

A raça de Abel prospera e estripa tudo à volta como um parasita, enquanto seu dinheiro se multiplica e os filhos de Caim morrem à míngua pelas ruas.

O poema termina assim:

Ah! race d'Abel, ta charogne
Engraissera le sol fumant!

Race de Caïn, ta besogne
N'est pas faite suffisamment;

Race d'Abel, voici ta honte:
Le fer est vaincu par l'épieu!

Race de Caïn, au ciel monte
Et sur la terre jette Dieu![10]

Versos tão crus assim estão infinitamente mais próximos do marxismo do que as insossas canções republicanas de Béranger ou os poetastros sociais à maneira de Pierre Dupont, que se exaltam com a idéia de uma conciliação entre ricos e pobres. Baudelaire não caiu na "trapaça da fraternidade universal" (Marx) por ocasião da revolução de fevereiro de 1848 e por toda a vida refugou diante da *fraternité* burguesa, atitude que se expressa com o mesmo eufemismo irônico tanto na famosa apóstrofe final de *Au Lecteur* — *Hypocrite lecteur, — mon semblable, — mon frère!* — quanto em certos poemas em prosa tardios. "A *fraternité*, a fraternidade das classes adversárias, das quais uma explora a outra [...] é na verdade a guerra civil, a guerra civil em suas terríveis feições, a guerra do trabalho e do capital",[11] escreve Marx após a sangrenta repressão da primeira revolução proletária da história, em junho de 1848. *Abel e Caim* não diz outra coisa — o mesmo valendo, em forma cifrada, para toda a obra de Baudelaire. O poema citado implica que a fraternidade será ainda e sempre homicida enquanto o princípio da desigualdade — metaforicamente falando: o Deus de Abel; concretamente: a propriedade privada — não for superado. É por isso que o ciclo *Revolta* concentra-se naquele Deus que a burguesia criou à sua imagem e semelhança; está assim respondida uma pergunta de Benjamin: "o que forçava Baudelaire a dar a forma de uma teologia radical à sua recusa radical da dominação"?[12]

Qu'est-ce que Dieu fait donc de ce flot d'anathèmes
Qui monte tous les jours vers ses chers Séraphins?
Comme un tyran gorgé de viande et de vins,
Il s'endort au doux bruit de nos affreux blasphèmes.[13]

Temos aqui, dirigidas com ironia perversa a um "primeiro motor" nada metafísico, caricaturas da corpulenta burguesia financeira do reinado burguês, tais como se encontram na obra do republicano militante Daumier.[14] Uma das conclamações lançadas pelos líderes da *Sociedade das Estações* — Barbès, Blanqui etc — ao povo durante a insurreição de maio de 1839 começa com imagem semelhante: "Às armas, cidadãos! Soou a hora final dos opressores. O tirano covarde das Tulherias ri da fome que assola as entranhas do povo [...]".[15] E Baudelaire evoca a mesma imagem no final de *Os faróis*, poema que interpreta a história da arte a partir do Renascimento como protesto apaixonadamente desesperado da humanidade maltratada contra os desmandos do progresso burguês. Esse conceito de progresso é próximo ao conceito benjaminiano de um progredir da catástrofe.[16] *As Flores do Mal* denunciam incansavelmente o vazio do otimismo histórico liberal, coisa que já se tomou por prova das opiniões reacionárias do poeta: "*Chaque jour vers l'Enfer nous descendons d'un pas*", lê-se no poema introdutório, e no último, *A viagem*, encontramos

> *L'Humanité bavarde, ivre de son génie,*
> *Et, folle maintenant comme elle était jadis,*
> *Criant à Dieu, dans sa furibonde agonie:*
> *"Ô mon semblable, ô mon maître, je te maudis!"*[17]

Surge aqui o problema das contradições de Baudelaire, que até agora representaram enigmas insolúveis para a filologia. Como não supor uma mudança de posição para explicar, por exemplo, que por volta de 1850 o poeta conclame ao assassinato de Deus e, nove anos mais tarde, ria-se da humanidade híbrida que gostaria de igualar-se a Deus? Esse gênero de questão deixa de considerar o valor contextual dos trechos contraditórios, que pode não ser o mesmo — não será justamente o valor contextual diverso que dá a impressão de contradição? É o que se pode mostrar em todos os casos de contradição. *Abel e Caim* dirige-se ao povo; o Deus a ser derrubado é o Deus da gente de posses. *A viagem*, ao contrário, fala da vertigem da burguesia do Segundo Império, cuja auto-confiança titânica não é, segundo o poema, senão a euforia que precede uma luta de morte. Muita coisa muda se é o povo exasperado, e não a águia do terceiro Napoleão, que assalta os céus. O Deus que os filhos de Caim desejam derrubar não tem qualquer traço cristão; ele é um senhor sádico e arbitrário, é bem verdade que sob a máscara do filho do homem. Esse duplo metafísico de Luís Filipe, de Napoleão III, ou simplesmente do burguês, lançou ao mar o "bom Deus" ideal. Simetricamente, Satã é ora adversário do

Deus dos ricos e militante da revolução (*Litanias de Satã*),[18] ora o demônio clássico, que dirige o teatro de marionetes do capitalismo (*Ao leitor*, verso 13)[19] e zela pela punição dos exploradores (*O imprevisto*).[20]

"Contradições" dessa espécie dificultam a leitura das *Flores do Mal*, mas resolvem-se tão logo captemos o método que subjaz a tais variações contextuais, a tática dessa luta de guerrilha que o autor move à burguesia oitocentista — a seu público, portanto. Muitos poemas são indecifravelmente herméticos sem conhecimento histórico detalhado; na maior parte dos casos, o conformismo preferiu contabilizá-los como poesia pura. E decerto são poesia pura, mas noutro sentido, não no sentido de *poésie pure*. É o que uma leitura de *O Cisne* pode tornar claro.

II.

Le Cygne[21]
[*A Victor Hugo*]

I

Andromaque, je pense à vous! Ce petit fleuve,
Pauvre et triste miroir où jadis resplendit
L'immense majesté de vos douleurs de veuve,
Ce Simoïs menteur qui par vos pleurs grandit,

A fécondé soudain ma mémoire fertile,
Comme je traversais le nouveau Carrousel.
Le vieu Paris n'est plus (la forme d'une ville
Change plus vite, hélas! que le coeur d'un mortel);

Je ne vois qu'en esprit tout ce camp de baraques,
Ces tas de chapiteaux ébauchés et de fûts,
Les herbes, les gros blocs verdis par l'eau des flaques,
Et, brillant aux carreaux, le bric-à-brac confus.

Là s'étalait jadis une ménagerie;
Là je vis, un matin, à l'heure où sous les cieux
Froids et clairs le Travail s'éveille, où la voirie
Pousse un sombre ouragan dans l'air silencieux,

Un cygne qui s'était évadé de sa cage,
Et, de ses pieds palmés frottant le pavé sec,
Sur le sol raboteux traînait son blanc plumage.
Près d'un ruisseau sans eau la bête ouvrant le bec

Baignait nerveusement ses ailes dans la poudre,
Et disait, le coeur plein de son beau lac natal:
"Eau, quand donc pleuvras-tu? quand tonneras-tu, foudre?
Je vois ce malheureux, mythe étrange et fatal,

Vers le ciel quelquefois, comme l'homme d'Ovide,
Vers le ciel ironique et cruellement bleu,
Sur son cou convulsif tendant sa tête avide,
Comme s'il adressait des reproches à Dieu!

II

Paris change! mais rien dans ma mélancolie
N'a bougé! palais neufs, échafaudages, blocs,
Vieux faubourgs, tout pour moi devient allégorie,
Et mes chers souvenirs sont plus lourds que des rocs.

Aussi devant ce Louvre une image m'opprime:
Je pense à mon grand cygne, avec ses gestes fous,
Comme les exilés, ridicule et sublime,
Et rongé d'un désir sans trêve! et puis à vous,

Andromaque, des bras d'un grand époux tombée,
Vil bétail, sous la main du superbe Pyrrhus,
Auprès d'un tombeau vide en extase courbée;
Veuve d'Hector, hélas! et femme d'Hélénus!

Je pense à la négresse, amaigrie et phtisique,
Piétinant dans la boue, et cherchant, l'oeil hagard,
Les cocotiers absents de la superbe Afrique
Derrière la muraille immense du brouillard;

À quiconque a perdu ce qui ne se retrouve
Jamais, jamais! à ceux qui s'abreuvent de pleurs
Et tètent la Douleur comme une bonne louve!
Aux maigres orphelins séchant comme des fleurs!

Ainsi dans la forêt où mon esprit s'exile
Un vieux Souvenir sonne à plein souffle du cor!
Je pense aux matelots oubliés dans une île,
Aux captifs, aux vaincus!... à bien d'autres encor!

Benjamin não sabia por onde começar com *O cisne*, como provam suas anotações mais específicas sobre poemas das *Flores do Mal*.[22] De modo que o conformismo dos comentários entre formalistas e sentimentais sobre a "maturidade" desse "poema tardio" não encontrou oposição. As divagações sobre a antítese entre "realidade banal" e "o mundo do belo", sobre "modernidade", "idealidade vazia", "platonismo" ou "anti-platonismo", "exotismo", "classicismo" e coisas que tais não conseguem esconder certo cinismo involuntário, como se percebe com alarme quando um crítico tenta classificar a estrofe sobre a negra tísica sob a rubrica de "realidade banal". Não há "idealidade vazia" em Baudelaire, mas sim na poesia de segunda mão que lhe atribui tal vazio — cuja conexão com o "horizonte de expectativas" desta última é fácil de perceber.[23]

Sobre a parte I

No poema, a rememoração poética empreende uma reconstrução da velha Paris ao mesmo tempo que dissolve a nova como ilusão. Ela dá as costas à visão presente e recorda uma imagem da sua própria experiência (o cisne) e uma outra de origem mitológica (Andrômaca), familiar ao humanista e corrente na literatura clássica de Eurípides e Virgílio a Racine. Comum a ambas é a discrepância entre o ambiente dado e o ambiente almejado, entre liberdade real e liberdade ilusória. Também o eu do poema sofre da mesma discrepância. O desgosto com a nova Paris e a nostalgia da cidade destruída preparam seu estado de espírito para as recordações, as *correspondances*. Adormecidas na "*mélancolie*" (v. 29), as analogias são despertadas pelo passeio na nova praça do Carrousel, encaram de frente o poeta e arrancam-lhe o "*ardent sanglot*" com que começa o poema: a invocação de Andrômaca, irmã e amada. Diante dos olhos da mente do poeta, cercado pelo Louvre, as Tulherias e o Arco do Triunfo de Napoleão I, surge "*ce Simoïs menteur*" (v. 4), o riacho artificial de que se servia Andrômaca, viúva de Heitor e exilada no Épiro, para lembrar a pátria. É a visão do complexo do Louvre que dispara a primeira associação e destampa a fonte das memórias — não é difícil pensar aqui no modo de funcionamento da *mémoire involontaire* de Proust –; a rememoração imperiosa, falsa e forçada da glória napoleônica desperta a rememoração autêntica. Essa relação dialética entre opressão e libertação, afirmada desde a primeira estrofe, constitui o cerne de *O cisne*. Mas prossigamos com a leitura: a evocação de Andrômaca dá logo ensejo a uma segunda, mais próxima do tema do poema — e por isso mesmo mais sujeita à repressão, de ordem antes coletiva que individual, como logo veremos. Uma vez invocada, essa imagem da memória só fará ganhar relevância e dinâmica, por sua vez dando início a uma enxurrada que só amaina no final do poema. A experiência-chave é portanto o encontro com o cisne na praça do Caroussel. Será possível fixá-lo temporalmente? Tentemos! Ele se deu quando ainda estavam em pé, em pleno centro urbano, os bairros pobres, angulosos e indevassáveis, antes portanto que o Barão Haussmann empreendesse seu "embelezamento estratégico" (no dizer irônico de seus contemporâneos) e traçasse os arrogantes bulevares que tanto contribuíram para a fama e o bem-estar da capital do Segundo Império. Mas claro está que essas largas vias pomposas eram parte de uma profilaxia anti-revolucionária. Nelas a cavalaria e a artilharia não encontrariam obstáculos contra o povo insurreto, enquanto que uma topografia indevassável de ruelas e esquinas — como a da região em torno à rue du Doyenné, junto à praça do Carrousel —, um verdadeiro "*bric-à-brac confus*" (v. 12), não podia deixar de criar problemas para os militares.

Já a dedicatória a Victor Hugo, o poeta de *Les Châtiments*, que de seu exílio nas ilhas do Canal da Mancha não cessava de menoscabar em prosa e verso o imperador Napoleão III, *le Petit*, fornece um *terminus ante quem*: o encontro com o cisne deve ser situado antes do golpe de Estado de Louis-Napoléon, em 2 de dezembro de 1851. O verso 14 informa ainda que o encontro foi no começo do dia, quando desperta o Trabalho. A maiúscula de "*le Travail*" — Benjamin observou, que as alegorias com iniciais maiúsculas formam "centros da estratégia poética" de Baudelaire[24] — sugere uma leitura alegórica: mas como, em se tratando de um despertar histórico? *Le Travail* era também por então a denominação corrente do trabalho assalariado, do proletariado; Blanqui, por exemplo, falava da oposição insuperável entre *le Travail* e *le Capital*. A contaminação entre cisne e trabalho, introduzida por essa precisão temporal subreptícia, concretiza nossa suspeita. Tal como o trabalho, o cisne está desde cedo na rua; como os varredores de ruas ele levanta a poeira ao passar; e, como o trabalho o cisne está ligado à imagem da tempestade. Complementarmente, há momentos históricos em que a conduta do cisne corresponde à do trabalho assalariado — as revoluções.[25]

Baudelaire viveu duas revoluções, e em ambas as vezes esteve ao lado dos revoltosos. Em fevereiro de 1848 esteve entre os vitoriosos; em junho do mesmo ano, entre os derrotados. As correspondências entre o cisne e a revolução remetem inequivocamente às lutas fracassadas de junho de 1848. A ave fugira de sua gaiola (v. 17) — o mais-que-perfeito assegura que a auto-libertação do povo já se dera; o cisne se arrasta pelas pedras do "*pavé*" (v. 18), aquelas "pedras mágicas" que serviram à construção de barricadas; e se arrasta sobre suas patas, *pied palmé*, o que remete à palma da mão, *la paume*, e sugere *a contrario* uma associação com as "mãos calosas" dos trabalhadores; *frotter* (= esfregar, atritar) implica prazer e agressão, uma atmosfera explosiva. O animal banha-se num riacho (*ruisseau*, v. 20) de pó (*poussière*, v. 21): tem sede! Em junho de 1848, o proletariado via-se ameaçado pela fome em conseqüência do fechamento, por influência burguesa, das oficinas nacionais, criadas após fevereiro para dar trabalho a todos; *être sur le pavé*, *tomber au ruisseau* eram locuções que designavam a miséria crescente. "Pão ou Morte!" foi o grito de guerra com que o povo pegou em armas na manhã de 23 de junho. Tal como o cisne, o povo buscava purificação por meio do pó das ruas — mas também da pólvora: ambas são *la poudre* em francês. Tal como o cisne, o povo clamava, com os olhos postos em suas origens (revolucionárias, v. 22), pelos proverbiais "relâmpagos de fevereiro", pela tempestade purificadora de uma nova revolução (v. 23).

Quase todos os historiadores, e também Flaubert em sua *Educação sentimental*, recordam o céu cruel e ironicamente azul daqueles dias de junho (v. 26), testemunha calada dos quatro dias de "luta heróica do proletariado parisiense" (Marx) e do morticínio final. Também a última estrofe da primeira parte, o desafio a Deus (vv. 25-28), tem sua contrapartida nas idéias e ações revolucionárias: o "trabalhador recurvo" se ergue — leia-se *O crepúsculo vespertino*, v. 10 — e se torna homem (v. 25; vale lembrar do "socialismo de cara erguida"), volta-se para as estrelas e percebe no céu... o Deus da burguesia. Pois o verso 28 (*Comme s'il adressait des reproches à Dieu!*) corresponde perfeitamente àqueles de *Abel e Caim*, já citados: "*Race de Caïn, au ciel monte / Et sur la terre jette Dieu!*".

Mas *O cisne* já não é poesia de agitação como os poemas dos tempos heróicos da luta de classes. A revolução fracassou, e o uso do *adynaton*, figura retórica da impossibilidade, funciona como perífrase do absurdo inescapável daquele heroísmo.

Sobre a parte II

Da absorção, por obra do choque, das transformações de Paris nascem as visões do cisne e de Andrômaca; da contemplação destas emanam todas as outras alegorias e tem início a enxurrada de associações de que falamos mais acima, ao mesmo tempo em que nasce a auto-consciência titânica de que não há que temer pela própria identidade em meio às metamorfoses dos tempos enquanto estiver à mão o perigosíssimo arsenal de "*chers souvenirs*" (v. 32). Diante de *ce Louvre* (v. 33), como diz com menosprezo, o poeta passa suas recordações em revista. As imagens monádicas do cisne e de Andrômaca surgem agora como partes de uma série de estandartes e emblemas revolucionários; só mesmo aos olhos da superficialidade acadêmica elas persistirão como "signo indecifrável do mundo das coisas" (Jauss). Por trás do cisne passa o cortejo dos exilados — e não dos antibonapartistas *à la* Hugo, que em junho de 1848 temeram pela *civilisation*, mas dos milhares de insurretos das barricadas que, após o triunfo da reação, foram deportados e mesmo nas prisões continuaram convocando ao recomeço da luta.[26] E quanto a

Andrômaca? Baudelaire fala em várias ocasiões da exatidão matemática das metáforas poéticas — que se realiza em notável medida em sua própria lírica. A viúva de Heitor torna-se parte do butim de guerra de Pirro (v. 28), que por sua vez lega-a como herança a Heleno; este último, entretanto, fora seu cunhado, na condição de irmão caçula de Heitor. A seqüência faz pensar na genealogia do bonapartismo. Marx não é o único que destrata o terceiro Napoleão como "sobrinho de seu tio". Com sua brilhante vitória de 10 de dezembro de 1848, quando seis milhões de pessoas lhe deram seus votos na eleição presidencial, Louis Napoléon arranca a república às mãos do general Cavaignac. Este, conhecido por sua arrogância e de fato um *superbe Pyrrhus* (v. 38), teria chamado os massacrados de junho de *vil bétail* (v. 38) ou *vile canaille*.[27] *La République* figurava nas representações alegóricas como uma mulher majestosa. O cisne representa a parte banida da França, o proletariado parisiense militante, que fora às barricadas pela *República*, pela *Liberdade* — outra figura alegórica, muitas vezes identificada à *República*, ou com a *França*, ou ainda com *Marianne* —, ao passo que Andrômaca é a mulher forçada a se casar — é notável, aliás, a semelhança entre a cadência e a fonética de *République* e *Andromaque*. O brilho da corte imperial, o brilho dos novos monumentos, a nova Paris não logram esconder o tamanho da queda que sofreu Andrômaca/França. Pelo contrário: o brilho só faz refletir o infortúnio, e na verdade se deve a este último, tanto na origem quanto em seu persistir — pois o tempo do verso 4 ("*Ce Simoïs menteur qui par vos pleurs grandit*") pode ser tanto pretérito perfeito quanto presente. Temos então que o rio falso ou mendaz "surgiu de vossas lágrimas" (por ocasião da catástrofe nacional de 1848) ou que "cresce com vossas lágrimas". A hipérbole poética vem confirmar as críticas dos opositores republicanos e socialistas do Segundo Império, para quem a ostentação de pompa do regime se fazia às custas da população.

Para tornar mais nítida a metamorfose *la France / la République / Andromaque*, considerem-se alguns materiais suplementares. "Não se perdoa a uma nação e a uma mulher o instante de descuido em que um aventureiro qualquer lhes faz violência", declara o *Dezoito Brumário de Luís Bonaparte.*[28] Em 1851, Daumier exibe Bonaparte-Ratapoil galantemente oferecendo o braço à república, com um porrete escondido atrás das costas;[29] um pouco mais tarde naquele mesmo ano, nas *Physiognomies tragiques* (uma apresentação codificada do destino da França após os massacres de junho), é a vez de Cavaignac-Polyphonte, que ambiciona a mão e a riqueza de Mérope: "Um soldado como eu tem o direito de querer / Reger o Estado que soube salvar";[30] por último, vem a França-Andrômaca, que censura seu pretendente Cavaignac-Pirro: "Vi como minha família foi morta e como meu esposo ensangüentado foi arrastado pelo pó".[31] Falta um passo apenas para o cisne de junho, que arrasta suas plumas brancas pelo chão empoeirado, e menos que um passo para a Andrômaca de Baudelaire. Sua transformação poética representa a dissolução e a superação do classicismo burguês por meio de uma arte *surnaturalista*, em cujo centro está a emancipação do proletariado.

As memórias parecem saltar sem motivação determinada do cisne para Andrômaca, desta para a imagem "realista" de uma negra moribunda que se arrasta pelo lamaçal das ruas de Paris; o poema ganha assim colorido diferente a cada estrofe, e mesmo a cada verso. Mas a constante não é apenas um sentimento de exílio ou uma compaixão abstrata por aqueles que "sofrem sob o sol". A imagem da negra recorda o destino de um outro postulado da revolução de 1848: a igualdade universal e a abolição da escravidão. A magreza e a tuberculose foram as penas dos explorados, que, conforme a estrofe seguinte (vv. 45-48), tiveram que se saciar com suas lágrimas, mamando às tetas da dor como se fosse uma loba e, órfãos emagrecidos, murcharam como flores. Os grandes romances de Zola sobre a situação das classes trabalhadoras no Segundo Império são a contraprova desses versos. Também a negra está entre os órfãos da república, também ela é filha de Andrômaca, e também para ela, como para todos os órfãos da França, a dor foi mãe adotiva — após a derrota de junho, mas especialmente após o golpe de Estado de 1851.[32] Também ela anseia por sua pátria, como a viúva de Heitor, como o cisne de junho. Negros e brancos são igualmente vítimas das ondas reacionárias de junho e dezembro, bem como de todas as outras até a proclamação do Império, em dezembro de 1852; vítimas ainda do colonialismo que Napoleão III promove em grande estilo: os prisioneiros políticos foram deportados para a África — milhares morreram em Lambessa — e os negros foram trazidos para a metrópole como força de trabalho barata.

As duas estrofes finais, com suas enumerações anafóricas, exibem o percurso dilacerante da inamovível melancolia baudelairiana; o triste córrego em que a dor de Andrômaca se refletia atinge, por força da experiência visionária da dor universal dos vencidos, as proporções de uma correnteza — mais precisamente, já não é o Louvre que serve de espelho, mas as lágrimas que sua reconstrução custou —, uma correnteza que, noutro momento histórico, teria sido a salvação do cisne. Mas essa correnteza não poderia surgir sem mais nem menos — com um trovão dos céus, como desejaria o cisne em sua súplica ridícula e sublime (vv. 23-

24, 35-36) —, impunham-se antes as experiências do longo cativeiro, da labuta pesada, da nostalgia frustrada, da dura opressão, em suma, impunha-se o sofrimento coletivo para criar situações revolucionárias, nas quais a libertação é mais que obra do acaso e fruto da ocasião (v. 17). Para usar a imagem do poema, a correnteza começou a crescer quando a água acabou. A derrota de junho foi o começo da verdadeira revolução, e o cisne lê uma profecia em suas memórias. Pois a separação entre nostalgia e realidade é finalmente superada — a dor é forte o bastante para anular a realidade presente. O elemento da revolução é o *sofrimento das massas* — não as massas em si mesmas —, invocado no final do poema. Proust engana-se ao supor que *à bien d'autres encor* (v. 52) seja resultado de uma queda de inspiração[33]: o verso dá expressão à invisibilidade dos oponentes do belo e novo mundo de Bonaparte III, sob forma de uma atenuação tática (*meiosis*).

O verso 49 é de difícil compreensão. De que floresta está falando Baudelaire? Trata-se da floresta do soneto *Correspondances*, um templo de significações, no qual o poeta se exila após o golpe de Estado. Ali ele pode estar seguro da solidariedade dos vencidos e do efeito revolucionário de seu sofrimento. A velha recordação que ressoa alto diante do Louvre é o chamado às armas:

> *C'est un cri répété par milles sentinelles,*
> *Un ordre renvoyé par mille porte-voix;*
> *C'est un phare allumé sur mille citadelles,*
> *Un appel de chasseurs perdus dans les grands bois!*[34]

como se lê na estrofe análoga de *Les Phares*, que chama atenção para a continuidade histórica (e artística) da resistência, ao passo que nosso poema destaca o cosmopolitismo do movimento revolucionário, cujo centro está em Paris, capital do século XIX.

O procedimento hermético de Baudelaire não era inteiramente novo. O mascaramento de conteúdos políticos sob formas mitológicas ou zoológicas é parte do método da retórica republicano-socialista, que se refinou continuamente depois das leis de censura mais estritas que Louis-Philippe baixara em setembro de 1835. O mais das vezes, essas metamorfoses tinham intenção satírica: em Daumier, que vestia seus burgueses em trajes clássicos, as intenções políticas são em geral evidentes; em *A vida social e familiar dos animais* (1842), de Grandville, elas são menos inequívocas, mas não por conta de uma codificação mais complicada, e sim por causa de certo arbítrio fantástico no estabelecimento das analogias, como Baudelaire apontou com justeza. Baudelaire é obscuro como Grandville, mas sempre exato e certeiro como Daumier (de resto, encontram-se em Fourier, Blanqui, Heine e no historiador Karl Marx várias caricaturas dessa espécie, que nada ficam a dever às de Daumier). A codificação dupla de *O cisne* supera a sátira para tornar-se elegia heróica. Da comédia da "invocação dos mortos ilustres" (Marx) em 1848 resta apenas o *hélas!* (v. 40) dirigido a Bonaparte-Heleno — Marx chamava-o de "Cavaleiro Krapulinski" — e o *ridicule et sublime*, suma melancólica da insurreição de junho.

Folheando a lírica militante proletária daquele ano, nota-se que Baudelaire funde essa matéria bruta no cadinho de sua fantasia, a partir daí forjando *in tyrannos* uma nova e inquebrantável espada artística. Assim, o *galo gaulês*, cujo cantar despertou os povos da Europa em 1848, transforma-se no cisne, emblema proletário mais profundo e mais livre da escória nacionalista. Suponho que o cisne tenha tido certo lugar na iconografia republicana.

Se não, leia-se a descrição que Buffon, muito estimado por Baudelaire, oferece do nosso animal:

> O leão e o tigre em terra, a águia e o abutre nos céus governam tão-somente por meio da guerra, dominam tão-só pelo abuso da violência e da crueldade, ao passo que o cisne controla as águas por obra dos títulos de direito que fundam o império da paz, por obra da grandeza, da majestade e da gentileza; com o poder, com a força, com a coragem e com a vontade de não fazer mau uso delas, de pô-las a serviço da defesa, o cisne consegue lutar e vencer sem jamais atacar: rei pacífico das águas, ele se impõe aos tiranos do ar; *fica à espera da águia, sem provocá-la*, sem temê-la [...]. É esta, de resto, sua única inimiga arrogante; todos os pássaros combativos temem-no, e ele *vive em paz com toda a natureza*: é *mais um amigo que um rei* entre os numerosos bandos de pássaros aquáticos que se submetem à sua lei; ele é apenas a cabeça, *o primeiro habitante de uma república tranqüila*, na qual os cidadãos não têm nada a temer de seu senhor, que só lhes exige o que ele mesmo lhes concede, e que não quer outra coisa senão *paz e liberdade*.[35]

Enquanto Pierre Dupont compara desajeitadamente o socialismo a um pássaro cujas asas são os trabalhadores e os estudantes (*Canção dos estudantes*) — uma ilusão, aliás, pois os estudantes foram apenas o "enfeite poético" da revolta (Marx),[36] lutando em junho do lado da ordem —, falando como todo mundo da coragem de leão do povo *faminto*, de sua diligência de *abelhas*, de sua inocência de *cordeiro* ou de *pomba*, Baudelaire prefere, melhor poeta e socialista que é, reunir tudo isso na imagem do cisne. Na simbologia zoológica clássica, fixada pela primeira vez por Aristóteles, o cisne é imagem sensível de *sinceritas*, *concordia*, *fides*, e ainda de paixão, suavidade, tranqüilidade, coragem, majestade, refinamento. Que outro animal serviria melhor de emblema para as classes oprimidas? Também o nome e a biografia de Blanqui (*blanc* = branco), o então lendário *Enfermé* — "cabeça e coração do partido proletário na França" (Marx) —, cujo novo cativeiro em Belle-Isle e na Córsega é aludido no penúltimo verso — ainda que Hugo deva têlo como referência a seu exílio — estão inseridos no emblema.

Água, maré, relâmpago, tempestade e trovão pertencem ainda ao campo metafórico da revolução (são inúmeros os textos que o provam). Daniel Stern narra que, em 24 de fevereiro de 1848, o patife Thiers irrompe esbaforido na Câmara dos Deputados, conta já sem fôlego e de chapéu na mão a notícia do avanço do povo, exclama "A maré sobe, sobe, sobe. Nada a fazer!" e desaparece no tumulto.[37] Nas *Lutas de classe na França* de Marx lê-se que o processo em Bourges contra Blanqui, Barbès, Albert, Raspail e seus camaradas deu aos "revolucionários reais o aspecto de criaturas primevas, que só um dilúvio poderia depositar na superfície da sociedade, e que por sua vez não podem deixar de preceder um dilúvio social".[38] A justaposição das duas citações esclarece a dialética histórica de maré alta e maré baixa entre fevereiro e junho de 1848. Em fevereiro vogavam pela praça do Carrousel as ondas de povo: a festa revolucionária nas Tulherias foi o clímax orgiástico das jornadas de fevereiro. Em junho, essa maré parecia uma fantasmagoria; tampouco veio a tempestade redentora. A reação campeava por onde o júbilo dominara em fevereiro, e milhares de prisioneiros foram amontoados e deixados à míngua na *Galerie au bord de l'eau*, abaixo das Tulherias. Quem reclamava da dieta de pão e água era fuzilado, como se vê na *Educação sentimental*.[39] Nessa mesma praça do Carrousel, a Guarda Nacional foi responsável por uma matança de prisioneiros que deviam supostamente ser levados para o banho de sol.[40]

Diante da falsa continuidade histórica da águia imperial renascida — a águia é o único inimigo do cisne —, que na verdade não passa de um corvo, como se zombava por então, já que o seu vôo se chama roubo ("*le vol*" significa as duas coisas), é *por baixo* que a história vem ao encontro do poeta, por via dos milhões de miseráveis que jazem no pó. Uma estátua no portal do novo setor norte do Louvre (erigido entre 1850 e 1856) oferece a versão napoleônica de socialismo — uma vez que o imperador gabava-se de sua simpatia pelas classes trabalhadoras; o Baedeker de 1858 descreve-a assim: "Um grupo de esculturas adorna o portal: a *Inteligência* e o *Trabalho*, a primeira desenrolando o projeto do Louvre, a outra com uma cornucópia; sob as duas uma estátua da *França* apoiada sobre um cetro; por trás de tudo, o nome imperial".[41] Vale notar que o trabalho não entorna a cornucópia para gozo próprio, mas para a inteligência, ou seja, curto e grosso, para o capital. Baudelaire opõe a uma tal alegoria a sua imagem da *douleur*, em cujo seio definham os órfãos da república. A esperança depositada nos filhos dos vencidos e das vítimas, invertendo (vv. 45-48) a imagem da famosa tela de Daumier (*A República nutre e educa seus filhos*; a tela permaneceu inacabada em conseqüência da curta duração da Segunda República), articula mais do que uma necessidade de auto-confiança: trata-se aqui, uma vez mais, da dialética da revolução, da escola do sofrimento, cuja gênese e desenrolar o poema acompanha em detalhe. No final dessa elegia heróica, um círculo mágico de memórias impõe-se à nova cidade de fachada, e salta aos olhos aquilo que Benjamin denominou, algo abstratamente, "a fragilidade das grandes cidades".

Baudelaire anunciara para o primeiro aniversário da revolução de fevereiro (24.02.1849) o lançamento das futuras *Flores do Mal*, sob o título de *Os limbos*; em 1850, um novo anúncio precisa que os poemas tencionam "apresentar *les agitations* e *les mélancolies* da juventude moderna".[42] Em 1851 saem as primeiras onze peças, com a observação de que o poeta gostaria de "esboçar a história das agitações espirituais da juventude moderna".[43] Eis aí sua essência: elas formam uma biografia íntima das lutas de classe na França — à qual não é estranha a idéia de que o ataque fora prematuro, formulada em outro poema zoológico, *Les Hiboux* — e seu "ponto de vista filosófico" é o de espera, atitude que *O cisne* vem aprofundar e concretizar em 1858/9. Nosso poema revisita as aporias de junho ao captar o absurdo de uma revolução precoce por meio de um absurdo espacial: o cisne imerso na poeira de uma sarjeta parisiense. A profunda visão histórica de Baudelaire, da qual também suas cartas dão mostras, faz da sua lírica o *pendant* visionário da praxis de Blanqui ou da historiografia de Marx. Já o título de *Os limbos* deixa transparecer simpatias pelo socialismo utópico de um Fourier. Mas seu utopismo é saturado da experiência histórica do fracasso de junho. Uma frase de Marx resume sua mensagem: "Mas a revolução é exigente. Ainda terá que atravessar o purgatório. Ela executa sua tarefa com método".[44] O mesmo método que Baudelaire exige como político e demonstra como poeta lírico.

"Ele não expressa sua época, nem sequer dez anos dela. Logo não será mais compreensível, mesmo hoje já são necessárias muitas explicações",[45] dizia Brecht. A réplica de Benjamin está numa carta a Horkheimer: "Isso acontece porque é necessário ter deixado para trás os quadros do pensamento burguês, certos modos burgueses de reagir — não para apreciar este ou aquele poema, mas para aclimatar-se às *Flores do Mal* [...]. Nada fácil, mesmo que fosse essa a única pré-condição [...]."[46] Ou ainda mais precisamente, numa passagem de *Parque Central*: "A dificuldade inaudita de se aproximar da poesia de Baudelaire está, para usar uma fórmula, em que nada nessa poesia envelheceu."[47]

Notas

1 As teses expostas aqui baseiam-se em minha dissertação *Die antibourgeoise Ästhetik des jungen Baudelaire — Untersuchungen zum Salon de 1846* (Frankfurt, 1975). O parentesco entre os procedimentos de distanciamento irônico de Brecht e os procedimentos de Baudelaire é demonstrado em meu ensaio "*Assommons les pauvres!* — Dialektik der Befreiung bei Baudelaire", in *Germanisch-Romanische Monatsschrift* 4 (1975).

2 Walter Benjamin, *Charles Baudelaire. Ein Lyriker im Zeitalter des Hochkapitalismus*, ed. de Rolf Tiedemann (Frankfurt, 1974), pp. 192ss.

3 *Idem*, p. 100.

4 Bert Brecht, *Gesammelte Werke* (Frankfurt, 1967), v. VIII, p. 409.

5 *Idem*.

6 "Allocution de M. Georges Pompidou, Premier Ministre", in *Baudelaire. Actes du Colloque de Nice* (25-27 mai 1967), *Annales de la Faculté des Lettres et Sciences Humaines de Nice*, 1968, núm. 4-5, pp. 215-217.

7 "De minha parte, abandonarei com satisfação / um mundo em que a ação não é irmã do sonho." [N.T.]

8 Benjamin, *Baudelaire...*, pp. 135ss: "As *correspondances* são dados da rememoração. Não são dados históricos, pertencem à pré-história [*Vorgeschichte*]". Vide também Oskar Sahlberg, "Benjamins Widersprüche", in *Neue Rundschau* 3 (1974), pp. 464-487.

9 "Raça de Abel — dorme, bebe e come; / Deus te sorri com complacência. // Raça de Caim — que na lama / tu rastejes e morras miseravelmente." [N.T.]

10 "Raça de Abel, teu cadáver / servirá de esterco na terra fumegante. // Raça de Caim, tua tarefa / ainda não é finda. // Raça de Abel, eis aqui tua vergonha: / a espada vencida pela chuça! // Raça de Caim, sobe aos céus / e joga Deus por terra." [N.T.]

11 Marx, *Marx-Engels-Werke (MEW)*, v. 5, p. 134.

12 Benjamin, *Baudelaire...*, p. 20.

13 "Que fim dará Deus a essa vaga de anátemas / Que todos os dias sobe até seus queridos serafins? Como um tirano empanturrado de carne e vinho, / Ele adormece ao doce rumor de nossas terríveis blasfêmias."

14 Louys Delteil, *Le Peintre-graveur illustré*, Daumier (Nova York, 1969), números 268 e 269.

15 Auguste Blanqui, *Textes choisis*, ed. Volguine (Paris, 1955), p. 107.

16 Vide W. Benjamin, *Teses sobre a filosofia da história*, IX.

17 "A humanidade falastrona, ébria de sua própria genialidade, / E tão louca hoje como outrora, / Grita a Deus em sua furibunda agonia: / "Ó meu semelhante, ó meu senhor, eu te amaldiçôo!" [N.T.]

18 *Litanies*, verso 43ss: *"Père adoptif de ceux qu'en sa noire colère / Du paradis terrestre a chassé Dieu le Père"* ["Pai adotivo daqueles que, em sua negra cólera, / Deus-Pai expulsou do paraíso terrestre".]

19 *"C'est le Diable qui tient les fils qui nous remuent!"*

20 *L'Imprévu*, versos 29-32: *"Avez-vous donc pu croire, hypocrites surpris, / Qu'on se moque du maître, et qu'avec lui on triche / Et qu'il soit naturel de recevoir deux prix / D'aller au ciel et d'être riche?."*

21 *O Cisne*: " I. Andrômaca, penso em ti! Este córrego, / Pobre e triste espelho no qual outrora resplandeceu / A imensa majestade de teus sofrimentos de viúva, / Este Simeonte mendaz que cresce com tuas lágrimas, // De súbito fecundou minha memória fértil / Quando eu cruzava o novo Carrousel. / A velha Paris não existe mais (a forma de uma cidade / Transforma-se mais rapidamente que o coração de um mortal); // Vejo tão-só em espírito esse campo de barracas, / Esses capitéis e cornijas esboçadas, / A erva daninha, as pedras esverdeadas pela água das poças / E a confusão refletida nas vidraças. // Havia ali outrora uma venda de animais; / Ali eu vi, certa manhã, na hora em que sob os céus / Frios e claros o Trabalho desperta, quando os varredores / Levantam uma sombria tormenta no ar silencioso, // Um cisne que

fugira da gaiola / E, calcando com suas patas o pavimento seco, / Arrastava sua plumagem branca sobre o chão áspero. / Junto a um córrego sem água o animal, abrindo o bico, // Banhava nervosamente suas asas no pó / E dizia, o coração ansiando por seu belo lago natal: / "Água, quando choverás? Trovão, quando ressoarás?" / Vejo o infeliz, mito estranho e fatal, / Virar-se volta e meia para o céu, como o homem de Ovídio, / Para o céu irônico e e cruelmente azul, / Voltando sua cabeça ávida sobre o pescoço convulso, / Como se dirigisse censuras a Deus! // II. Paris transforma-se! mas nada em minha melancolia / Mudou! novos palácios, andaimes, blocos, / Velhos subúrbios — tudo para mim torna-se alegoria, / E minhas lembranças são mais pesadas que rochas. // Também diante deste Louvre uma imagem me oprime: / Penso em meu grande cisne, com seus gestos desvairados, / Ridículo e sublime como os exilados, e roído por um desejo sem trégua; mas também penso em ti, // Andrômaca, arrancada aos braços de um grande esposo, / Gado vil nas mãos do soberbo Pirro, / Curvada em êxtase sobre um túmulo vazio; / Viúva de Heitor e, ai!, mulher de Heleno! // Penso na negra, magra e tísica, / Patinando na lama e buscando com o olhar esgazeado / Os coqueiros ausentes da soberba África / Por trás da muralha imensa do nevoeiro; // Penso em todos que perderam o que não se encontra / Nunca, nunca mais! penso naqueles que bebem suas lágrimas / E mamam a Dor como se fosse uma loba bondosa! / Penso nos órfãos magros fenecendo como as flores! // Assim, na floresta em que se exila meu espírito, / Uma velha Lembrança ressoa a plenos pulmões! / Penso nos marujos esquecidos numa ilha, / Nos cativos, nos vencidos!... e em tantos outros mais!" [N.T.]

22 Benjamin, *Gesammelte Schriften*, v. I.3, ed. Rolf Tiedemann e H. Schweppenhäuser (Frankfurt, 1974), p. 1142, e ainda *Baudelaire...*, pp. 81ss.

23 Vide por exemplo Hugo Friedrich, *Struktur der modernen Lyrik* e H.-R. Jauss, "Zur Frage der 'Struktureinheit' älterer und moderner Lyrik", in *GRF* 10, 1960, pp. 231-266. A filologia baudelairiana alemã não constitui exceção no quesito de nebulosidade.

24 Benjamin, *Baudelaire...*, p. 99.

25 Comparem-se os versos 15ss e 23 de *O cisne* com a conclamação da Sociedade das Estações, já citada mais acima, onde se lê: "Levanta-te, povo! e teus inimigos desaparecerão como o pó diante da tempestade" — vide Blanqui, *op. cit.*, p. 107.

26 Comparem-se os poemas pós-junho de Gustave Leroy (*Les Soldats du Désespoir*), Charles Gille (*Les Tombeaux de Juin*), Adrien Delaire (*Le Chant des Martyrs de Juin*), in *Le Pamphlet du Pauvre*, ed. P. Brochon (Paris, 1957).

27 Há menções à sua arrogância em todas as canções republicanas sobre o general; vide *idem*, p. 191: *Et sur le peupl', cette canaille, / J'fis décharger ma mitraille* [E sobre o povo, esta canalha, / Mandei disparar a metralha]. 28 Marx, *MEW*, v. VIII, pp. 119-120.

29 Delteil, *op. cit.*, número 2153.

30 *Idem*, número 2176.

31 *Idem*, número 2180.

32 A idéia de que os órfãos dos insurretos de junho de 1848 formariam uma geração de vingadores pertence ao acervo comum da lírica revolucionária proletária; vide as canções citadas na nota 20.

33 Marcel Proust, "Über Baudelaire", in *Tage des Lesens. Drei Essays* (Frankfurt, 1963), p. 108: "Esses finais tão fáceis são talvez propositais. Ainda assim, parece haver neles algo de abreviado, algo de pouco inspirado." Não será decerto por acaso que *O cisne* termina no verso 52: prova de que a memória poética não tem mais nada para recordar depois de 1852.

34 "É um grito repetido por mil sentinelas, / Uma ordem enviada por mil porta-vozes, / Um farol aceso em mil citadelas, / Um chamado de caçadores perdidos nos grandes bosques!" [N.T.]

35 Buffon, *Oeuvres Complètes*, v. V (Paris, 1830), p. 441; os grifos são meus.

36 Marx, *MEW*, v. VII, p. 61.

37 D. Stern, *Histoire de la révolution de 1848*, v. I (Paris, 1862), p. 271.

38 Marx, *MEW*, v. VII, p. 61

39 Flaubert, *Lehrjahre des Herzens* [*A educação sentimental*] (Munique, 1957), pp. 441-443.

40 Como narra o amigo de Baudelaire, Louis Ménard, em *Prologue d'une révolution* (Paris, 1957), p. 55.

41 K. Baedeker, *Paris und Umgebungen* (Koblenz, 1858), p. 84.

42 Baudelaire, *Les Fleurs du Mal*, ed. Crépet/Pichois, v. I (Paris, 1968), pp. 535-536.

43 *Idem*.

44 Marx, *MEW*, vol VIII, p. 196.

45 Brecht, *op. cit.*, p. 408.

46 Benjamin, *Briefe*, ed. Adorno/Scholem (Frankfurt a/M, 1966), p. 742.

47 Benjamin, *Baudelaire...*, p. 168.

Mitologia parisiense

[TRADUÇÃO Samuel Titan Jr.]

H. Daumier, "Huis-clos" [c. 1856]

Mitologia parisiense

Leitura de um poema de Heine: *Babylonische Sorgen*

O mito de Paris, tal qual se constituiu a partir da Idade Média e tal qual a literatura o consolidou às vésperas da chegada de Heine à cidade, à época da Revolução de Julho[1], comporta *grosso modo* quatro aspectos principais ou, se quisermos, quatro dimensões:

1. a dimensão urbana e demográfica: Paris, a cidade por excelência, a "cidade fervilhante";
2. a dimensão intelectual: Paris, centro da civilização, capital das luzes e das artes;
3. a dimensão histórica: Paris, centro da revolução — dimensão que conota toda uma escatologia secularizada, que se exprime por exemplo no nome de "nova Jerusalém"[2] que outrora lhe atribuíra Anacharsis Cloots (outro alemão enamorado por Paris, que teve que pagar com a cabeça por sua dupla paixão parisiense e revolucionária);

4. a dimensão hedonista: Paris, capital do Prazer — dimensão que ocuparia lugar central durante o Segundo Império e à qual se ligaria o nome de um outro judeu alemão, já diversas vezes comparado a Heine: Jacques Offenbach.

Por fim, já no século XIX, um quinto aspecto vem somar-se a estes: Paris, centro da nova aristocracia financeira, capital do Burguês. E quase paralelamente ao mito da Paris burguesa (ou melhor, com ligeira defasagem), dando seqüência ao mito da Paris revolucionária, delineia-se um mito que triunfará quinze anos após a morte de Heine, por ocasião da Comuna: a Paris operária. Seu propagandista literário mais vigoroso é um outro judeu alemão, velho amigo de Heine: Karl Marx, como já suspeitava o leitor.

É óbvio que todos os aspectos do mito central estão estreitamente ligados entre si: é raro que se fale de um sem que se remeta aos outros ou àquele que lhe é mais próximo. É claro também que o mito recebe ênfases diferentes conforme o momento em que é enunciado, e ainda conforme os pressupostos ideológicos de cada autor e de seu público.

Tomemos um exemplo selecionado de acordo com nossos fins: o emprego afirmativo, até mesmo eufórico, do mito da Paris revolucionária costuma surgir nas situações históricas correspondentes e em autores envolvidos nelas. Um autor conservador não recorre a esse mito senão para exorcizá-lo — caso em que fará dele um mito catastrófico. No momento em que toda a literatura torna-se, de bom ou mau grado, literatura apolítica — como acontece a partir do fracasso de 1848 e dos vários decretos de censura da Segunda República e do Segundo Império —, desaparece também o mito revolucionário. Os apelos e conclamações do

Victor Hugo de *Châtiments* não fazem mais que confirmar o desaparecimento dessa dimensão do mito parisiense na França pós-1851. Do ponto de vista dessa mitologia, o Segundo Império é o período em que o mito da Paris hedonista supera o da Paris revolucionária. Após o golpe, Paris torna-se sinônimo de alegria, do afã de viver: após os cataclismos, a orgia. Não obstante, o mito da vida à parisiense tem seu contraponto: para aqueles que a recusam, a cidade do Prazer tornar-se-á capital do Tédio e da Dor; à maneira de Baudelaire, esses desgostosos darão as costas ao espetáculo infame da Paris que se diverte:

Pendant que des mortels la multitude vile,
Sous le fouet du Plaisir, ce bourreau sans merci,
Va cueillir des remords dans la fête servile,
Ma Douleur donne-moi la main; viens par ici
Loin d'eux...[3]
[*Recueillement*, 5-9]

Tomar distância por via de um exercício de espiritualização significa exilar-se naquilo que Walter Benjamin chama de "rememoração poética"; significa ressuscitar, diante da nova Paris de Napoleão III e do barão Haussmann, a velha Paris que não existe mais.[4] O precursor direto de uma tal poesia não é Victor Hugo — a quem é dedicada —, mas antes, creio eu, esse poeta alemão que, protegido apenas pela iminência da morte, vive em seus anos derradeiros um duplo exílio parisiense: exilado da pátria e exilado da Paris que já não pode mais ver, Heine pratica, à semelhança de Baudelaire, uma feitiçaria evocatória movida a desespero. Seu tom, entretanto, diverge do baudelairiano na medida em que o patético de Heine é mascarado pelo jogo permanente da ironia e do humor.

Vejamos então como Heine, chegando a Paris justo no momento em que o mito da cidade conhece sua maior expansão, e dele fazendo uso em seus artigos para a *Gazeta de Augsburg*, reage à derrota de 1848, ou seja, vejamos como sua poesia tardia, dos anos de 1848 a 1856, lida com a perda tanto de uma causa política como de um mito parisiense.

Após os fracassos sucessivos da República de 1848, que desembocaram no golpe de Estado de 2 de dezembro e na instauração do Segundo Império, Lutécia não é mais a cidade outrora celebrada por Heine (e pelos republicanos e democratas do mundo inteiro): a "cidade da igualdade, do entusiasmo e do martírio, a cidade redentora que tanto sofreu pela salvação temporal da humanidade".[5] Quanto aos franceses, eles não são mais o "povo eleito da nova religião (da Liberdade)",[6] assim como sua capital já não é mais a "nova Jerusalém" antes saudada por Heine em tom de novo profeta da revolução.[7] Numa palavra: Paris já não serve de antídoto para o poeta estrangeiro a quem a Alemanha rouba o sono — suas "*deutsche Sorgen*", suas "inquietações alemãs" já não se dissipam, como queria um de seus poemas mais famosos (*Nachtgedanken*, *Pensamentos noturnos*), com o sorriso de Mathilde ou com a serenidade da manhã francesa.[8] Muito pelo contrário: o que antes o consolava é o que agora engendra suas inquietações, suas inquietações agora babilônicas. *Babylonische Sorgen* é, com efeito, o título de um dos poemas da última coleção que Heine vê publicada e que cristaliza, a meu ver, sua poesia parisiense pós-1848:

Mich ruft der Tod — Ich wollt, o Süße,
Daß ich dich in einem Wald verließe,
In einem jener Tannenforsten,
Wo Wölfe heulen, Geier horsten
Und schrecklich grunzt die wilde Sau,
Des blonden Ebers Ehefrau.

Mich ruft der Tod — Es wär noch besser,
Müßt ich auf hohem Seegewässer
Verlassen dich, mein Weib, mein Kind,
Wenn gleich der tolle Nordpolwind
Dort peitscht die Wellen, und aus den Tiefen
Die Ungetüme, die dort schliefen,
Haifisch' und Krokodile, kommen
Mit offnem Rachen emporgeschwommen —

Glaub mir, mein Kind, mein Weib, Mathilde,
Nicht so gefährlich ist das wilde,
Erzürnte Meer und der trotzige Wald,
Als unser jetziger Aufenthalt!
Wie schrecklich auch der Wolf und der Geier,
Haifische und sonstige Meerungeheuer:
Viel grimmere, schlimmere Bestien enthält
Paris, die leuchtende Hauptstadt der Welt,
Das singende, springende, schöne Paris,
Die Hölle der Engel, der Teufel Paradies —
Daß ich dich hier verlassen soll,
Das macht mich verrückt, das macht mich toll!

Mit spöttischem Sumsen mein Bett umschwirrn
Die schwarzen Fliegen; auf Nas und Stirn
Setzen sie sich — fatales Gelichter!
Etwelche haben wie Menschengesichter,
Auch Elefantenrüssel daran,
Wie Gott Ganesa in Hindostan. —
In meinem Hirne rumort es und knackt,
Ich glaube, da wird ein Koffer gepackt,
Und mein Verstand reist ab — o wehe –
Noch früher als ich selber gehe.[9]

"[...] ele traça com mão febril seus quadros parisienses"[10], dizia do poeta agonizante o compilador Saint-René Taillandier, no texto que precedia suas traduções desta coleção de poemas, publicada, vale lembrar, sob o título de *Le Livre de Lazare* na *Revue des Deux Mondes* em novembro de 1854. No que diz respeito a *Inquietações babilônicas*, o crítico francês viu com clareza: trata-se de fato de um verdadeiro "quadro parisiense" (*tableau parisien*), que pode rivalizar em qualidade estética e intelectual com os melhores textos franceses desse gênero, notadamente com as *Flores do Mal*. Por estranho que possa parecer, o poema é um "quadro parisiense" do primeiro ao último verso, e não apenas quando a cidade é explicitamente nomeada. Ou por outra: longe de limitar-se aos versos da terceira estrofe, que por assim dizer apresentam-na tal e qual —

Paris, die leuchtende Hauptstadt der Welt,
Das singende, springende, schöne Paris,
Die Hölle der Engel, der Teufel Paradies —

— longe portanto de limitar-se a estes três versos (perfeitamente tópicos, afinal de contas, mas realçados por sua concisão rítmica e espiritual),[11] Paris é onipresente neste poema: está no interior da *Matratzengruft*[12] evocada na última estrofe; está na natureza selvagem em que Heine acumula animais ferozes dos reinos mais diversos, natureza que julgaríamos nos antípodas da brilhante capital do mundo e que aparentemente serve de antítese à bela Paris que o poeta diz abominar por razões conjugais.

O funcionamento deste poema exibe várias analogias com o de um sonho, a começar pelo fato de que o conteúdo manifesto encobre o conteúdo latente. O pensamento manifesto remete-nos a uma constelação meio patética, meio cômica: "um pobre poeta alemão que exerce (já há algum tempo) o vil ofício de moribundo" — fórmula tomada a uma carta de junho de 1848[13] — enche-se de inquietações por sua futura viúva e tenta acalmar-se, advertindo-a quanto aos perigos que a espreitam. O autor apresenta-se já como membro da confraria daqueles que Fourier chama de "cornos póstumos", e seu ciúme antecipado, verdadeiramente mórbido — chegando mesmo a ocupar o lugar do temor à morte — inspira-lhe fantasias rematadamente sádicas (sua esposa despedaçada pelas feras da floresta, abocanhada por monstros marinhos) ou masoquistas (Mathilde, a mulher-criança, devorada por parisienses vorazes, ou seja, pelos libertinos vulgares do Segundo Império). Humorista até mesmo no leito de morte, Heine ri ironicamente da própria desgraça conjugal — e sabemos que este não é o único poema em que isso acontece.

Por importante que seja, este aspecto não resume todas as inquietações parisienses contidas no texto. A fim de perceber toda sua profundidade, há que observar mais de perto a antítese que serve de suporte à construção humorística do poema. De um lado, uma natureza feroz, ao mesmo tempo germânica e equatorial; de outro, a Paris do Prazer e da Corrupção. Não obstante, esses dois mundos, em aparência tão contraditórios, têm um ponto comum: ambos são habitados por monstros. Com uma diferença, entretanto: se nas duas primeiras estrofes o poeta nomeia com precisão os monstros que devemos ter em mente, na terceira ele permanece fortemente alusivo: advertindo a esposa contra as feras muito mais perigosas de Paris-Babilônia, curiosamente furta-se de exibi-las ou nomeá-las.

Sabemos do gosto de Heine em falar da sociedade como se falasse de animais, e sabemos que esse linguajar o aproxima antes da sátira que do apólogo. Mas esse gênero de transformação, que poderíamos bem chamar de *bestialização*, não se explica simplesmente por uma preferência pessoal: ela faz parte de uma prática, especialmente difundida na literatura e nas artes desse período (ainda que naturalmente ocorra em todas as épocas). Antes de 1848, essa bestialização, que se desenvolvera fortemente desde a Revolução Francesa e que comparecia tanto nas lutas sociais, religiosas e políticas como nos ódios étnicos, conservava ainda um caráter quase anódino, a despeito da violência que lhe é própria. Para constatá-lo, basta dar uma olhada nas caricaturas de Grandville ou reler *Atta Troll* (em boa parte inspirado nelas).[14] É tão-somente no curso das lutas do ano de 1848 e, em especial, durante e após a insurreição operária de junho que esse linguajar se exacerba: a imprensa burguesa trata os "vermelhos" de lobos, tigres, cães raivosos etc, enquanto estes respondem à ferocidade da repressão recorrendo sarcasticamente ao mesmo vocabulário. Ora, o último Heine não cessa de fazer eco irônico às lutas sociais por animais interpostos. Suas reminiscências variam quanto à técnica de camuflagem e, por mais que o fundo permaneça o mesmo, sua forma difere a tal ponto que é difícil discernir o fio condutor que une poemas como *Jehuda ben Halevy*, *Im Oktober 1849* (*Em outubro de 1849*), *Rote Pantoffeln* (*Pantufas vermelhas*), *Mythologie* (*Mitologia*), *Der weiße Elefant* (*O elefante branco*), *Die Wanderratten* (*Os ratos migradores*) e inúmeros outros. No caso de *Inquietações Babilônicas*, o fato de Paris ser nomeada facilita bastante a exegese, pois vários de seus poemas de inspiração parisiense não o fazem, quando não chegam a trocar seu nome por um outro — Hamburgo ou mesmo Krähwinkel.[15] Os dois mitos parisienses que encontramos no poema têm cada qual seu próprio bestiário. Mas se o mito da Paris hedonista visa apagar os contrastes sociais, o bestiário que lhe corresponde jamais consegue fazê-lo e acaba por se confundir com o bestiário revolucionário: pois entre os animais, o prazer (sobretudo de ordem nutritiva) não é nunca inocente, e a imagem de um animal saciado suscita imediatamente a idéia de sua presa. Ora, ao imaginar a esposa como presa predestinada do mundo ou do submundo imperial, dos leões de hoje ou de amanhã, Heine invoca um outro bestiário, correspondente a um outro tempo do mito parisiense, bestiário que ele descreve com a mesma alegria perversa da "horda radical" ("*die radikale Rotte*") dos ratos migradores — sempre nos assegurando de seu caráter relativamente inofensivo. Não há dúvida de que se trata aqui do bestiário revolucionário, ainda que em sua versão pânica e reacionária — outro traço em comum com *Os ratos migradores*. A astúcia ou, se quisermos, o hermetismo do texto deriva do fato de que a metáfora evidente da terceira estrofe torna quase irreconhecível o significado sistematicamente metafórico das duas primeiras estrofes, que assim parecem apenas servir de trampolim para aquela última. Entretanto, não só o conteúdo — os monstros, as vozes, ou antes as goelas ínferas —, mas também o continente, o ambiente onde essas aparições exibem sua ferocidade é parte dessa série metafórica revolucionária. Não nos enganemos: essa floresta e esse mar, cuja justaposição nos faz pensar em paisagens ditirâmbicas, não são outra coisa senão uma natureza natural ou realista — paisagens parisienses metaforicamente transformadas. Na medida em que o mito de Paris é coextensivo ao da Revolução (como ao do Povo), ele recorre sempre às metáforas da floresta e do oceano, da tempestade, dos animais e da fúria dos elementos. Em conseqüência, a oposição entre "o mar irritado e a floresta rebelde"[16] e a "esplêndida capital do mundo" (notemos ainda que o adjetivo "*leuchtend*" remete ironicamente à tradição perdida do Iluminismo) resolve-se em última análise numa dicotomia puramente parisiense: com doses iguais de discrição e hipérbole, o texto evoca a Paris das contradições sociais como antídoto à Paris do novo império, supostamente pacificador.

Mas esta nova paz não está ao alcance do "eu" agonizante do poema, acossado por essa horda fantástica, rematada pelas "moscas negras", suas emissárias derradeiras e mais derrisórias. Por reais que sejam estas últimas, seu esvoaçar ao redor do leito lhes dá um qualidade alucinatória e lhes empresta um significado alegórico. Alegoria da morte, decerto, essa "*fatales Gelichter*" não se esgota num significado definido, mas reveste-se, como o diabo, das formas mais diversas: ser humano, deus hindu, elefante. Essas metamorfoses oníricas fazem pensar inicialmente no conteúdo manifesto do texto, isto é, no tema maior do ciúme obsessivo de um moribundo: Ganesha é a divindade tutelar dos esposos ao mesmo tempo que patrono dos comerciantes, dos viajantes e dos ladrões, ao passo que a natureza fálica de sua tromba salta aos olhos. A imaginação do leitor atento não se contentará com essas relações e não deixará de se perguntar se não existe liame associativo entre as "moscas negras" e o bestiário político cuja presença acabamos de revelar. De minha parte, creio que os leitores franceses da década de 1850 bem poderiam estabelecer correspondências políticas precisas: e isso menos pelas qualidades analógicas da mosca enquanto tal (sua cor, seu movimento circular, seu tamanho, sua origem etc) e mais por causa da linguagem contemporânea. "Moscões políticos" ("*les moucherons politiques*") — tal era a alcunha dos tenores da reação dinástica, dos Thiers, Montalembert, Berryer, Molé: Daumier os representa várias vezes sob esta rubrica em 1850.[17] Quanto ao próprio Thiers, *bête noire* do partido republicano a partir da insurreição de 1834 em Lyon e Paris e até depois da Comuna, um de seus vários apelidos era "Mirabeau-mosca" ("*Mirabeau-mouche*"), designando simultaneamente sua pretensão a orador e seu porte minúsculo.[18] Se esta associação fazia parte das intenções do autor — coisa que espero poder provar —, então seu texto acabaria por revelar alusivamente a verdadeira identidade de alguns dos animais parisienses que lhe metem mais medo que os monstros produzidos pelo resmungo popular. Essa hipótese mostra-se ainda mais de acordo com a realidade histórica e com a lógica do poema se pensarmos que Thiers era o líder da facção burguesa que mais descaradamente dedicava-se à bestialização da "vil multidão" — e que agia conformemente. Thiers fora um dos instigadores da repressão de junho de 1848 e um dos que haviam preparado o advento do Segundo Império. Há pouco afirmei que a natureza monstruosa evocada no começo do poema correspondia ironicamente à deformação sofrida pelo mito do povo parisiense e revolucionário; acrescento agora que bem podemos chamar a essa visão pânica de visão à Thiers, e mesmo à Prudhomme. Nós a reencontramos em *Os ratos migradores*[19] e nos famosos textos em prosa em que Heine confessa hipocritamente seu medo aos proletários — "esses sombrios iconoclastas" —, textos que são, todos eles, mais ou menos ligados à cidade de Paris.

A figura profunda deste poema, modelo da poesia parisiense do Heine tardio, é a inversão. O grande rebuliço que o encerra agita o próprio texto. Um outro mundo, um mundo ao revés, é reconstituído por meio de uma força poética que se apresenta como perda da razão, como demência. Essa reconstituição se dá por via da assimilação autobiográfica dos grandes lugares-comuns do discurso ideológico contemporâneo, clichês que têm em Paris seu ponto de origem e de referência.

A grande originalidade da poesia de Heine em comparação com a literatura engajada do *Vormärz* e do pós-1848 está na modalidade peculiar de alquimia verbal e mitológica que ela pratica, sem cair nas antíteses maniqueístas dos *Châtiments* ou da *Tendenzlyrik* (poesia engajada) ou na mania de concluir, pecado grave em matéria de poesia. Nada de mensagem suprema, nada de condenação inapelável da Babilônia corrompida ou de invocação vibrante da Paris-Liberdade; mas sim expressão de uma angústia quase cômica, que poderia conter alguma esperança, assim como um pesadelo exprime um desejo. À diferença do Hugo dos *Châtiments* ou de Auguste Barbier, cujo *Lazare* talvez o tenha interessado, o último Heine desconfia mais do que nunca da Musa Indignação e seus pelourinhos. Sua musa agora é a morte; é ela que confere à sua poesia a lucidez alucinatória que o poeta sabiamente faz passar por perda da razão. Lucidez antes lingüística que visual, graças à qual Heine decifra os barulhos, os rumores da cidade, para em seguida os recompor e reescrever em nova configuração. Pois a Paris do último Heine não é a cidade que ele vê, é a cidade que ele ouve, a Paris veiculada pela linguagem, cristalizada pelo mito e retomada finalmente pela consciência poética. Baudelaire, que igualmente coloca suas *Flores do Mal* sob o signo da Morte, associará à lembrança mítica a visão cotidiana e real da nova Paris, dando assim à poesia parisiense uma nuance suplementar de modernidade.

Notas

1 Vide P. Citron, *La poésie de Paris dans la littérature française de Rousseau à Baudelaire* (Paris, 1961), 2 vols. — meu ensaio deve muito a essa obra.

2 Epíteto que Heine retoma por conta própria — sem que seja o único a fazê-lo: entre 1830 e 1850 ela está um pouco por toda parte, notadamente em Michelet e Victor Hugo; vide P. Citron, *op. cit.*, v. 1, p. 150.

3 "Enquanto a vil multidão dos mortais, / Sob o açoite do Prazer, este carrasco sem dó, / Vai colher remorsos na festa servil, / Dá-me tua mão, ó minha Dor; vem por aqui, / Longe deles..." [N.T.]

4 Vide minha leitura do *Cisne* de Baudelaire: "Um socialista hermético", neste mesmo volume, bem como W. Fietkau, *Schwanengesang auf 1848* (Reinbek, 1978).

5 *De la France* (Paris, 1884), p. 151. É bem verdade que, na passagem citada, Heine já fala de um passado consumado.

6 *Reisebilder / Tableaux de voyage* (Paris, 1856), v. 1, p. 290.

7 *Ibid.*, p. 290: "Paris é a nova Jerusalém, e o Reno é o Jordão que separa do país dos filisteus a terra consagrada da liberdade." Já em 1844, em *Alemanha, um Conto de Inverno*, canto v, o poeta informa o "Pai Reno" que seus "queridos franceses" tornaram-se filisteus "como nós".

8 "*Dieu soit loué! Par ma fenêtre / Entre un clair rayon du soleil de France; / Ma femme vient, belle comme l'aurore, / Et son sourire chasse les soucis*

d'Allemagne" [Deus seja louvado! Pela janela / Entra um claro raio do sol de França; / Minha mulher se aproxima, bela como a aurora, / E seu sorriso expulsa minhas inquietações alemãs!], in *Poèmes d'actualité*; para a versão alemã, vide a edição de K. Briegleb, (Munique, 1969), v. 4, pp. 32ss.

9 "A morte me chama. — Quisera, ó amada, / Abandonar-te numa floresta, / Numa dessas florestas de pinheiros / Onde uivam os lobos, onde vivem os abutres, / Onde a porca selvagem grunhe terrivelmente, / Esposa do javali de pêlos loiros. // A morte me chama. — Seria ainda melhor / Se em mar aberto / Eu te abandonasse, ó minha mulher, ó minha criança, / Por mais que o louco vento norte / Por lá açoite as ondas, por mais que das profundezas / Todos os monstros, que lá dormem / — Tubarões e crocodilos —, viessem / Com suas goelas abertas à superfície./ Creia em mim, minha criança, minha mulher, Mathilde, / Não há tanto perigo no selvagem, / Desenfreado mar, na floresta imprevisível, / Como neste nosso atual domicílio! / Por terríveis que sejam o lobo e o abutre, / Tubarões e demais monstros marinhos, / Há feras piores e mais bestiais / Em Paris, a luminosa capital do mundo, / A bela Paris que canta e dança, / Inferno dos anjos, Paraíso dos demônios! / — Pensar que devo te abandonar aqui / É coisa que me desatina e enlouquece! // Com seu zumbido sarcástico, em volta à minha cama voleteiam / Moscas negras; sobre meu nariz e minha testa / Elas pousam, canalha fatal! / Algumas têm face humana / E até mesmo trombas de elefante, / Como o deus Ganesha no Hindustão. — / Ouço barulhos e estalos em meu cérebro, / Acho que alguém está fazendo as malas, / E minha razão vai-se embora, ó meu Deus, / Antes mesmo que eu parta." [N.T.]

10 *Revue des deux mondes*, 1 de novembro de 1854, p. 539.

11 Vide Citron, *op. cit.*, v. 2, pp. 250ss. A mesma comparação encontra-se no poema liminar das *Flores do Mal*, e num contexto análogo, referente às condições da vida moderna.

12 Literalmente, "covil de colchões" ou "cripta de colchões", alusão à fase final da doença do poeta; a expressão encontra-se no posfácio ao *Romanzero*. [N.T.]

13 Carta ao marquês E. de la Grange, in Heine, *Briefe* (Berlin/Paris, 1972), v. 22, pp. 284ss.

14 Vide W. Woesler, *Heines Tanzbär. Historisch-literarische Untersuchungen zum Atta Troll* (Hamburgo, 1978).

15 Vide o poema *Lembranças dos dias de terror em Krähwinkel*.

16 Paris-mar, cf. Citron, *op. cit.*, v. II, pp. 96ss; Paris-floresta, *ibid.*, pp. 90ss; a imagem do povo-oceano ocorre repetidas vezes na obra de Heine.

17 No catálogo Daumier de Delteil, *Le Peintre-Graveur Illustré* (Nova York, 1969), essas caricaturas traziam os números 2007 e 2012. Não é preciso dizer que a *mouche* (mosca) remete ao *mouchard* (alcagüete), fenômeno típico da nova Paris de Napoleão III. Por fim, há ainda as associações provenientes de um jogo alegórico com as fábulas de La Fontaine (*Le lion et le moucheron*, *L'ours et l'amateur de jardin*) e que poderíamos aproximar de certas apóstrofes a Paris, tais como: "*Ma belle Lutèce, n'oublie pas ma nationalité* [...]*; c'est ainsi que les caresses de mes pattes tudesques ont pu te blesser parfois, et je t'ai peut-être lancé plus d'un pavé sur la tête, dans la seule intention de te défendre contre les mouches*" [Minha bela Lutécia, não esqueça minha nacionalidade [...]; talvez os carinhos de minhas patas tedescas já tenham machucado, talvez eu tenha lançado mais de uma pedra contra tua cabeça, mas sempre na intenção de te defender contras as moscas] (*Préface à Lutèce*, na edição de Briegleb, v. 5, pp. 219ss).

18 Veja-se o retrato de Thiers traçado por Marx em *A guerra civil na França* (in *Marx-Engels-Werke*, v. 17, p. 322s).

19 A angústia que se exprime nos *Ratos migradores* e por trás da qual se adivinha certa alegria perversa corresponde ironicamente àquela de *Babylonische Sorgen*; ver a respeito meu livro *O Velho Mundo desce aos infernos* (São Paulo, 1999).

A precisão de Heine

[TRADUÇÃO Luís Repa]

H. Daumier, "La destruction de Sodome" [1848-1850]

A precisão de Heine

Profissão de fé, ironia e raciocínio político

"Ah, esqueço que vivemos em uma época muito burguesa..."

1. O MAL-ENTENDIDO ACERCA DE HEINE

Apesar das inúmeras pesquisas no Leste e no Oeste, não há ainda uma plena clareza sobre a postura política de Heine. Recentemente publicado, o levantamento de Jost Hermand evidencia já no título a apreciação controversa a respeito do poeta: *Heine, objeto de litígio*.[1] Ora, Heine não teria de ser objeto de litígio se o tivessem lido melhor, e isso vale para seus comentadores do Leste, socialistas ou de esquerda, tanto quanto para os do Oeste, burgueses ou conservadores — sendo que os limites ideológicos não coincidem necessariamente com os geográficos. Uns tentam com obstinação provar que Heine era um dos seus, "humanista polêmico e poeta ligado ao povo", como reza o título de um simpósio na Alemanha Oriental;[2] outros recorrem, tão renitentes quanto satisfeitos, às várias passagens na obra de *seu* Heine em que se trata do medo e do horror do artista à soberania popular e ao comunismo. E as declarações de aversão à plebe, aos *ratos*, pelas quais a orientação conservadora e burguesa da pesquisa sobre Heine fica íntimamente agradecida e sente-se em vínculo estreito com ele,[3] constituem há mais de cem anos uma pedra no sapato dos seus admiradores democratas, cuja perplexidade diante de palavras tão duras estorvou desde sempre toda presença de espírito, de sorte que se deixaram iludir por frases cuja ironia, no entanto, visava apenas mistificar o lado oposto e aguçar o ouvido crítico, no campo aliado, em relação aos argumentos adversários. O ponto nevrálgico do mal-entendido acerca de Heine reside em todas aquelas passagens em que se mobiliza o preconceito segundo o qual os comunistas seriam iconoclastas. Veremos que esse preconceito não era de Heine.

Mas, antes de nos curvarmos sobre os textos, reproduzamos algumas posições representativas que a esquerda tomou em relação ao "temor de Heine ao iconoclasmo". Em 1897, Franz Mehring faz o seguinte juízo:

> "Heine nunca esqueceu completamente a flor azul do romantismo e nunca superou completamente o horror ao comunismo".[4]

No principal, são dois os textos em que Mehring fundamenta seu juízo (nós os citaremos abaixo, em extenso): o passo das *Confissões* [de 1854] sobre "o povo, o soberano canhestro", e a passagem análoga sobre os iconoclastas no prólogo francês a *Lutetia*, de 1855. Com relação à última ele observa em 1895:

> *Poeta vates* — mas aqui o poeta não satisfaz como vidente. É certo que hoje tentam acabar com os loureirais de Heine. Mas quem tenta não são os proletários vitoriosos, senão seus adversários, os 'mais nobres e os melhores' da nação alemã. Há gente para a qual a obra de Heine é boa apenas para fazer embrulhos, mas não são os donos de armazém, senão conhecidos poetas alemães. É certo que os versos de Heine correm perigo com a vitória de algumas correntes atuais — mas o proletariado os guarda, preserva e lhes assegura a imortalidade. As mãos calejadas não despedaçam as belas estátuas de mármore; elas preparam uma nova época da arte que fará da beleza o bem comum de todos.[5]

A crítica dá testemunho de sentimento nobre e retidão, mas de pouca perspicácia. Algo semelhante vale para as declarações posteriores, de 1914: depois de ter-se mostrado inquieto com a comparação entre o comunismo e os ratos,[6] Mehring entra no "capítulo obscuro" das *Confissões* e, em seguida, no prólogo a *Lutetia*:

> Até sua morte, o poeta se ocupou com um problema para ele insolúvel. Dois anos antes, em 1854, manifesta sua repulsa ao "comunismo vulgar, sem folha de parreira, horrivelmente cru". Mas não quer ver seu receio confundido com o temor do afortunado que tremeria por seus capitais, ou com o dissabor dos industriais abastados que receariam ser inibidos em suas atividades espoliadoras: "Não, antes me aflige o medo secreto do artista e do sábio, que vêem ameaçada pela vitória do comunismo a nossa civilização moderna inteira, as

árduas conquistas de tantos séculos, o fruto dos trabalhos tão nobres de nossos predecessores".

> E algo bem parecido é dito um ano mais tarde, no prefácio à tradução francesa de um de seus escritos. [...] Mas, acrescenta Heine, esse comunismo, que seria tão hostil a todos os seus interesses e inclinações, exerce sobre sua alma um encantamento do qual ele não pode se defender; para ele, duas vozes se levantavam em seu peito: a voz da lógica, pois, se todos os homens possuem o direito de comer, o comunismo é irrefutável, e a voz do ódio, pois o comunismo o vingaria dos filisteus patrióticos, que lhe tornaram a vida tão azeda. Ora, foi isto que o comunismo fez, pela mesma razão ele não devastou, mas protegeu, os loureirais do poeta.[7]

A conclusão do respeitável Mehring, a que se poderia aplicar o sarcasmo do próprio Heine sobre os poetas tendenciosos — "O cabeça-oca fazia praça de seu coração convicto, e esse era o seu trunfo" (IV, p. 495)[8] —, essa conclusão tornou-se uma espécie de dogma da filologia do Leste socialista:

> Sem dúvida, Heine via o fundo das coisas sempre como poeta. Não era um político e menos ainda um militante. Tinha um horror estético a toda soberania das massas, que para ele era a dominação de uma banalidade insuportável.[9]

Todos os pesquisadores marxistas de Heine, desde Mehring até Harich e Hans Kaufmann, passando por Lukács,[10] incluindo os russos e os franceses, escandalizam-se com o medo de Heine às "massas", em virtude do qual ele deveria ser classificado como um "representante da *intelligentsia* pequeno-burguesa". Do levantamento de Hermand conclui-se que a recente filologia da União Soviética e da Alemanha Oriental está empenhada sobretudo em converter o Heine que está na cova; seu temor à hostilidade do proletariado à arte teria sido infundado; a política cultural do Estado soviético mostraria, como se sabe, o exato oposto disso, etc.[11]

Talvez já seja hora de substituir as afirmações de orgulho socialista por uma leitura mais precisa e desatravancada dos clássicos; certas dificuldades se resolveriam, então, por si mesmas.

Dispenso a diversão de apresentar aqui o florilégio das tolices conservadoras sobre Heine.[12] Basta dizer que, quase sem exceção, os textos-chave sobre a barbárie da plebe, a ser explicitados na seqüência, são aduzidos com o objetivo de uma neutralização ideológica de Heine. Em alguns comentadores, o tom de satisfação moderada pela suposta afecção antiplebéia do poeta aumenta até chegar ao urro de triunfo. Esses virtuoses da imprecisão confundem seus preconceitos, suas quimeras e suas soluções de ocasião com o conhecimento filológico e decretam por fim que o "pensamento preciso" não seria da "natureza de Heine"[13] e que seria "um empreendimento bastante infecundo querer reduzir os propósitos políticos de Heine a uma fórmula definitiva", pois Heine teria se tornado "presa de suas próprias visões e sobretudo de suas próprias paixões" etc.[14] Dispenso qualquer palavra sobre quem realmente se tornou presa de suas próprias paixões. O que interessa em Heine é que ele foi uma das cabeças mais frias e lúcidas do século XIX, e por isso não é de admirar que também no século XX ele continue tão mal compreendido.

A satisfação de uns pela fina sensibilidade do artista, que o homem Heine teria sabido proteger contra o pior, contra o engajamento revolucionário incondicional, assim como a má-vontade de outros em relação à desconfiança retrógrada de esteta, que pretensamente o impediu de dar um último passo decisivo em direção ao povo, tanto aquela satisfação como essa má-vontade teriam se revelado precipitadas e descabidas se os textos pelos quais elas foram despertadas tivessem sido examinados mais de perto. Digo "despertadas" de propósito, pois os textos não foram senão o ensejo para a manifestação desses sentimentos, que, como representações de desejo ou medo, dormitavam desde sempre na alma dos envolvidos. Bastava uma autoridade de poeta se apresentar e dar de si algo que parecesse se ajustar a essa imagem desejada ou temida, e logo despontavam os desejos de uns, os temores de outros, júbilo em um caso, lamento no outro, mas, de todo modo, a sensação de ser confirmado. Isso pouco tem a ver com a interpretação literária: as paixões aqui aludidas eram fortes demais para que uma leitura ponderada e não emocional pudesse ter tido lugar. No entanto, esta é a condição para entender um autor como Heine, que percorre tão soberanamente a escala de sentimentos de seu público. É por isso que tentaremos recuperar a seguir os acordes que Heine fez soar em seu tempo.

II.I

A primeira das duas passagens clássicas em que o último Heine expressa seu receio do comunismo e da soberania popular encontra-se nas *Confissões*. Primeiramente, vou reproduzi-la na forma em que ela, arrancada de seu contexto, é habitualmente citada:

> Para dizer a verdade, pode não ter sido mera aversão o que me desgostou nos princípios dos ateus e causou meu afastamento. Estava em jogo também certa inquietação que eu não conseguia superar; eu via no ateísmo uma aliança mais ou menos secreta com o comunismo vulgar, sem folha de parreira, horrivelmente cru. Na verdade, minha repulsa ao último não tem nada em comum com o temor do afortunado que treme por seus capitais, ou com o dissabor dos industriais abastados que receiam ser inibidos em suas atividades espoliadoras: não, antes me aflige o medo secreto do artista e do sábio, que vêem ameaçada pela vitória do comunismo nossa civilização moderna inteira, as árduas conquistas de tantos séculos, o fruto dos trabalhos tão nobres de nossos predecessores. Levados por convicções nobres, podemos até sacrificar os interesses da arte e da ciência e mesmo todos os nossos interesses particulares pelo interesse geral do povo sofrido e reprimido, mas não podemos jamais ocultar a nós mesmos o que nos espera quando a grande massa rude, que uns chamam de povo, outros de plebe, e cuja soberania legítima há muito foi proclamada, chegar realmente ao poder. O poeta, em especial, sente um horror fatídico à investidura desse soberano canhestro. Nós nos sacrificaremos de bom grado pelo povo, pois o auto-sacrifício faz parte de nossos prazeres mais refinados — a emancipação do povo foi a grande missão de nossas vidas; combatemos por ela e por ela suportamos uma miséria inominável, na pátria e no exílio

> —, mas a natureza pura e sensitiva do poeta eriça-se a qualquer contato pessoal com o povo, e recuamos espavoridos ante a simples idéia de suas carícias. Que Deus nos guarde delas! Um grande democrata disse outrora que, se um rei lhe tivesse apertado a mão, rapidamente a levaria ao fogo para purificá-la. Gostaria de dizer do mesmo modo: lavaria a minha se o povo soberano me desse a honra de apertá-la. (VI/1, pp. 467-8).

Convenhamos que isso é duro de engolir e pode muito bem desconcertar um democrata militante. Ainda assim, nesse trecho também se ouvem notas que deveriam atenuar o choque e chamar nossa atenção, notas de sátira antiburguesa e de *pathos* socialista. Das primeiras fazem parte formulações como:

> com o temor do afortunado que treme por seus capitais, ou com o dissabor dos industriais abastados que receiam ser inibidos em sua espoliação [...]; ou
>
> quando a grande massa rude, que uns chamam de povo, outros de plebe [...].

Frases que soam a engajamento confesso, como:

> Levados por convicções nobres, podemos até sacrificar os interesses da arte e da ciência e mesmo todos os nossos interesses particulares pelo interesse geral do povo sofrido e reprimido [...].

E ainda mais inequivocamente:

> a emancipação do povo foi a grande missão de nossa vida; combatemos por ela e suportamos uma miséria inominável, na pátria e no exílio [...].

Essas palavras patéticas não combinam bem com o gracejo frívolo sobre as carícias do povo nem com a confissão solene de horror ao porvir, o temor pela civilização. A questão é se essa desproporção reflete uma contrariedade na essência de quem confessa aqui sua vida, ou se poderia ser explicada de outra maneira. Nada mais simples que ler o trecho em seu contexto para chegar a alguma certeza sobre isso.

Mas, de início, a interpretação convencional parece confirmar-se, já que nossa passagem é antecedida por uma outra talvez ainda mais aristocrática e cínica, na qual Heine lamenta a vulgarização da filosofia alemã atéia no final do século XVIII e começo do XIX:

> Ah! o que naquele tempo soava tão estranho, agora é predicado do outro lado do Reno. Sobre todos os telhados, e o fervor fanático de muitos desses predicantes é assustador! Temos agora monges fanáticos do ateísmo, inquisidores da descrença que mandariam queimar o senhor de Voltaire porque no fundo fora um deísta inveterado. Enquanto essas doutrinas permaneciam o bem comum de uma aristocracia de espirituosos e eram pronunciadas em uma linguagem de *coterie* elegante, ininteligível para os criados, que ficavam atrás de nós em seu serviço, enquanto blasfemávamos em nossos *petits soupers*, eu também figurei entre os *esprits forts* levianos, dos quais a maioria se assemelha àqueles *grands seigneurs* liberais que, pouco antes da Revolução, buscavam

> afugentar com as novas idéias revolucionárias o tédio de sua vida cortesã ociosa. Mas quando notei que a plebe rude, o populacho, começava também a discutir os mesmos temas em seus simpósios imundos, onde alumiavam, em vez de círios e girândolas, vela de sebo e lâmpada a óleo; quando vi que os papalvos ensebados dos assistentes de sapateiro e de alfaiate atreviam-se, em sua linguagem tosca de albergue, a negar a existência de Deus; quando o ateísmo começou a feder a queijo, aguardente e fumo, tudo ficou repentinamente claro, e o que eu não havia compreendido pelo entendimento, compreendi então pelo olfato, pelo mal-estar do nojo, e isso pôs um fim, Deus seja louvado!, ao meu ateísmo. (VI/1, pp. 466).

Isso confirma o que se segue, mas só em parte; em parte o contradiz também. Confirma a parte das *Confissões* que se refere à aversão de Heine pela "grande massa rude", desabonando de antemão a outra parte, mais homogeneamente enfática, que fala da "emancipação do povo" como a "grande tarefa de nossas vidas". Assim, a contradição não é resolvida; antes, aparece de forma ainda mais crassa. Além disso, esse primeiro trecho introdutório, em que Heine se volta para a sua relação com o povo, é, ainda mais que a seguinte, de um esnobismo provocador e de uma leviandade de tom que desperta a suspeita de que o autor não esteja sendo inteiramente sincero, de que pensa algo diferente do que diz; em resumo, de que haveria uma ironia em jogo. Essa suspeita é corroborada pelas palavras com que Heine passa para sua "grande confissão": "Para dizer a verdade, pode não ter sido mera aversão [...]".

Logo, o horror ao populacho foi uma simulação, um exagero ou qualquer outra coisa do gênero, mas não (toda) a verdade. Ora, justo no passo seguinte ele deve motivar o temor ao comunismo. Mas, e se Heine, admitindo uma primeira insinceridade, quisesse dar a entender ao leitor, como que por uma piscadela, que sua opinião seguinte tampouco deveria ser levada muito a sério? Ou, ainda, que atrás do temor simulado se escondesse a esperança genuína no comunismo, naquilo que entendia por comunismo: a soberania popular integral? Motivada pelas contradições de conteúdo e estilo dos dois parágrafos, essa hipótese se confirma logo na seqüência pela terceira parte da argumentação, sem dúvida a mais importante, na qual Heine abandona toda coqueteria e dissimulação e refuta um a um os preconceitos correntes relativos ao povo, os idealizantes da "esquerda" e os pejorativos da "direita", preconceitos com que acabava de praticar seu jogo, fingindo tomá-los por verdadeiros.

> Oh, o povo, esse pobre rei em andrajos encontra bajuladores que lhe batem com o incensório na cabeça muito mais descaradamente que os cortesãos de Bizâncio e Versailles. Esses lacaios do povo enaltecem constantemente suas qualidades e virtudes e bradam entusiasmados: como é belo o povo! como é bom o povo! como é inteligente o povo! — Não, vós mentis. O povo pobre não é belo; ao contrário, é muito feio. Mas essa feiúra originou-se da sujeira e desaparecerá com ela assim que construirmos banheiros públicos, onde Sua Majestade, o povo, poderá tomar banho gratuitamente. Um pedacinho de sabão não faria mal aí, e veríamos então um povo bonito e limpo, um povo que se lavou. O povo,

cuja bondade é tão exaltada, de modo algum é bom; muitas vezes é tão mau quanto alguns outros potentados. Mas sua maldade vem da fome; cuidemos que o povo soberano tenha sempre o que comer; assim que tiver sido devidamente alimentado e saciado, o povo vos sorrirá benévolo e generoso como todos os outros. Sua Majestade, o povo, tampouco é muito inteligente; talvez seja mais estúpido que os outros, talvez possua uma estupidez tão bestial quanto a de seus ídolos. Ele só tem amor e confiança por aquele que fala e ulula o jargão de suas paixões, ao passo que odeia todo homem honesto que lhe fala com a língua da razão para iluminá-lo e aprimorá-lo. Ele é assim em Paris, como foi em Jerusalém. Deixai ao povo a escolha entre o mais justo dos justos e o salteador mais abominável, e, estai seguro, ele grita: "Queremos Barrabás! Que viva Barrabás!" A razão desse absurdo é a ignorância; busquemos eliminar esse mal nacional por meio de escolas públicas para o povo, onde lhe sejam dadas aulas, mais a devida fatia de pão com manteiga e outros alimentos. E, se a todos do povo for dada a condição de adquirir todo e qualquer conhecimento, logo vereis um povo inteligente. Talvez ele se torne por fim tão culto, tão espirituoso, tão gracioso como nós o somos, como eu e tu, meu caro leitor, e logo teremos outros barbeiros cultos, que fazem versos como Monsieur Jasmin de Toulouse, e muitos outros alfaiates filósofos, que escrevem livros sérios, como nosso conterrâneo, o grande Weitling. (VI/1, pp. 468-9).

O passo mostra como Heine compreende bem a demagogia de direita e de esquerda, como percebe claramente que a idealização e a desvalorização do povo redundam no mesmo: os que lisonjeiam o povo, passando-lhe mel no bico, são seus inimigos tanto quanto os que o diminuem, ultrajam e difamam.[15] A frase "não, vós mentis!" não pretende impor limites somente aos que falam a língua do povo, mas também, num mesmo fôlego, aos que tentam difamá-lo. Ao provar o ilusionismo pseudo-emancipatório das mentiras, ele refuta o empenho burguês em denegrir as massas, tachadas de bestas incorrigíveis. Sem dúvida, ele tranqüiliza os burgueses, isto é, o grosso de seu leitores, dando a impressão de que acerta as contas unicamente com a esquerda. Pois qual é a conseqüência de sua argumentação? É dupla: por um lado, o alerta contra um socialismo de frases, como o que Heine viu após a Revolução de Fevereiro em Paris, exemplificado pelo governo provisório e por Luís Bonaparte, assim como pelas diversas facções da Montanha (deve ter sido imediatamente clara para os contemporâneos a alusão à eleição presidencial de Luís Napoleão na comparação com Barrabás, um *topos* da Segunda República[16]), um socialismo que se esquiva da ação com belas palavras, que afirma que o povo é belo a fim de não ter de construir banheiros públicos para ele, que proclama que o povo é bom para que ele mantenha fechado o focinho e não grite por pão, que decreta que o povo é inteligente porque formação e instrução para todos sairiam caras. A crítica de Heine a essa adulação que estupidifica o povo implica a exigência de medidas concretas em direção à emancipação do proletariado, sem as quais sua miséria física, moral e intelectual não pode ser remediada. No entanto, com suas propostas práticas, ele modifica decisivamente o dito sobre a ameaça à civilização por parte dos proletários, pois o povo não é *per se* hostil à cultura e inculto, como tampouco é *a priori* belo e inteligente: se se fizer algo de efetivo para ele, o povo se tornará talvez "por fim tão culto, tão espirituoso, tão gracioso como nós o somos", nós os burgueses, "como eu e tu, meu caro leitor". Por mais profundas, claras e enérgicas que sejam, essas teses foram ignoradas, preteridas, e na lembrança da posteridade só restaram as travessuras irônicas com o iconoclasmo dos comunistas. É certo que a linguagem da razão não é compreendida sem mais, tanto hoje como ontem; diferentemente daquela da desrazão, que Heine imitava, na maioria das vezes por razões táticas, ou, mais exatamente, arremedava; adiante voltaremos a isso.

Um pouco mais sobre o trecho das *Confissões*: o passo subseqüente sobre Weitling, um dos primeiros comunistas, ilustra as teses de Heine sobre o povo e o comunismo como que por meio de um objeto vivo: ele mostra o alfaiate rude como um homem de talento, o proletário como escritor, o revolucionário desrespeitoso como um mártir cuja simplicidade infunde-lhe o maior respeito e cuja "franqueza chocante" (VI/1, p. 470) deixa-o envergonhado de si mesmo, com o que seria demonstrada definitivamente a ironia e mesmo a auto-ironia da frase sobre "a natureza pura e sensitiva do poeta", que "se eriça a qualquer contato pessoal com o povo".

11.2

Na antologia dedicada a Heine na série de clássicos populares das Editions Sociales, editora dirigida pelo PC francês, não foi levado em consideração o esplêndido prefácio para a tradução de *Lutetia*, redigido em língua francesa e para seu público francês, bem como a passagem das *Confissões* analisada há pouco: seriam testemunhos aparentemente embaraçosos de uma cegueira momentânea do poeta sempre tão perspicaz, sobre os quais o campo socialista quis estender o manto indulgente do esquecimento, depois de aplacada a zanga que causaram por tanto tempo. Acreditava-se haver necessidade de pelo menos ocultá-los do povo pouco versado, para que não fosse abalada sua fé em seus clássicos e, assim, a fé em si mesmo.[17] É isso que eu chamo dar um presente de grego à "herança cultural" e ao povo! Este, se lhe dessem a ler o Heine sem expurgos, logo se convenceria de que a trava não está nos olhos do poeta, e sim nos de seus intérpretes, os de direita, mesmo porque eles têm interesse em sua miopia social, mas não em menor número os de esquerda, que deveriam na realidade conhecê-lo melhor. Mas não melhor do que o próprio Heine, que se conhecia bem o suficiente:

> A confissão de que o futuro pertence aos comunistas, eu a fiz no tom da maior angústia e preocupação, mas ai! esse tom de modo algum foi um disfarce! De fato, é só com horror que penso na época em que aqueles iconoclastas sombrios chegarão ao poder: com seus punhos rudes, espatifarão então todos os mármores do meu querido mundo das artes, destroçarão todas aquelas facécias fantásticas tão caras ao poeta, abaterão meus lourerais e plantarão batatas em seu lugar; os lírios, que não tecem nem trabalham, e, no entanto, possuem vestes tão belas como as do rei Salomão, serão arrancados do chão da sociedade, caso não se ponham a fiar; para as rosas, as noivas ociosas do rouxinol, o destino não será melhor; os rouxinóis, os cantores inúteis, serão enxotados, e ai! o dono do armazém usará meu *Livro das*

> *canções* como embrulho de café e rapé para as velhotas do futuro. — Ai! prevejo tudo isso, e uma tristeza indizível se apodera de mim quando penso no naufrágio com que o comunismo ameaça meus poemas e toda a ordem do mundo antigo. (v, p. 232).

Certa vez ouvi recitarem essas linhas em um cabaré de Frankfurt e creio que todos os presentes compreenderam e desfrutaram a hipocrisia, a hipérbole grotesca dessa jeremiada, pois o riso foi geral. A cada novo suspiro do texto, que o declamador fazia acompanhar de toda espécie de trejeito lastimoso, torcendo as mãos e revirando os olhos, o público respondia com gargalhadas. Talvez se encontrassem ali também alguns germanistas, que terão rido, no caso, contra suas próprias e péssimas convicções. O que importa mesmo é a elocução; e, como hoje, em sua sala de trabalho, os eruditos já não lêem mais em voz alta como na Antigüidade, não puderam reparar na comicidade do passo, tomando a sério sua amargura. Demasiado a sério e, contudo, não suficientemente: é impossível que sua leitura em silêncio tenha sido cuidadosa, caso contrário teriam dado, quando não pelo humor, ao menos pela ironia; quando nem por esta, ao menos pela lógica imanente do texto inteiro. Na passagem acima, que os comunistas de visão curta puseram no índex, essa lógica caracteriza-se como uma malandrice de virtuose em um contexto politicamente explosivo, como uma malandrice extremamente enigmática, quase mefistofélica. Pois o chiste do poeta consiste em acusar no comunismo um modo de agir que, na realidade, ele espera da burguesia. Foi esta quem começara a demolir o "querido mundo das artes", juntamente com todas as suas "facécias fantásticas", e a impor o princípio universal da utilidade, em detrimento de toda criatura ociosa: lourerais, lírios, rosas, rouxinóis; é a burguesia, não o povo, que representa os "iconoclastas sombrios", com seus "punhos rudes". Heine sabe disso tão bem quanto seu amigo Théophile Gautier e todos os poetas da *Jeune France*, que nos anos seguintes à Revolução de Julho resistiram à sujeição da poesia aos novos poderosos; só que ele alia à experiência do artista o tato do homem político e, em vez de desembainhar a espada contra o *filisteu*, como os românticos com seus insultos ásperos, faz avançar a crítica do artista ao *burguês* até à profecia do iminente ocaso político deste. Essa superação crítica é dialética na medida em que, ao mesmo tempo, faz desaparecer a crítica e a eleva a um nível superior. Ela a escamoteia no arremedo, na inversão irônica da crítica ao filisteu, agressivamente transformada em seu contrário: a crítica do filisteu ao proletário. No entanto, Heine cuidou de deixar vestígios do escamoteamento da crítica: a ironia autoriza o leitor a retomar sua trilha. Por si só, a afirmação de que não há disfarce no tom em que Heine faz a "confissão de que o futuro pertence aos comunistas" (por que "confissão", se ele não pode ter nenhuma culpa nisso?) já deveria ter chamado a atenção; conhecemos o truque pela frase "para dizer a verdade", usada nas *Confissões*. Contudo, o sinal mais evidente da velha crítica ao filisteu perdeu-se na versão alemã, já que a palavra "merceeiro" não reproduz a duplicidade do termo francês *épicier*. O *épicier*, o merceeiro de especiarias, é a alcunha com que os *artistes* da época afrontavam o burguês. Ora, se o famigerado *épicier* que faz embrulhos com os poemas de Heines — "[...] *mon* Livre des Chants *servira à l'épicier pour en faire des cornets où il versera du café ou du tabac à priser*" (v, p. 224) — não é um "merceeiro" qualquer, mas sim a alma de mercador pequeno-burguês, então minha explicação acima, de que se trata de uma visão assustadora do presente burguês, torna-se ainda mais plausível. Para que o duplo sentido não passasse despercebido, Heine volta à sua brincadeira um pouco mais adiante: "Et béni soit l'épicier qui un jour confectionnerá avec mes poésies des cornets" (v, p. 225), ou seja, ele abençoa o *épicier* (o merceeiro) do futuro, que já não é mais um *épicier* (um burguês), visto que proporciona aos pobres alguns prazeres, café e tabaco, que o *épicier* atual lhes recusa, assim como, aliás, o prazer da poesia.

Nosso recurso a frases situadas fora do trecho incriminado mostra uma vez mais que seu sentido só se torna completamente acessível no contexto das explicitações de Heine. Nas frases que o antecedem, o poeta moribundo se gaba de ter sido um precursor literário do comunismo; nas que o seguem, nomeia as razões pelas quais se sente atraído por esse movimento. Ambas as passagens não estão naturalmente livres de certas medidas retóricas de precaução, sendo que a primeira declara ao mesmo tempo por que motivo elas eram necessárias:

> Se os republicanos foram uma tema delicado para os correspondentes do *Allgemeine Zeitung*, então o foram em um grau ainda maior os socialistas, ou, para chamar o monstro por seu verdadeiro nome, os comunistas. E, não obstante, consegui tratar desse tema no *Allgemeine Zeitung*. Bem, uma ou outra carta foi rejeitada pela redação, no receio, bem-intencionado, de que não se deve chamar o diabo pelo nome. Mas nem tudo ela podia encobrir, e, como disse, consegui falar do tema, numa época em que ninguém tinha ainda uma idéia de seu verdadeiro significado. Chamei o diabo pelo nome, ou,

> como disse um amigo espirituoso, fiz-lhe um reclame infernal: os comunistas, espalhados em todos os países, sem clara consciência de sua vontade, souberam por meio do *Allgemeine Zeitung* que eles realmente existiam, souberam também nessa ocasião seu nome real, que era totalmente desconhecido para muitos desses pobres enjeitados da antiga sociedade. Através do *Allgemeine Zeitung*, a dispersa comunidade dos comunistas recebeu verdadeiras notícias sobre o progresso diário de sua causa; veio a saber, para seu assombro, que eles de modo algum eram um grupinho fraco, senão o mais forte de todos os partidos, e que seu dia ainda não chegara, mas que a espera tranqüila não é perda de tempo para as pessoas a quem o futuro pertence. (v, pp. 231-2).

Esse trecho não necessita talvez de maiores comentários; no máximo cabe o conselho de lê-lo mais de uma vez. Segue a passagem sobre o iconoclasmo e, por fim, aquela mais longa que, embora bastante unívoca, não é ainda totalmente franca:

> E, não obstante, confesso sinceramente que ele exerce sobre minha alma um encantamento de que não posso me defender; em meu peito levantam-se duas vozes a seu favor que não podem ser caladas e talvez sejam apenas influências diabólicas — mas já estou possuído por elas, e nenhuma força de exorcismo é capaz de controlá-las. Pois a primeira dessas vozes é a lógica — o demônio é um lógico, dizia Dante. Um silogismo terrível me enfeitiça e não consigo contradizer as premissas: "Se todos os homens têm o direito de ter o que comer", então devo me sujeitar também a todas as conseqüências. É de

enlouquecer. Quando todos os demônios da verdade dançam triunfantes em torno de mim, domina-me uma magnanimidade desesperadora e exclamo: bendito seja o merceeiro que fará de meus poemas embrulhos de café e rapé para as pobres velhotas, que em nosso atual mundo de injustiça talvez careçam desse bálsamo — *fiat justitia, pereat mundus!*

E a segunda das duas vozes coercivas de que falo é ainda mais vigorosa do que a primeira, pois é a voz do ódio, do ódio que dedico àquele inimigo comum que constitui a oposição mais decidida ao comunismo e que se contraporá ao gigante furioso já em sua primeira aparição; falo do partido dos assim chamados defensores da nacionalidade na Alemanha, daqueles falsos patriotas cujo amor à pátria consiste apenas em uma relutância imbecil contra o exterior e os povos vizinhos, e que nomeadamente despejam todo dia contra a França a sua bílis. Sim, os remanescentes ou descendentes dos teutômanos de 1815, que simplesmente trocaram a roupa de bufão da velha Alemanha e encurtaram um pouco as orelhas; eu os odiei e combati durante toda a minha vida, e agora, quando a espada cai das mãos do moribundo, revigora-o a convicção de que o comunismo lhes dará com toda a certeza o golpe de misericórdia, não com uma cacetada, não, mas com um mero pontapé; como se pisoteia um sapo, assim o gigante os esmagará. Por causa do ódio aos nacionalistas, eu seria quase capaz de amar os comunistas. Pelo menos eles não são uns hipócritas que falam a todo momento de religião e cristianismo; os comunistas, é verdade, não possuem nenhuma religião (mas todo homem deve ter um defeito), são mesmo ateus (o que por certo é um grande

> pecado), mas em seus princípios mais elevados prestam homenagem a um cosmopolitismo, a um amor universal pelos povos, a uma cidadania mundial para todos os homens que é totalmente concorde com o dogma fundamental do cristianismo, de sorte que, na essência e na verdade, são muito mais cristãos que nossos cristãos de fachada, que pregam uma coisa e praticam o contrário. (v, pp. 232-3).

Como já disse, Heine não abandona de todo o baile de máscaras, e quem quiser levá-lo a mal... Enfim, a censura, prussiana e francesa, estava constantemente com a tesoura atrás dele e poderia, qual as parcas, cortar o fio de sua vida literária e mesmo de sua posteridade, se a ele ocorresse transgredir com demasiado atrevimento certos preceitos da boa compostura literária. Essa é a razão objetiva pela qual Heine não professa claramente suas crenças (a subjetiva é por demais complexa para que possa ser discutida aqui), a razão pela qual sua verdadeira posição tem de ser composta, como em um quebra-cabeça, de elementos coquetes, irônicos, paródicos, ambíguos, alusivos, cheios de blefe e trocadilhos, e de elementos sérios e mesmo patéticos, cuja dificuldade principal — abstraindo-se a dificuldade objetiva de identificar suas alusões históricas, da ordem do dia, bem como as literárias, as mitológicas, entre outras — consiste em que a empatia de Heine com seu público é tão perfeita que a seriedade e a paródia, a cumplicidade real e a fingida tornam-se parecidas a ponto de se confundir.

É provável que nessa passagem ele tenha causado certa exasperação aos burgueses, ao afirmar que o comunismo era a coisa mais lógica do mundo; mas, ao mesmo tempo, ele faz o papel do aliado que corre o perigo de tornar-se infiel à sua classe devido somente a influências diabólicas. Ora, isso é imaginado tão conforme o gosto dos que de fato vêem no socialismo a obra do demônio, que eles acabam esquecendo o descontentamento que Heine lhes causara. E a parte, não menos melindrosa, em que este caracteriza o ódio como força propulsora do revolucionário (que ele é, segundo o nível de sua compreensão e de acordo com sua paixão), também ela os contenta com um par de retoques, ao falar apenas "do partido dos assim chamados defensores da nacionalidade na Alemanha", e não da burguesia da França (da qual, afinal de contas, trata *Lutetia*), e ainda aqui os retoques bastam para torná-la palatável ao público. Se ele tivesse dito: a lógica de que "todos os homens têm o direito de ter o que comer" e o ódio às condições existentes levam-me a optar pelo comunismo, teria conhecido as correntes de ferro de Weitling. E em nenhum momento Heine sente-se com vocação para mártir.

III. O PANO DE FUNDO IDEOLÓGICO

A explicação, bastante difundida, de que o medo de Heine à soberania popular deve-se à sua equiparação do comunismo com o neobabouvismo hostil à arte,[18] influente na França nos anos trinta e quarenta, é tão errada quanto supérflua, e chega a ser nociva: Heine não carece de reabilitação ulterior, algo como dizer que ele não poderia ter noção do significado exato do comunismo verdadeiro, visto que na época de *Lutetia* não havia senão formas prévias e toscas de comunismo; e o neobabouvismo não era hostil à arte de maneira tão grosseira como supõe a explicação — ele torna claro que a arte e o luxo (dos velhos e dos novos aristocratas) não representam um valor em si. Partindo de uma compreensão equivocada do texto, essa construção dispensa o leitor, devido à sua aparente plausibilidade, do esforço de uma interpretação própria, e dissipa o verdadeiro conteúdo de todos os enunciados, tão centrais para Heine, sobre a relação entre burguesia, arte e Revolução (proletariado). O contexto ideológico em que podem ser situadas essas passagens é mais amplo e complexo que o do neobabouvismo. De um lado, trata-se da hostilidade nutrida em relação à arte pelos republicanos, neojacobinos e democratas radicais, ou seja, pelos revolucionários pequeno-burgueses — e aqui isso diz mais respeito aos alemães do que aos franceses –; de outro, trata-se de um estereótipo burguês ou de uma representação ideológica, o da massa como rude e hostil à arte. Portanto, quando se lança nessas diatribes artificiosas, Heine ajusta contas, por um lado, com seus inimigos íntimos: os democratas, os puritanos, os ascetas, os cabeças ocas e estouvados, os brutamontes tendenciosos agrupados em volta de Börne e consortes; por outro, ataca com ironia a hipocrisia das *classes moyennes*, que acreditam que a cultura estaria em risco se o povo conseguisse conquistar para si um palmo que fosse do terreno político. Quanto mais minguava o significado do neojacobinimo e do republicanismo em Paris, e quanto mais o (primeiro) comunismo passava para o primeiro plano — depois de 1840 —, tanto mais a atenção de Heine se concentrava na oposição burguesia-proletariado e tanto mais perdiam importância suas escaramuças particulares com os virtuosos republicanos. De resto, ele não os confunde com o povo; ele os sabe democratas burgueses e certamente está em condições de classificar em termos sociológicos sua carência inata de sensibilidade para a beleza. É verdade que para Heine a índole desses revolucionários hostis à arte e aos sentidos desacredita inclusive sua política — só que a atitude de Heine para com o povo não é afetada por ela. Pois os grandes revolucionários da história moderna, começando por Kant e Robespierre, foram burgueses, *épiciers* da cabeça aos pés: "[. . .] a natureza os destinara a pesar café e açúcar, mas quis o destino que eles pesassem outras coisas, e depositou um rei na balança de um, e um Deus na do outro" (III, pp. 595-6).

O republicano é, no fundo de sua essência, um filisteu; sua democracia será sóbria e desprovida de poesia e, para o sensualista e poeta, uma monstruosidade:

> Primeiramente vêm os radicais e prescrevem um tratamento de fundo que no fim se mostrará apenas de superfície, eliminando no máximo a casca da ferida social, mas não a podridão interna. Ainda que conseguissem libertar por um curto tempo a humanidade sofrida de seus tormentos mais selvagens, isso aconteceria só à custa dos últimos sinais de beleza que restaram ao paciente até agora; *feio como um filisteu curado*, ele se levantará de seu leito e, no traje feio de hospital, no costume cinzento da igualdade, terá de se arrastar por toda sua vida. Toda a alegria antiga, toda a doçura, todo o aroma das flores, toda a poesia será sugada à vida e não restará senão a *sopa Rumford da utilidade*: *para a beleza e o gênio, nenhum lugar será encontrado na comunidade de nossos novos puritanos*, e ambos serão marcados a ferro e reprimidos, de maneira muito mais aflitiva que sob o antigo regime. Pois a beleza e o gênio são também uma espécie de reinado e não se ajustam a uma sociedade em que cada um, com o mau

> sentimento da própria mediocridade, tenta degradar todos os dons elevados, até o nível do banal. (IV, pp. 140-1; os grifos são meus)[19]

Esse passo do memorial de Börne antecipa em muitos aspectos o presságio do prólogo a *Lutetia*, mas, não sendo irônico, possui um outro valor: lamenta um processo que há muito se encontra em marcha — o nivelamento nas democracias burguesas modernas — e, por isso, aproxima-se de textos como o *Chatterton*, de Vigny, ou das análises de Tocqueville sobre a América. Tal como defendido pelos radicais alemães ou pela Montanha francesa, o republicanismo é, de acordo com Heine, a forma perfeita da dominação burguesa e está destinado a constituir a passagem para a democracia efetiva:

> "Ah, demoraremos ainda um bom tempo para descobrir o grande remédio; até lá uma longa e dolorosa época terá de definhar, e aparecerá todo tipo de medicastro, com mezinhas que só pioram o mal" (IV, p. 140).

Isso é dito imediatamente antes da última citação. Sua polêmica contra o puritanismo republicano e jacobino pretende fomentar a substituição da utopia burguesa de igualdade pela socialista e sensualista: em uma passagem célebre da *História da religião e da filosofia na Alemanha*, Heine diferencia, sob influência sansimonista, sua concepção da sociedade futura daquela revolucionário-burguesa:

> Não lutamos pelos direitos humanos do povo, mas pelos direitos divinos do homem. É aqui, e ainda em muitas outras

> coisas, que nos distinguimos dos homens da Revolução. Não queremos ser *sans-cullotes*, *burgueses frugais*, presidentes baratos: queremos fundar uma democracia de deuses com igual magnificência, santidade e bem-aventurança. Vós exigis roupas simples, costumes sóbrios e prazeres insípidos; nós, ao contrário, exigimos néctar e ambrosia, mantos de púrpura, perfumes caros, lascívia e suntuosidade, dança de ninfas sorridentes, música e comédias — não vos indigneis, ó republicanos virtuosos! Replicamos a vossas reprovações de censura com o que já dissera um bufão de Shakespeare: pensas que, por seres virtuoso, não deve haver mais na terra tortas saborosas e doces vinhos espumantes? (III, p. 570; grifo meu)

Dita em uma fórmula, a divisa comunista de Heine seria: "Igualdade dos prazeres", ao passo que o igualitarismo de seus opositores pequeno-burgueses desembocaria, segundo sua convicção, em uma "igualdade das frustrações".

Além do rigor nos costumes, os republicanos aborrecem Heine na maioria das vezes por sua idealização desenfreada do povo — o mote "o belo povo, tão puro, inteligente e elevado": *kitsch* e sentimentalismo de esquerda, como ainda hoje se encontra em toda parte. E sua aversão, também estética, ao romantismo de decalcomania leva-o a evocar com malícia o enjôo que o cheiro do povo pode perfeitamente causar em um "culto". O acento em seu próprio nojo cumpre um duplo objetivo: 1) enfurecer os parceiros republicanos ou, se possível, curá-los de seu ímpeto idealizador, e 2) tranqüilizar os leitores conservadores: eis um de nós que se enoja ante essas ratazanas, etc. A primeira ofensiva polêmica do texto sobre o iconoclasmo ilustra o vínculo da passagem das

Confissões (comentada acima em seu contexto: "Um grande democrata disse outrora que, se um rei lhe tivesse apertado a mão, rapidamente a levaria ao fogo", etc) com o passo do memorial de Börne, do qual ela pode ser considerada uma reminiscência ou uma variante:

> Talvez Börne tenha feito uma metáfora ao afirmar que, no caso de um rei ter-lhe apertado a mão, ele a teria levado em seguida ao fogo para purificá-la; porém não é de modo algum simbólico, mas literal, que, se o povo me apertar a mão, vou lavá-la de imediato. (IV, p. 75).

Ou seja, uma provocação a Börne e seus partidários, que se comprazem "espojando-se nas fezes plebéias" (IV, p. 78).

Mas um outro aspecto de todos esses textos deveria ser de longe o mais significativo: a posição de Heine frente à campanha ideológica de difamação do proletariado em ascensão, que um proeminente intelectual da monarquia de Julho, Saint-Marc-Girardin, desencadeara em 1831 quando alertou no *Journal des Débats*, por ocasião do levante dos tecelões de Lion: "Os bárbaros pelos quais a sociedade é ameaçada de modo algum vivem no Cáucaso ou nas estepes da Tartária; vivem nos subúrbios de nossos centros industriais".[20] Denunciar o quarto estamento como uma horda de bárbaros e iconoclastas foi um dos meios de intimidação mais empregados pelo *juste-milieu*, também depois do orleanismo: sobretudo em situações revolucionárias (1848, 1871) serviu para trazer a pequena-burguesia indecisa e seus intelectuais, e também o que restara da aristocracia, à defesa da cultura burguesa.[21] No dia-a-dia político, esse procedimento tinha a função de defender a burguesia contra as censuras oriundas das fileiras dos nobres e dos artistas desiludidos, transferindo a pecha da hostilidade à arte ao proletariado, com o qual alguns poetas, pintores e mesmo aristocratas começaram desde cedo a simpatizar, na esperança de uma alternativa à *médiocratie* burguesa.[22]

Como disse, o berreiro sobre os proletários destruidores da arte ressoava particularmente alto sempre que levantes e revoluções estavam no ar ou já em andamento. Refletindo sua própria atitude em relação à cultura, os poderosos descreviam como atos de anarquia e vandalismo, os quais punham em risco "os valores eternos da humanidade", todas as ações que os de baixo empreendiam para tentar melhorar sua situação, dando a entender, assim, que não era o medo de perder suas posses, e sim o zelo pela cultura ocidental, que os fazia querer abater e metralhar os grevistas, manifestantes e revoltosos.[23] Inúmeros escritores se deixaram impressionar por esse gerador de pânico antiplebeu; entre outros, contam-se Balzac, Hugo, G. Sand, Flaubert, os irmãos Goncourt. No entanto não figuram nessa lista justamente os dois homens — ironia da história da recepção — cujos textos são considerados testemunhos clássicos do medo do *artiste* à canalha: Baudelaire e Heine.[24] Ambos arremedam a propaganda difamatória, voltando-a contra o próprio burguês; mas ou o preconceito relativo ao iconoclasmo estava enraizado demasiado fundo ou a ironia era demasiado fina. Seja como for, a duplicidade sistemática desses textos é até hoje ignorada. A passagem análoga do jovem Baudelaire, datada de 1846, isto é, apenas uma década antes das invectivas de Heine contra o comunismo, também transforma ironicamente o republicano, ou o anarquista, em espantalho:

> Haveis sentido, vós todos que a curiosidade de *flâneur* tantas vezes envolveu num motim, a mesma alegria que senti em ver um guardião do sono público — agente de polícia, o verdadeiro exército — espancar um republicano? E, como eu, haveis dito com vossos botões: 'Espanca, espanca um pouco mais forte, espanca mais, policial do meu coração; pois nesse espancamento supremo eu te adoro e te julgo semelhante a Júpiter, o grande justiceiro. O homem que espancas é um inimigo das rosas e dos perfumes públicos, um fanático dos utensílios; é um inimigo de Watteau, um inimigo de Rafael, um inimigo encarniçado do luxo, das belas-artes e das belas-letras, iconoclasta jurado, carrasco de Vênus e Apolo! Ele não quer mais trabalhar, operário humilde e anônimo, na produção de rosas e perfumes públicos; ele quer ser livre, o ignorante, e é incapaz de fundar uma fábrica de flores e perfumes novos. Espanca religiosamente as omoplatas do anarquista![25]

Já no texto encontram-se indicações suficientes de que Baudelaire fala aqui com voz dissimulada, ou seja, com a do burguês histérico, que é seu destinatário (já o expus detalhadamente em outro lugar).[26] Mas ele troça do leitor ao fingir que fala *pro domo*, como artista. Ele coloca na boca um discurso que só aparentemente é mais o de um *artiste* que o de um *burguês*. O chiste histórico que ele refinadamente utiliza, como mais tarde Heine, consiste em que, de fato, o afortunado que treme por seus capitais, bem como os negociantes abastados que temem ser inibidos em suas atividades espoliadoras, tão logo vêem fumaça, fazem soar essas mesmas notas de preocupação com a cultura: o filisteu de repente vira um adorador furioso da beleza.[27] Tremendo perante a agressividade da manifestação dos trabalhadores, ele se persuade de que seu medo diz respeito a nada menos que Watteau e Rafael, Vênus e Apolo, rosas e rouxinóis. Tão bem quanto Heine, Baudelaire conhece a hipocrisia dessa atitude, da qual o burguês era inconsciente, e a imita de maneira santarrona a fim de desmenti-la com maior eficácia. Devolver a acusação de iconoclasmo ao seu autor não teria graça, nem sentido. Simulando partilhar os sentimentos de seu público, Heine e Baudelaire revelam nexos do sistema de defesa ideológico deste, que do contrário permaneceriam ocultos. O mal-estar da burguesia na e pela própria incultura é negado e encoberto pelo pavor à barbárie proletária. Mas trata-se da estetização de um pavor político: seu "medo instintivo ao comunismo, aos operários sombrios, que, como ratos, sairiam das ruínas do regime atual" (v, p. 414) é o medo da perda da propriedade privada burguesa. É só para disfarçar que Heine leva adiante essa camuflagem do temor instintivo dos capitalistas ao "comunismo vulgar, sem folha de parreira e horrivelmente cru", transformado em "medo secreto do artista e do sábio"; na realidade ele brinca com ela. Já muito antes de 1854/55 ele havia chamado a atenção, à sua maneira subterrânea, para o amálgama entre a política calculista da força e a acusação de iconoclasmo: em 6 de janeiro de 1841, ele escreve de Paris que estaria convencido de que Guizot — o homem do *Enrichissez-vous* — o chefe de gabinete de Luís Felipe:

> lutaria pela soberania proletária [...] se julgasse as classes de baixo, maduras, por sua formação, por seu discernimento, para segurar o leme do Estado, e se não reconhecesse que o triunfo prematuro dos proletários seria só de curto prazo e

> representaria um desastre para a humanidade, uma vez que eles, em seu delírio estúpido de igualdade, destruiriam tudo o que é belo e sublime sobre a terra, e descarregariam sua fúria iconoclástica nomeadamente contra a arte e as ciências. (V, p. 337).

Note-se bem: é assim que falam e pensam Guizot e seu *juste-milieu*, e também aqui Heine age como se estivesse de acordo com esses senhores (mas quem levaria a sério sua crença de que Guizot, cheio de desdém pelo povo, lutaria alguma vez pela soberania proletária? Só pode ser ironia e mistificação). Bem longe de compartilhar esse medo, Heine e Baudelaire começam a refletir sobre os próprios preconceitos de classe, talvez ainda existentes, e, justamente devido a sua sensibilidade para os estereótipos ideológicos e para as imagens que a burguesia faz do inimigo, e também devido aos ressentimentos que em todo caso nutrem contra essa casta, voltam-se intensamente para as classes de baixo.

A segunda das duas vozes que, quanto ao último Heine, advogariam nele tão profundamente a favor do comunismo trai a razão verdadeira pela qual certos publicistas e artistas voltam-se para o movimento social: seu *ódio*, ódio não somente aos "assim chamados defensores da nacionalidade na Alemanha"— aqui é nomeada conscientemente apenas uma facção da burguesia alemã, ainda que representativa; Heine não quer e realmente não pode chocar seu público leitor como um todo —, mas o ódio à burguesia européia ela mesma, de sorte que a designação "nacionalistas", na curiosa frase "por causa do ódio aos nacionalistas, eu seria quase capaz de amar os comunistas", poderia ser substituída por uma mais abrangente, que tornaria evidente quem de fato empurrou

Heine para os braços dos comunistas: os *épiciers* de todas as nações. O ódio ao burguês abre então o ouvido de uma parte da *intelligentsia* burguesa para outra voz, a da lógica, que insiste na abolição de toda desigualdade. E, naturalmente, o lógico Heine sabe que seus poemas hão de temer sempre as almas de mercador, mas dificilmente a nova ordem mundial, na medida em que, tanto quanto é possível a poemas, eles contribuiriam também para seu advento: talvez não exatamente o *Livro das canções*, mas decerto o *Atta Troll*, *O conto de inverno*, o *Romanceiro* etc. Além disso, ele sabe, o lógico cheio de ódio, que a poesia afundará se o mundo continuar a ser o que é. Em 1837, ele apresenta o seguinte juízo sobre a democracia burguesa do orleanismo, baseada no censo:

> Mas o novo regime que substituiu o antigo é ainda muito mais fatal; e de maneira muito mais insuportável deve nos causar repugnância essa *rudeza sem verniz, essa vida sem perfume*, essa empreendedora cavalaria do dinheiro, essa guarda nacional, esse terror armado que te deita ao chão com baionetas inteligentes quando afirmas, por exemplo, que a condução do mundo *não cabe ao senso miúdo dos números, ao talento de calcular altamente tributado* [direito a voto determinado pelo censo], *mas ao gênio, à beleza, ao amor e à força*. (III, p. 824, grifos meus)

O passo não só mostra que a acusação de iconoclasmo é implicitamente devolvida a seus inventores, mas que também, em analogia com a citação do *Salon de 1846* de Baudelaire, que os artistas não se sentem menos afetados que os republicanos ou socialistas pela política repressora da nova aristocracia financeira, de sorte que a experiência comum da dominação burguesa contribui decisivamente para a aproximação do *romantisme social* com o proletariado.

Está visto que Heine relativiza a censura de iconoclasmo e rejeita a forma mesquinha e assassina de *l'art pour l'art* que ela encerra. Considere-se a esse respeito a confrontação de Victor Cousin, o filósofo oficial do Regime de Julho, com Pierre Leroux, seu crítico plebeu, no apêndice de *Lutetia*: Heine troça do "indiferentismo artístico" do pensamento de Cousin ("o amor que dedica ao pensamento em si e para si absorvia nele todas as forças da alma, mas o pensamento mesmo interessava-o antes de tudo por causa da bela forma" [v, p. 500]), pouco antes de abordar Leroux:

> Como esse homem [Cousin] deve ser odioso a um Pierre Leroux, que é muito mais amigo dos homens do que dos pensamentos e cujos pensamentos giram em torno de um pensamento só, a saber, o interesse da humanidade, e que, como iconoclasta de nascença, não possui nenhuma sensibilidade para a alegria artística da forma! (v, pp. 500-1).

Apesar de todas as reservas em relação ao ascetismo de Leroux e ao seu autodidatismo algo enredado, Heine certamente não considerava "iconoclasta de nascença" o amigo de Sainte-Beuve e o editor do *Werther*; ele adota aqui, de modo tático e irônico, uma alcunha com que os conservadores tentavam difamar sem escrúpulos toda a esquerda. Embora espere também desses "iconoclastas" a destruição do mundo antigo (do feudal na Alemanha, do burguês na França), seus sentimentos são completamente distintos dos da maioria de seus leitores e nem sequer são ambivalentes, pois *fiat iustitia, pereat mundus*. O prólogo a *Lutetia* deixa transparecer os resultados construtivos da fúria destrutiva do comunismo apenas na imagem tocante e irônica da velhinha a quem serão algum dia acessíveis os prazeres modernos do café e do rapé, ao passo que a lírica de Heine poderia renunciar ao *contenant* desse *contenu*; a antítese Cousin-Leroux é nesse sentido mais explícita:

> Sim, Pierre Leroux é pobre, como Saint-Simon e Fourier o foram, e a pobreza providencial desses grandes socialistas foi o que deixou o mundo enriquecido, enriquecido com um tesouro de idéias que nos abrem novos mundos de prazer e felicidade. (v, p. 503).

Portanto a dialética da pobreza, em razão da qual o comunismo vai se impor necessariamente, segundo a convicção de Heine, amadurece resultados exatamente opostos ao preditos pela burguesia: horror, receio e aflição são próprios dos que têm realmente algo a perder com aquela revolução. Porém a idéia da redistribuição justa dos bens materiais e intelectuais não deixa Heine senão alegre:

> *Es wächst hienieden Brot genug*
> *Für alle Menschenkinder,*
> *Auch Rosen und Myrten, Schönheit und Lust*
> *Und Zuckererbsen nicht minder.* (v, p. 578)[28]

ou malicioso:

> *O wehe wir sind verloren,*
> *Sie sind schon vor den Toren!*

Der Bürgermeister und Senat,
Sie schütteln die Köpfe, und keiner weiss Rat.
[...]

Heut' helfen Euch nicht die Wortgespinste
Der abgelebten Redekünste.
Man fängt nicht Ratten mit Syllogismen,
Sie springen über die feinsten Sophismen. (VI, p. 307)[29]

O mal-entendido acerca de Heine decorre também do fato de que ele adora ocultar seu antegozo e seu deboche, particularmente o último, atrás do horror que, como ele sabe, apodera-se de seu público sempre que chama o diabo pelo nome (soberania popular, revolução, comunismo): ao exagerar por momentos a contrapropaganda reacionária — "Que ele diga a verdade aos comunistas pode ser conveniente, mas que ele os honre com expressões como 'corja de vagabundos' etc, expressões que não têm nada de literário, isso fere o bom tom que se deve, se não aos comunistas, pelos menos ao leitor e ao estilo", escreve em 1854 um resenhista ludibriado[30] —, ao apelar a sua própria natureza sensível de artista e ao ser mais burguês que o burguês, Heine de fato faz para as "coortes da destruição"[31] um verdadeiro e "infernal reclame".[32]

IV. DOENÇA, CENSURA, RETÓRICA

"Infernal" também pela artimanha da retórica. Mesmo os melhores conhecimentos sobre a arte cifrada de Heine não nos impedem de cair sempre de novo em sua armadilha. O que há de leviano, frívolo, caprichoso e às vezes temerário em seu discurso leva o leitor à distração, ou irrita a tal ponto os mais sérios, os zelosos pela pureza das convicções, que para eles o fio da paciência rompe-se junto com a linha vermelha do sentido. Como as "sentinelas esotéricas" dos *Reisebilder*, que não suspeitam o sentido esotérico da *opera buffa*, eles concluem: bem, isso é coisa de louco.[33] Nesse ponto, "heinófilos" como Sternberger encontram-se com seus antípodas do realismo socialista.

Em repetidas oportunidades, Heine deu a entender que, sob condições de censura intensa e escrevendo para um público de formação principalmente burguesa,[34] fora forçado a fazer as vezes de bufão. E também que fizera do constrangimento desse papel uma virtude, utilizando sua liberdade de bufão até o extremo. Não bastando isso, ele descreveu com detalhes a natureza e a função do humor irônico, ou seja, de seu próprio, tomando o caso de Hamlet:

> Hamlet é o sujeito mais honrado do mundo. Sua dissimulação serve apenas para salvar as aparências; ele é esquisito porque a esquisitice fere menos a etiqueta da corte do que uma declaração aberta de ataque. Em todas as suas brincadeiras de humor irônico ele deixa sempre transparecer que está apenas dissimulando; em tudo o que ele faz e diz, sua opinião real é visível com toda a exatidão, para quem saiba ver e até para o rei, a quem ele não pode dizer abertamente a verdade (pois para isso ele é demasiado fraco), embora de modo algum lhe queira ocultá-la. Hamlet é honrado do princípio ao fim; só o homem mais honrado poderia dizer: 'Somos todos impostores'. E, ao se fazer de louco, ele não

> quer tampouco nos enganar, estando interiormente convencido de que é de fato louco. (III, p. 430).

A relação de Heine com o público burguês não pode ser ilustrada de maneira mais bela e acertada do que por meio dessa comparação. Louco, bobo e doente está também o escritor por volta de 1840, ao intervir pela causa do povo. Sua tarefa vai além de suas forças: por um lado, esperavam que ele se afastasse do público então existente, mais ou menos capaz de fruição estética, com todas as conseqüências: isolamento, pobreza, criminalização etc. De outro, que superasse sua natureza mais íntima e abandonasse sua história. Exigências irrealizáveis para um burguês e escritor do século XIX. Mas a força desse autor baseia-se no conhecimento que tem de sua doença, na sua extensão, e dos limites que lhe são postos.

> Ah, eu pertenço mesmo a esse mundo velho e doente, e com razão diz o poeta: se troçamos inclusive de nossas muletas, nem por isso andamos melhor. Sou o mais doente de todos vós, e o mais digno de compaixão, pois sei o que é a saúde. (III, pp. 593-4)

Eis justamente o triplo feito de Heine: ter diagnosticado a doença, troçado das muletas e projetado a utopia da saúde, respectivamente como analista, satirista e crítico do existente, e ter-se tornado ativo como profeta e precursor do futuro melhor. Quem sabe? Os doentes, os escritores incapazes de agir, mas versados em etiologia social e além disso dotados de capacidade notável de prognóstico, talvez sejam às vezes mais importantes do que os agitadores literários que não sabem ou não querem saber da doença, especialmente da sua própria.

Só em épocas revolucionárias "o povinho de idéias politicamente perigosas" (v, p. 207), que Heine mantém a custo encarceradas em sua cabeça — embora algumas sempre escapem para a escrita —, é capaz de irromper como uma bacante e arrebatar o poeta na "embriaguez assustadora e ansiosa por destruição" (v, p. 212). Mas a bebedeira da licença absoluta não convém por muito tempo às idéias, em todo caso não às de Heine; daí o suspiro de março de 1848:

> Ai, não posso escrever mais, não posso, pois não temos censura alguma! Como um homem, que sempre viveu sob censura, deve escrever sem censura? O estilo todo cessará, a gramática inteira, os bons costumes.[35]

Nessa nova variante da confissão de seu medo à grande liberdade, a ironia parece menos soberana do que de hábito, e a consternação, genuína: a escrita de Heine vive do jogo de gato e rato com os poderosos; a possibilidade fácil de dizer as coisas como são lhe roubaria a graça e a inteligência. Mas o dilema que ele leva até esse extremo é uma coisa — outra é a moral que o leitor tiraria daí: que os constrangimentos interiorizados sobrevivem à alvorada da Revolução e tendem a empurrar o emancipado, o próprio revolucionário, de volta para suas correntes. Se Heine confessa o quanto se lhe tornou cara, o quanto se lhe tornou uma necessidade amarga a língua de escravo, é porque o paradoxo pode ser útil à causa da Revolução, por oposição à maioria dos ímpetos de entusiasmo e dos hinos à liberdade em verso ou prosa que estiveram em voga na época: é sempre Heine aquele que admoesta o que precisa ainda ser feito, que nomeia as resistências que devem ser superadas.

Em vez de defender Heine de seus próprios erros ou de censurá-lo por não ter sido mais claro, a filologia deveria lê-lo com um pouco mais de profundidade e se deixar guiar pelos inúmeros sinais com que o autor indica o sentido de sua prosa cifrada. Para me limitar ao prólogo a *Lutetia*: imediatamente antes da passagem sobre o iconoclasmo, Heine toma perceptíveis precauções contra mal-entendidos, inculcando abertamente ao leitor o como e o porquê de suas máscaras retóricas, de sorte que deveria ficar claro que o texto subseqüente será uma ilustração da técnica, há pouco esmiuçada, de iludir a censura e induzir em erro as autoridades e outros — mas em vão: o texto é incompreendido. Em nenhuma das tomadas de posição que eu conheça a respeito do prólogo a *Lutetia* encontra-se uma menção que seja a essa relação estrutural da passagem sobre o iconoclasmo com a passagem precedente sobre a censura:

> Um escritor político em todos os sentidos tem de fazer, devido à causa que ele defende, diversas concessões amargas à dura necessidade. Há jornalecos obscuros o suficiente onde poderíamos desabafar nosso coração inteiro com todas as labaredas da ira — mas eles não têm senão um público muito escasso e sem influência, e seria como se bravateássemos na cervejaria ou no café diante da freguesia, como outros grandes patriotas. Agimos de maneira muito mais inteligente se moderamos nosso ardor e nos expressamos com palavras sóbrias, quando não sob uma máscara, em um jornal que, com razão, é chamado de jornal universal

> [*Allgemeine Weltzeitung*] e chega às mãos de milhares de leitores em todos os países. Mesmo inconsolavelmente mutilada, a palavra pode ter aqui um efeito próspero; a alusão mais módica torna-se às vezes semente propícia em solo desconhecido. (v, p. 229).

Em meados do século passado, o escritor burguês jamais atingia as massas, chegando no máximo à vanguarda esclarecida, que estava pronta para se engajar por elas. Mas, mesmo para abordá-la, recomendava-se a via indireta: uma folha com divulgação tão grande como a do *Allgemeine Zeitung* — com todas as conseqüências da censura. Um pouco mais adiante, Heine prossegue:

> Do leitor justo espero que observe as tribulações locais e temporais com que tive de lutar quando mandei à imprensa aquelas cartas. Quero ser responsável pela verdade do que disse, se preciso for, mas não pela maneira de dizer. A quem se atenha à mera palavra será fácil apanhar em meus relatos um acúmulo de contradições e leviandades, ou mesmo uma falta de vontade proba. Mas os que apreenderem o espírito de meus comentários enxergarão em toda parte a unidade mais rigorosa entre os pontos de vista, o amor imutável pela causa da humanidade e uma perseverança em meus princípios democráticos. As tribulações locais que mencionei acima foram a censura; a exercida pela redação do *Allgemeine Zeitung* era ainda mais severa que a das autoridades públicas da Baviera. Muitas vezes tive de embandeirar o barco de meu pensamento com emblemas que não eram a justa expressão de minhas convicções. Mas ao corsário publicista

pouco importa a cor dos trapos pendurados ao mastro de sua nave, com os quais os ventos brincam: eu pensava apenas na carga que tinha a bordo e que queria contrabandear para o porto da opinião pública. Freqüentemente me saí bem, e não se pode rezingar comigo por causa dos meios que às vezes empreguei para atingir o bom objetivo. Conhecendo as tradições do *Allgemeine Zeitung*, sabia, por exemplo, que ele se colocava sempre a tarefa não só de trazer ao conhecimento do público todos os fatos da época, o mais rápido possível, mas também de registrá-los completamente, como que em um arquivo mundial. Eis por que eu tinha de ter o cuidado de vestir com a forma do fato tudo o que quisesse insinuar, tanto o acontecimento como o meu parecer a respeito, tudo o que eu pensava e sentia, colocando na boca de pessoas alheias minhas opiniões particulares e até recorrendo a parábolas. Minhas cartas continham, portanto, muitas historietas e arabescos cujo simbolismo não é inteligível a todos, podendo parecer ao papalvo grosseiro uma quitanda de anedotas miúdas ou, ainda, de mexericos. A procura da forma fatual tem um aliado também no tom, através do qual eu conseguia transmitir o que havia de mais melindroso. O tom mais garantido era o da indiferença. Indiretamente, muita coisa útil podia ser divulgada, e os republicamos, que se queixam do pouco préstimo de minhas páginas, ignoram a maneira como eu, nos casos em que se fazia necessário, defendia-os com seriedade bastante, e desconhecem também o fato de que expus sem cessar a miséria da burguesia dominante em sua nudez mais repulsiva. (V, pp. 230-1)

Ainda mais clara é a versão francesa:

> *Les républicains qui se plaignent d'une absence de bon vouloir de ma part, n'ont pas considéré que pendant vingt ans, dans toutes mes correspondances, je les ai, en cas d'urgence défendus assez sérieusement, et que, dans mon livre de Lutèce, je faisais bien ressortir leur supériorité morale, en mettant continuellement à nu l'outrecuidance ignoble et ridicule et la nullité complète de la bourgeoisie règnante.* (v, p. 223)[36]

A compreensão lenta dos republicanos parece ter sido herdada, no que se refere à literatura e à sátira política, por seus sucessores socialistas doutrinários, e, com ela, o puritanismo, o ascetismo, a iconoclastia etc. Visto assim, há de fato iconoclastas do lado comunista, assim como há burgueses, pessoas que fingem amar Heine, querendo se livrar de Biermann[37] a toda força.

O caso Heine — ou as tribulações da herança cultural.

Notas

1 J. Hermand, *Streitobjekt Heine. Ein Forschungsbericht 1945-1975* (Frankfurt, 1975).

2 K.W. Becker et al. *Heinrich Heine. Streitbarer Humanist und volksverbundener Dichter* (Weimar, 1973).

3 Cf., por exemplo, D. Sternberger, *Heinrich Heine und die Abschaffung der Sünde* (Hamburgo/Düsseldorf, 1972). Na p. 26 o autor cita com prazer a estrofe do "Wanderratten": "*Der sinnliche Rattenhaufen, / Er will nur fressen und saufen, / Er denkt nicht, während er säuft und frisst, / Dass unsere Seele unsterblich ist*" ["A rataria voluptuosa / Só quer comer e beber / E, enquanto bebe e come, não pensa / Que nossa alma é imortal"], sem

tomar conhecimento, mesmo que só por suspeita, da tonalidade irônica das frases — quando pouco se falava de ratos saciados. Nas pp. 38-51, o autor estende-se acerca das *Confissões* e do prólogo a *Lutetia*.

4 F. Mehring, "Sozialistische Lyrik", in *Aufsätze zur deutschen Literaturgeschichte* (Frankfurt, 1972), p. 232.

5 F. Mehring, "Heinrich Heine". In: *ibid.*, pp. 209-10.

6 "Mas a imagem que ele projeta do comunismo vitorioso não é nada menos que lisonjeira" (*id.*, p. 200).

7 *Id.*, pp. 200-1.

8 Os textos de Heine são citados de acordo com a edição completa, organizada por Klaus Briegleb (Munique, 1968-1976). O volume e o número da página são pospostos às citações, entre parênteses.

9 Mehring, *Heinrich Heine*, p. 197.

10 Cf., por exemplo, G. Lukács, *Heinrich Heine als nationaler Dichter* (1935), in *Deutsche Realisten des 19. Jahrhunderts* (Berna, 1951), pp. 88-145, especialmente pp. 108-113; H. Mayer, *Die Ausnahme Heine* (1959), in V. Zmegac (org.), *Marxistische Literaturkritik* (Bad Homburg), 1970, pp. 323-34, particularmente p. 329; W. Harich, "Heinrich Heine und das Schulgeheimnis der deutschen Philosophie", in Heinrich Heine, *Zur Geschichte der Religion und Philosophie in Deutschland* (Frankfurt, 1966), pp. 7-52, em especial pp. 34-5; H. Kaufmann, *Heinrich Heines literaturgeschichtliche Stellung*, in *Weimarer Beiträge* 19, v. 4, 1973, pp. 10-34.

11 Hermand, *op. cit.*, p. 79 e pp. 133-137.

12 Cf. *id.*, pp. 25-36, p. 133 ss., pp. 185-89, *passim*.

13 Sternberger, *op. cit.*, p. 228.

14 *Id.*, p. 51.

15 Sobre a polêmica iluminista contra o enaltecimento esquerdista do povo em Baudelaire, cf. D. Oehler, "*Assommons les Pauvres!* — Dialektik der Befreigung bei Baudelaire", in *Germanisch-Romanische Monatsschrift* 25 (1975), pp. 454-62 e minha contribuição in *Diskussion Deutsch* 26 (1975), pp. 569-84, "Ein hermetischer Sozialist. Zur Baudelaire-Kontroverse zwischen Walter Benjamin und Bert Brecht".

16 O célebre quadro de Daumier, *Ecce Homo*, com o subtítulo "Queremos Barrabás" (1850, Folkwang Museum, Essen) é sem dúvida uma alegoria política: o povo francês optara pelo bonapartismo (Barrabás), em detrimento da república (Cristo).

17 "O que em definitivo chama a atenção, bem antes que seu temor quimérico à incultura das massas revolucionárias e seu aristocratismo

estético, é o fato de que [...] ele ainda havia encontrado forças para cantar o hino ao comunismo!", escreve G. Cogniot no prólogo à edição francesa do Heine do povo, *Pages Choisies* (Paris, 1964), p. 33. Heine como cantor de hinos: algo tão *kitsch* é de tirar a fala.

18 Classicamente resumida em L. Kreutzer, *Heine und der Kommunismus* (Göttingen, 1970), e em J. P. Lefebvre, *Marx und Heine* (Trier, 1972).

19 Fazem parte do contexto da polêmica contra os democratas pequeno-burgueses também observações maldosas, como "a fúria democrática contra a celebração do amor: por que cantar a rosa, aristocrata! Canta a batata democrática que nutre o povo!" (v/1, p. 653) ou: "O ódio democrático à poesia: o Parnasso deve ser aplanado, nivelado, macadamizado, e onde outrora o poeta ocioso subia e espreitava os rouxinóis haverá logo uma estrada plana, uma linha de ferro, em que rincha a caldeira e se precipita a sociedade atarefada" (vi/1, p. 662).

20 Citado segundo R. Pernoud, *Histoire de la Bourgeoisie en France*, v. 2: *Les Temps modernes* (Paris, 1962), p. 474.

21 Observada à distância, a ingenuidade astuta com que os porta-vozes da burguesia tentaram desacreditar o povo ante a elite científica e artística da Europa e ao mesmo tempo se insinuar nela chega a ter algo de tocante: "Não é o rico quem faz em geral as descobertas, embora às vezes também o seja; mas é ele quem as estimula, é ele quem contribui para formar o público instruído a serviço do qual trabalha o erudito modesto e pobre; é ele quem chama de suas as grandes bibliotecas; é ele quem lê Sófocles, Virgílio, Dante, Galilei, Descartes, Bossuet, Montesquieu, Voltaire. E, se não é ele próprio, é em seu ambiente que são lidos, apreciados, e se junta a sociedade esclarecida e civilizada, de gosto cultivado e fino, para a qual o gênio escreve, canta e cobre uma tela com cores" (citado segundo Pernoud, *op. cit.* v. 2, pp. 484-5). Resultado: não há arte sem o capital. O riso se congela na face quando vamos das palavras edificantes a seus atos: quem assim salmodia não é ninguém menos que Adolphe Thiers, o famigerado "carrasco da comuna", e essas linhas foram publicadas na época da repressão à Revolta de Junho de 1848, em seu escrito *De la Propriété*.

22 Sobre o complexo todo, cf. minha dissertação *Die antibourgeoise Ästhetik des jungen Baudelaire. Untersuchungen zum "Salon de 1846"* (Frankfurt, 1973), especialmente pp. 11-25. Construído a partir dela, meu livro *Antibougeoise Ästhetik. Modernität und Ikonoklasmus bei Baudelaire*, publicado em 1978 pela Suhrkamp, contém um paralelo entre Heine e Baudelaire.

23 Assim sucedeu em junho de 1848 e na época da comuna, particularmente.

24 São classificados de maneira análoga também por P. Lidsky, *Les écrivains contre la Commune* (Paris, 1970), p. 25.

25 Citado segundo Ch. Baudelaire, *Œuvres Complètes*, ed. Pléiade (Paris, 1961), pp. 956-7.

26 Cf. D. Oehler, *Die antibourgeoise Ästhetik*, pp. 30-49.

27 Assim, os autores da *Guckkasten-Lieds vom grossen Hecker* colocam na boca dos badenenses de 48 declarações assustadoras: "*In die Galerien brechen wir jetz ein, / All die schönen Bilder müssen unser sein. / Das gibt Holz im Winter für des Volkes Not. / Wer uns daran hindert, schlagen wir gleich tot.*" [Arrombemos agora as galerias, / Todos os belos quadros têm de ser nossos. / Dão como madeira no inverno, para a necessidade do povo. / A quem nos impedir, abateremos no mesmo instante" (citado segundo K. Riha, *Moritat, Bänkelsong, Protestballade. Zur Geschichte des engagierten Liedes in Deutschland* [Frankfurt, 1975], p. 25; vide também p. 41, nota de rodapé 27).

28 "Avulta nessa terra pão o suficiente / Para todos os filhos do homem, / Também rosas e mirtos, beleza e prazer / E cerejas não menos." [N.T.]

29 "Ai! estamos perdidos, / Eles já estão ante os portões! / O burgomestre e o senado, / Sacodem a cabeça, e ninguém atina com a saída [...] / Hoje não vos acode o palavrório / Da decrépita oratória. / Não se apanham ratos com silogismos, / Eles saltam os mais finos sofismas." [N.T.]

30 Citado segundo Heine/Briegleb, v, p. 976.

31 Cf. *id.*, VI/1, p. 471.

32 Cf. *id.*, v, p. 231.

33 Cf. *id.* II, p. 353 e N. Altenhofer, *Harzreise in die Zeit. Zum Funktionszusammenhang von Traum, Witz und Zensur in Heines früher Prosa* (Düsseldorf, 1972), em que se analisam convincentemente as mediações da técnica de Heine "do sentido exotérico e esotérico do texto" (p. 31), que antecipam certos conhecimentos da psicanálise.

34 Sobre isso, cf. o artigo bastante ilustrativo de M. Werner, "Das *Augsburgische Prokrutesbett*. Heines Berichte aus Paris 1849-1847 (Lutezia) und die Zensur", in *Cahier Heine* (Paris, 1975), pp. 42-65.

35 H. H. Houben (org.), *Gespräche mit Heine*. Citado segundo Altenhofer, *op. cit.*, p. 43.

36 "Os republicanos, que se queixam da falta de boa vontade de minha parte, não consideraram que durante vinte anos, em todas as minhas

correspondências, eu os defendi bastante seriamente quando necessário e que, no meu livro *Lutèce*, ressaltei sua superioridade moral, colocando continuamente a nu a fatuidade ignóbil e ridícula e a nulidade completa da burguesia reinante." [N.T.]

37 Wolf Biermann: cançonetista e poeta de oposição, que vivia às turras com as autoridades da República Democrática Alemã, as quais acabaram por forçá-lo a emigrar. [N.T.]

Liberté, Liberté chérie

[TRADUÇÃO José Bento M. Ferreira]

H. Daumier, "La muse de la brasserie" [1864]

Liberté, Liberté chérie

Fantasias masculinas sobre a liberdade

A PROBLEMÁTICA DA ALEGORIA ERÓTICA DA LIBERDADE

Uma vez que a liberdade é mulher, e uma bela mulher, deveria ser fácil para nós amá-la. Isso supondo que seja fácil amar a uma mulher, a uma bela mulher, do modo como nós desejamos amar a liberdade: apaixonada, ilimitada e inquebrantavelmente. Mas como se concilia com a nossa liberdade o amor inquebrantável a uma só Dona Liberdade? E por que deveria ela mesma, a maravilhosa, amar somente a nós e a ninguém mais? Caso ela ame também os nossos rivais e inimigos, como poderíamos ser felizes com ela? Se ela ama a todos, como podemos não lhe querer mal? Como não desesperar da liberdade, se ela é uma puta? Mas se ela não ama a todos, ainda será a liberdade? É claro: ela não ama seus inimigos, e os inimigos dela são também os nossos. Mas devemos assumir que todos os nossos inimigos sejam igualmente os dela, e que todos os seus adoradores se encontrem entre os nossos amigos, com os quais estamos prontos e a postos para partilhá-la sem ciúme? Ou não seria melhor deixarmos essas especulações de lado, já que a liberdade é sagrada, uma deusa ou mãe sublime, intocável e inacessível aos nossos desejos profanos? Contudo, se ela é uma pessoa tão altiva e extramundana, como nos permitimos dizer que a amamos? Não seria ela a mãe generosa, acolhedora e cheia de amor para conosco, seus filhos? Mas será que, em relação à liberdade, a imagem da infância, da menoridade e da passividade não seria despropositada, ou até humilhante para nós? Se a liberdade é santa ou maternal, não haveria o risco de sua proximidade sublime ser vazia? Entretanto, se ela não for um ser supra-sensível, mas sensível, não seria um perigo o seu abraço poderoso? Somos nós que temos de conquistar a liberdade ou é ela que vem nos libertar? Ela se entrega a nós ou espera, pelo contrário, que a venhamos tomar?

São perguntas sem fim sobre a liberdade, todas postas em forma de símile, mas não apenas isso. O radical dessa vontade de saber é erótico, uma vez que a liberdade é uma alegoria da amada ideal, daquela mulher que deve fazer de nossa vida um único *coup de foudre*.[1] Já está morto e desbotado há muito o elenco de alegorias da Revolução Francesa; somente a figura da Liberté pôde tornar-se um mito de efeito duradouro, pois ela não é tanto de origem intelectual, como passional: quase nada é tão imediatamente iluminador quanto a imagem dessa delicada e sangrenta redentora. No delírio de alegria de julho de 1830 e, sobretudo, no de fevereiro de 1848, ela aparece à juventude como uma evidência empolgante, e é só no olhar lançado retrospectivamente ao fracasso histórico — quando a visão já sumiu no áspero e cinzento cotidiano burguês —, é só na melancolia da rememoração, que o romântico, devolvido à sobriedade, faz seu auto-exame e descobre, no fundo da interrogação sobre a liberdade, o problema de sua própria constituição erótica.

A topologia erótica da Liberté só se formou aos poucos; a época da Grande Revolução, que primeiro lançou a alegoria da liberdade,[2] foi marcada por um tipo de cabo-de-guerra entre os adoradores e os difamadores da liberdade: uns a expõem como um ser supremo, uma "*auguste déesse*",[3] a sucessora moderna de Nossa Senhora, da monarquia, ou da virgem de Orléans; outros, aristocratas ou clérigos, vêem nela a fêmea libidinosa e não se cansam de prevenir a cristandade sobre sua sexualidade infernal. O campo republicano assegura que a liberdade, de quem só o puro seria digno, destroçaria todos os viciados e devassos,[4] ao passo que os partidários do Ancien Régime afetam uma santa repulsa ao contato com a mesma rameira Liberdade. Se a república escolhe segundo a boa reputação as mulheres e moças que devem usar trajes brancos nos festejos revolucionários, essa reputação é logo posta em dúvida pela reação. Pouco menor do que o escândalo de 21 de janeiro de 1793 foi o de 10 de novembro do mesmo ano, quando uma atriz — imaginem! — encarnou a deusa da liberdade[5] numa festa da razão; decerto essa voluptuosa encenação da Notre-Dame pareceu a muitos uma explicação tardia da decapitação de Luís XVI. "Liberdade, que crimes cometem em teu nome!" A quem espantaria a mencionada atrocidade, se Mademoiselle Maillard podia ser a liberdade e a liberdade uma tal pessoa? Estava aí a prova viva de que, sexualmente, a liberdade não era digna de confiança. Só muito mais tarde, por volta de 1830, os amigos da Liberté deixam de empalidecer diante de tais alegações, só então a sexualidade passa a fazer parte da liberdade, ao menos como postulado.[6]

No *Danton* de Büchner, as desconfianças sexuais ligadas à liberdade são onipresentes; elas estão à espreita mesmo entre os jacobinos, que se atribuem mutuamente intenções sujas no tocante a ela. Melhor dizendo, os clássicos e virtuosos republicanos, e principalmente o Incorruptível dentre eles, acusam seus rivais, os amigos do prazer agrupados em torno de Danton, de no fim das contas desejarem abusar da própria liberdade; em contrapartida, Danton reflete menos sobre o erotismo de seus opositores do que sobre o da liberdade ela mesma. De um lado, Robespierre e St. Juste, que colocam sob suspeita um homem; de outro, Danton, que suspeita de uma mulher: "Ele quer fazer que os corcéis da Revolução parem à porta de um bordel" e "Ele tem jeito de quem poderia estuprar a liberdade" — assim falam os severos amigos desta última. "A liberdade e uma puta são as coisas mais cosmopolitas sob o sol. Agora ela vai se prostituir decorosamente na cama do advogado de Arras. Mas penso que ela será sua Clitemnestra...", eis a conclusão do epicurista. Esta equivale a uma capitulação, o que é o paradoxo desse amante das putas. Sua displicência é enganadora, assim como seu cinismo: Danton é um romântico disfarçado, em cujo seio se batem dois ideais de liberdade, a passional e a supra-sensível. Nessa medida, é um contemporâneo de Büchner, que se vale dele para registrar o fracasso das esperanças de 1830.

Pois a Revolução de Julho havia fundido os pólos contrastantes da Liberté — de um lado a sensual e má, de outro a espiritual e sublime —, formando uma nova imagem da liberdade. *A Liberdade conduzindo o povo* de Delacroix e o poema *O butim* de Auguste Barbier são os mais conhecidos documentos estéticos dessa metamorfose, que deve estar presente a quem quiser determinar a posição do *Danton* de Büchner na história da alegoria da liberdade.

No raro instante histórico, portanto, em que toda a França, tanto o povo como a burguesia, está imersa no delírio da libertação, Eugène Delacroix sintetiza, naquela figura triunfal que até hoje parece ser a própria encarnação do mito, os momentos contraditórios da alegoria, os medos e desejos manifestamente inconciliáveis que, desde 1789, amigos e inimigos haviam associado a ela.[7] O carisma extraordinário de tal figura possivelmente resida na perfeita unidade dessas imagens femininas até então sempre cindidas, tornando a sensibilidade, a força, a paixão e a violência inseparáveis da dignidade, da altivez, da beleza e da espiritualidade,[8] de modo que a rainha do céu e a filha do povo passam a ser uma só. Sim, essa mulher já é a visão do Messias feminino, buscada na época pelos primeiros socialistas, para que ele/ela fundasse um novo mundo de amor, um mundo do prazer puro, livre de pecado.[9] É claro que era possível e até comum fazer-se de incrédulo diante dessa redentora, como mostrou Heinrich Heine numa descrição contemporânea do quadro. De forma irônica, Heine descreve a unidade de tal figura em termos de "estranha mistura", perceptível somente a olhos entusiasmados, para, em seguida, retomar a velha e crua acusação sexual, uma acusação que ele devolve, com fina zombaria, aos que a haviam originalmente suscitado, aqueles aos quais a liberdade de 1830 deixava de uma vez por todas para trás — os partidários nobres do Antigo Regime e do lírio dos Bourbon:

> Representa-se um grupo de populares durante os dias de Julho e, no meio, quase uma figura alegórica, sobressai uma

jovem mulher, de barrete frígio na cabeça, um fuzil numa mão e uma bandeira tricolor na outra. Ela marcha sobre cadáveres e convoca à luta, despida até os quadris, um corpo belo, impetuoso, um rosto de perfil bravio, uma dor insolente nos traços, uma estranha mistura de jacobina, feirante e deusa da liberdade. Não fica inteiramente claro que ela deva significar esta última, e a figura parece antes expor a força selvagem do povo, que tira das costas um jugo fatal. Não posso deixar de confessar que ela me lembra aquelas filósofas peripatéticas, aquelas velocistas do amor, ou amantes rápidas, que à noite andam aos bandos pelo boulevard; confesso que o cupidozinho de lareira que está ao lado dessa Vênus das ruas com uma pistola em cada mão talvez não esteja sujo só de fuligem; que o candidato ao Panteão, tombado morto por terra, talvez fosse cambista de teatro na noite anterior; que o herói que brande sua espingarda traz no rosto as galés e, em sua roupa feia, o odor do tribunal de justiça; — mas o ponto é justamente esse, um grandioso pensamento enobreceu e santificou essa gente comum, essa ralé, e despertou em suas almas a dignidade adormecida.[10]

Assim, depois de evocar de modo bastante patético o entusiasmo patético dos "sagrados dias de Julho em Paris", que a visão de raparigas supostamente duvidosas e de sua não menos suspeita companhia despertara nele, Heine sugere com uma piscadela a solução do enigma de sua inesperada reserva diante da nova deusa de Delacroix: a reserva não era dele, pois sua "confissão" servia, como quase sempre que ele faz uma confissão, à ridicularização de um clichê ideológico:

> — Papai —, gritou uma pequena carlista, — quem é essa mulher imunda de gorro vermelho? — Com certeza — brincou o nobre papai, com um riso doce e amassado — com toda a certeza, minha filha, ela não tem nada a ver com a pureza dos lírios. Ela é a deusa da liberdade. — Papai, ela está sem camisa. — Uma verdadeira deusa da liberdade, minha filha, não costuma usar camisa, e ela se irrita bastante com toda gente que usa roupas limpas.[11]

Apesar disso, é possível que também aqui esteja em jogo um resquício de ambivalência, bem como o medo ao povo que Heine tanto gosta de ostentar. Senão, como explicar que ele perdesse a oportunidade de apresentar a liberdade como um ser de carne e sangue, como uma mulher com a qual quiséssemos "fundar já na terra o Reino dos Céus"? Ora, comparada às alegorias clássicas dos tempos da Revolução, que eram só marciais ou só sublimes, ou simplesmente edulcoradas, a Liberté de Delacroix deveria representar um verdadeiro desafio para um homem como Heine.

Foi um poeta menos significativo do que Heine, Auguste Barbier, que ousou dar o passo de ligar a liberdade e o prazer,[12] aparando com ironia as incriminações sexuais dos aristocratas, e mais, dobrando a parada com insolência. Foi por essa coragem e por sua grande verve satírica que Barbier tornou-se o poeta da Revolução de Julho, assim como Delacroix, seu pintor. Ele dessublima o culto à liberdade muito mais radicalmente do que Delacroix, fazendo dele o triunfo do ardor carnal sobre o ardor da alma. E isso não só porque sua Liberdade já não é uma casta condutora de almas, uma donzela que enrubesce diante das insinuações chulas de seus difamadores aristocráticos, nem porque ela é uma companheira do assalto à Bastilha, nascida e crescida em Paris, enraizada no povo, mas sobretudo porque seu temperamento indomável é louvado por uma torrente exaltada de metáforas sexuais. Na medida em que falta à liberdade de Barbier tudo que seja sobrenatural e numinoso, ela não é uma *coincidentia oppositorum* como a de Delacroix; toda a sua novidade, colossal para os conceitos da época, consiste simplesmente no fato de ela encarnar e postular a unidade da potência revolucionária com a sexual. Aqui, um motivo certamente mais antigo — a analogia entre o ato do amor e a revolução — é elevado a programa. Salta aos olhos a alegria de Barbier por ter achado um argumento capaz de vexar também moralmente os inimigos da liberdade: se o distinto *libertin* difama a Liberté, é porque ele é afeminado demais para uma tal mulher. Para respoder à grosseria, grosseria e meia: a liberdade, sendo "puta", zomba dos eunucos.

C'est que la Liberté n'est pas une comtesse
Du noble faubourg Saint-Germain,
Une femme qu'un cri fait tomber en faiblesse,
Qui met du blanc et du carmin:
C'est une forte femme aux puissantes mamelles,
A la voix rauque, aux durs appas,
Qui, du brun sur la peau, du feu dans les prunelles,
Agile et marchant à grand pas,
Se plaît aux cris du peuple, aux sanglantes mèlées,
Aux longs roulements des tambours,
A l'odeur de la poudre, aux lointaines volées
Des cloches et des canons sourds
Qui ne prend ses amours que dans la populace,

Qui ne prête son large flanc
Qu'à des gens forts comme elle, et qui veut qu'on l'embrasse
Avec des bras rouges de sang...[13]

Esse poema cria uma moda, a do exibicionismo viril em face da liberdade. Ganha direito de cidade a idéia de que são necessárias forças de jibóia para possuir a liberdade e fazer bom papel no seu colo gigantesco, idéia figurada e variada em duas ou três dúzias de comparações mais ou menos tópicas e evidentes. A luta a favor e contra a liberdade já não é protagonizada pela virtude e pelo vício, mas pelo vigor da juventude e pela efeminação, ou pela paixão e pela displicência, de modo que o desfecho do combate nunca é incerto. (É claro que ainda assim os valores morais vigoram, pois os maricas além de tudo são maus, ao passo que o homem forte tem caráter nobre etc.) A afirmação eufórica da capacidade própria de amar a liberdade tem como contrapartida as insinuações sarcásticas sobre a impotência do opositor, literalmente pequeno e feio demais para a bela e grande mulher. Nesses estereótipos trata-se ora de fanfarronada revolucionária, ora de caricaturas, que visam o grande público. Basta pensar nas muitas representações de políticos burgueses, risíveis e repugnantes, feitas por Daumier e seus seguidores. Sempre em vão, os canalhas tentam aproximar-se da mulher, sempre grande demais para eles: *trop petits*.[14] De Barbier a Biermann, os amplexos com *essa* liberdade — pois, como foi dito, o contramodelo casto continuou a existir — são sempre "gigantescos", e as forças físicas requeridas, sempre "poderosas". E seus amigos acreditam saber, como o Collot d'Herbois de Büchner, que "a liberdade esmaga em seus braços os fracotes que queiram fecundar seu colo".

A ostentação de potência dos jovens revolucionários naturalmente acaba invertendo-se em autoderrisão, sempre que o coito com a liberdade falha ou simplesmente não chega a acontecer. Assim, os fracassados da revolução de 1848 escarnecem de si mesmos com mais ou menos as mesmas palavras e comparações de que pouco antes haviam se servido contra os nobres e o *juste-milieu*: "...uma geração amolecida de castrados..., nosso sangue é frio, só nossa tinta é quente... Bobinhos políticos, palhaços da liberdade...fragilizados não pela paixão, mas pela paixão de sonhar" etc.[15] Páginas e páginas de sarcásticos acertos de conta com a própria geração, como os de Alexander Herzen, de onde vêm esses trechos, não eram raridade naquele tempo.

Voltemos a Barbier. Seu elogio da violência revolucionária, que culmina na imagem de um abraço sangrento, é também — devido à dinâmica própria da metáfora erótica — um elogio indireto da sexualidade desenfreada. Esboça-se um tipo de determinação recíproca: a sexualidade impetuosa evocada aqui exige a liberdade, assim como a liberdade, por sua vez, oferece aos homens esse abraço tão fantástico. É precisamente aí que reside o problema psicológico do mito da liberdade erótica. Pois na liberação sexual que Barbier promete com sua alegoria sanguinária inverte-se uma representação marcada pelo medo, ora transformada em representação marcada pelo desejo; a sexualidade revolucionária permanece, segundo a sua essência, infantil e sádica, e a liberdade que ama assim sem freios é apenas uma variação eufórica da puta das pornografias aristocráticas. O terrível tornou-se fascínio e, ao mesmo tempo, manteve-se terrível: notadamente para os fracotes que não podem ver sangue. A vítima primordial dessa utopia, porém, é a mulher, pois é esta, e não a reação política, o objeto da experimentação. Seja contra-revolucionária ou progressista-republicana: em ambos os casos, a liberdade é o campo de projeção ideal para as fantasias masculinas, sempre as mesmas, um campo de projeção certamente de segundo grau, em que as fantasias primitivas sobre a natureza sexual da mulher estão conservadas como características positivas ou negativas. E é óbvio que a liberdade *casta* provém da mesma área de representações que a liberdade *insaciável*: ambas são irmãs, assim como a Justine e a Juliette de Sade, ou como Maria e Eva.

Ao examinarmos a tradição da alegoria da liberdade torna-se claro que seu discurso sobre a revolução sempre contém, ou pressupõe, um outro sobre o papel da mulher e do erotismo na nova sociedade. Este último discurso é sempre regressivo, segundo a psicanálise, e sempre mais ou menos reacionário, segundo a política, pois modela a mulher, que ele chama de Liberdade, de acordo com sua velha imagem masculina e judaico-cristã, isso sem qualquer reflexão sobre as contradições decorrentes para a imagem da própria liberdade. É mais do que mero paradoxo que a mesma liberdade, representada como onipotente, não passe de produto indefeso de uma atribuição de papéis: é a primeira mentira da revolução e, ao mesmo tempo, seu pecado original.

O grau de emancipação feminina é a medida do grau de liberdade de uma sociedade. Essa idéia de Fourier não tem lugar na tradição do mito da liberdade, ao contrário: a bela Liberté nunca é sujeito, mas apenas o meio da libertação. Ela existe, digamos, sem ter, sem ter a si mesma e até mesmo sem ser e sem poder tornar-se; exatamente como a mulher real e histórica, cuja emancipação não mereceu quaisquer pensamentos dos cidadãos de 1789 ou dos revolucionários posteriores. Ela existe sempre para um outro, ou para os outros, ou seja, ela apenas significa. Assim, o gozo da liberdade fica sendo passavelmente unilateral, uma coisa de homem, mas, devido a essa unilateralidade, uma coisa também precária. Isso vale especialmente para uma liberdade elementar: a erótica. Inelutável como um reflexo, a cisão do erotismo masculino em partes de delicadeza e veneração por um lado, e de sensualidade e agressão, por outro, repete-se nas antinomias da alegoria da liberdade e está ligada ao medo profundo ao amor. Tampouco a pura sensualidade, o "amor dissolvente e mau", pelo qual anseia Camille Desmoulins no *Danton*, pode aplacar duravelmente esse terror, precisamente por estar ligada ao sentimento do mal. É um sentimento inescapável enquanto persistir a recusa à integração psíquica dos dois componentes, que faria do objeto do amor um "parceiro colaborador" (M. Balint). O poema de Barbier, com seus sons e cores chocantes, fala grosso com a liberdade em vez de parodiá-la criticamente, ou seja, permanece fixado na velha distinção entre sensualidade e espiritualidade, puta e mãe,[16] e a inconsistência de seu *pathos* deve-se à vontade de varrer à força a contradição fundamental de um erotismo que, na verdade, é limitador da liberdade.

A meu ver, Georg Büchner é o primeiro a tematizar sistematicamente essa contradição na imagem da liberdade, ao fazer dela o objeto e o princípio ativo de uma ação dramática. Antes dele, era comum tomar partido a favor ou contra um determinado perfil da liberdade, para então montar a correspondente coreografia de figuras amigas e inimigas; é certo que Büchner ainda cita essas constelações alternantes — a deusa nua ou coberta por um véu, o vício e a virtude, o homem e o fracote, etc —, mas, ao fazê-lo, trata-as como carentes de interpretação, como criações problemáticas dos revolucionários que, sem exceção, têm dificuldades com a liberdade. Barbier dava a entender que um erotismo "saudável" — que ele pressupunha ser o do povo e ligava a uma disposição viril para a violência e o derramamento de sangue — fosse a pré-condição de qualquer revolução; ao passo que Büchner, exatos cinco anos mais tarde, deduzia o fracasso da revolução, dentre outras causas, da patologia erótica de seus protagonistas. Aliás, ele com certeza se interessa menos pelo erotismo de Robespierre, o pequeno-burguês rigorista — este figura singelamente como um dos que "ainda não dormiram com mulher" e que durante a noite são assolados por desejos reprimidos —, do que pelo do suculento Danton, o qual, por sua natureza e temperamento, parece predestinado para o grande abraço da liberdade: um homem seguramente ao gosto de Barbier, até pelo sangue derramado em setembro.[17] Mas Büchner desmistifica esse revolucionário sangrento: desde a primeira frase ele aparece como um homem cindido ("Vejam a bela senhora, que jeito de virar as cartas!... dir-se-ia que mostra o *coeur* ao marido, e aos outros o *carreau*")[18], um homem tão obcecado pela idéia da morte como pelas mulheres. Muito mais sutil e agudo que seus precursores, Büchner articula os fantasmas eróticos do seu herói com a imago da liberdade. Esta é uma presença difusa e onipresente, e mesmo ao leigo não escapa que o autor caracteriza o revolucionário por meio do amante. E de um amante dilacerado, que logo de começo já se defende da acusação de que a sua Julie pudesse ser uma puta, tal como a jogadora de cartas. Um amante, também, que, à sua Julie, prefere as putas do Palais Royal, por serem tão distantes e tão inequivocamente íntegras na maldade — inteiramente *carreau*, instinto e gozo. Ou, ainda, um amante que chama a liberdade de puta, como à vida ("é uma puta; prostitui o mundo inteiro"): e isso com amargura notória, pois a idéia de uma mulher ideal que "prostitui o mundo" não lhe é menos assustadora do que a seu adversário Robespierre, de cuja moral tacanha ele gosta de rir. Ainda há na alma desse epicurista um recanto onde uma virgem pura e intocável espera diante de um altar, e ele secretamente deseja colocar um dia o nome de sua própria mulher sob esse signo luminoso. Por outro lado, o bordel é para ele o verdadeiro templo da revolução, onde ao pé de suas putas ele procura compor aos pedaços a liberdade ideal, como a Vênus mediceia. As muitas mulheres-da-vida atendendo a um só Danton: esse é o gozo que ele se permite à falta de outro melhor. Já uma única puta, a liberdade, para todo o mundo — pode haver algo mais decepcionante? A mulher única para o único homem: essa é a nostalgia secreta desse fazedor de mosaicos, devido à qual ele se casou com Julie. Mas ele não está galanteando quando diz a esta que a ama como à tumba. Pois um homem como ele necessariamente sente o amor grande e indivisível como algo mortal, e é desse mesmo modo que ele se relaciona com a grande liberdade.[19] Por isso é que ele evita a um e à outra; o Palais Royal é o lugar sagrado onde ele se protege do casamento e da política.

As metáforas eróticas da liberdade põem em jogo constelações edipianas com freqüência notável. O sucesso ou o fracasso do revolucionário dependem de sua maneira de enfrentar a relação com o pai, e mais ainda com a mãe. O poema de Barbier mal disfarça referências veladas ao parricídio e ao incesto como equivalentes eróticos da revolução. Em Büchner, Mercier julga Danton: "Ele é o gênio maligno da revolução; ele se insinuou à sua mãe, mas ela foi mais forte". Aparentemente mero lugar-comum republicano, essa frase contém um diagnóstico psicológico extraordinariamente lúcido: a dialética do desejo e do medo do incesto determina o modo de agir de Danton, tanto erótica quanto politicamente. Ela explica a cisão em sua imagem da mulher, e ela se trai em seus medos e sonhos. O momento mais nítido é o pesadelo em que o assassino de setembro vivencia como medo da castração o peso em sua consciência, seu medo da revolução, que não foi feita por ele, mas que o fez: "Debaixo de mim ofegava a Terra em sua órbita; eu a agarrara como a um cavalo selvagem e com membros gigantes revolvia sua crina e apertava suas costelas, a cabeça empurrada para baixo, os cabelos desfraldados sobre o abismo; assim fui arrastado". Quando ele se deixa consolar por Julie em situações como essa, ela se torna sua mãe carinhosa e protetora, e esse é o papel em que ele gostaria de fixá-la.[20] Ele, que faz praça de sua masculinidade e de sua capacidade de gozar diante do povo e de Robespierre — dizendo por exemplo: "O povo odeia os que gozam, assim como um eunuco odeia os homens!" —, na presença das mulheres deixa, apesar dessa pose, a impressão de alguém que se vê pequeno demais para os imensos prazeres que elas oferecem e, por sua vez, esperam. Ouvimos muitas falas suas sobre o gozo; mas o vemos gozar? Até mesmo Marion, que cobra para ser uma fantasmagoria sexual, deslumbra-o quase como a um colegial; quando ela lhe conta, como sob encomenda, seu desejo indomável de amor, inocente e assassino, o orador da Montagne se cala numa comoção masoquista. Aqui ele se torna ouvinte, pois Marion sabe o que os homens gostam de ouvir. É com ela que Danton se deixa seduzir por aquilo que, se viesse da boca de Julie, poderia horrorizá-lo ou mesmo matá-lo: a confissão de uma sensualidade furiosa e ilimitada. A soma paga despoja de caráter demoníaco a mulher, mas também a desvaloriza, juntamente com o gozo que ela oferece. As "coxas guilhotinadoras da senhorita" pouco mais significam do que um passatempo. A puta, por infinitamente sensual que seja, não pode ser a liberdade infinita. Intimidado por Julie, que ele gostaria de amar, assim como pela cova, e, quanto ao mais, descrente das putas, que ele deseja, Danton gira em torno da imagem da liberdade e da verdadeira vida a uma distância constante e desesperada.

Entre outras coisas, *A morte de Danton* é uma reflexão sombria sobre a condição de possibilidade psíquica do amor à liberdade. Na geração que se seguiu a Büchner, foram particularmente Charles Baudelaire e Gustave Flaubert que deram um tratamento literário a esse problema e ligaram as tristes experiências de 1848 a seu elemento psico-sexual; o teor permanece igual ao de Büchner: a impotência revolucionária da juventude pequeno-burguesa de meados do século deve-se à sua incapacidade psíquica de dedicação integral a um objeto de amor. Noutra parte, interpretei o célebre soneto *A uma passante* das *Flores do Mal* e a *Educação sentimental* de Flaubert como análises poéticas de um encontro perdido com a liberdade.[21] Depois de tudo o que foi dito, talvez se possa, sem mais comentários, reconhecer na bela passante de Baudelaire uma sósia e réplica da Liberté, uma esfinge subitamente surgida do rumor da rua, meio estátua, meio mulher, que num breve instante desperta o seu Édipo para a vida e o ameaça com a mais doce morte de amor. Esse soneto desmente todos os patéticos hinos à liberdade ao conceber a constelação heróico-alegórica na dimensão do cotidiano erótico, ou melhor, ao perceber uma *correspondance* entre a capacidade de amar a liberdade e a de amar normalmente, isto examinando a fundo a natureza desta última, ao mesmo tempo que evocando a primeira por meio de alusões ao vocabulário e à iconografia da liberdade:

La rue assourdissante autour de moi hurlait.
Longue, mince, en grand deuil, douleur majesteuse,
Une femme passa, d'une main fasteuse
Soulevant, balançant le feston et l'ourlet;

Agile et noble, avec sa jambe de statue.
Moi, je buvais, crispé comme un extravagant,
Dans son oeil, ciel livide où germe l'ouragan,
La douceur qui fascine et le plaisir qui tue.

Un éclair... puis la nuit! — Fugitive beauté
Dont le regard m'fait soudainement renaître,
Ne te verrai-je plus que dans l'eternité?

Ailleurs, bien loin d'ici! trop tard! jamais *peut-être!*
Car j'ignore où tu fuis, tu ne sais où je vais,
Ô toi que j'eusse aimée, ô toi qui le savais!

Textos como esse não tiraram de circulação as imagens mais velhas e ingênuas da liberdade. Mesmo após a derrocada do romantismo revolucionário de 1830 e 1848, a liberdade continuou a ser representada como a redentora. Os exemplos da persistência desse mito são abundantes e chegam até nossos dias. O jovem Wolf Biermann ainda compôs versos e estrofes que parecem poesia libertária do século XIX levemente retocada:

Die Freiheit ist uns ein schönes Weib
sie hat ein' Unter— und Oberleib,
sie ist kein fettes Bürgerschwein
— so soll es sein...[22] [23]

Provavelmente a fórmula didática das "partes baixas e partes altas" deveria criticar e superar a cisão da imagem da mulher-liberdade em partes sensuais e partes espirituais. Mas o cancionista corre o risco de provocar o efeito contrário com esse seu recurso. A visão da bela mulher permanece dividida em duas, e o rosto continua a ser uma mancha cega; ao passo que os pensamentos correntes de violentação da liberdade vêm à luz.

Frases juvenis, fantasias de garotos. Será que lembramos ainda os grafites engenhosos e sedutores nos muros de maio de 68? "Quanto mais faço amor, mais desejo fazer a revolução, e quanto mais faço a revolução, mais desejo fazer amor." Nessa equação, a liberdade é uma bela desconhecida, que se deixa calcular pela soma das companheiras a serem amadas. Ainda assim, nada além de uma nova e invisível versão da potente mulher de Barbier. "A virilidade ou é total, ou não é", anota laconicamente Milan Kundera.[24]

Ao que parece, a imagem romântica da liberdade não pode ser destruída pela auto-crítica masculina, mas somente pela auto-afirmação feminina. Os sintomas disso não faltam hoje em dia. Para fechar o círculo, mencionemos um trecho de *Lenz*, a narrativa de Peter Schneider, que não por acaso recorre a Büchner. O colapso da alegoria masculina da liberdade está anunciado em surdina. A antiga musa do estudante esquerdista Lenz, uma vigorosa moça da classe trabalhadora chamada L., separou-se dele pois cansou de lhe encarnar as fantasias. "Você só fala de si mesmo", disse L., "eu nem consto no que você diz."[25] Uma expressão quase impensável ao tempo de Büchner, a qual dá margem à esperança — para a mulher *e* para o revolucionário.

Notas

1 A expressão francesa designa um amor súbito e fulminante. [N.T.]

2 A *Liberté* revolucionária de 1789, que em 1792 foi declarada emblema da República, é uma bela mulher, com espada, barrete frígio e emblemas diversos (cetro da razão com um olho de luz na ponta, leões, gatos, clavas para destroçar a hidra do mal etc.). A deusa tomada aos romanos era, antes da Revolução, tão pálida quanto na Roma antiga, onde ela não tinha mito. Cf. o capítulo introdutório do M. Agulhon, *Marianne au Combat. L'Imagerie et la Symbolique Républicaines de 1789 à 1780* (Paris, 1979), pp. 21-53.

3 Cf. Agulhon, loc. cit., p. 22 e seguintes.

4 Quando a própria liberdade não defendia sua virtude, acorria em seu socorro a nação/povo, que se enfurecia ante a visão da inocência ameaçada: assim dizem os *topoi*.

5 A versão de que tenha se tratado da deusa da razão e não da liberdade é inexata. Quanto ao efeito da cerimônia, a questão não é decisiva: toda personagem alegórica da República era em última instância associada à Liberté. Segundo Agulhon, op. cit., p. 38 e ss.

6 Entretanto, após 1830 continuam a existir os partidários da imagem da liberdade severa, possivelmente mais numerosos que os que desejavam lhe integrar o erotismo. Aos primeiros pertence Michelet, que, na sua história da Revolução, enfatiza a moralidade da Festa da Razão e de sua figura principal. Cf. *Histoire de la Révolution Française* (Paris, 1952), v. II, p. 646.

7 É claro que isso não vale para os Estados Unidos, onde a liberdade é representada pela estátua tediosa e inteiramente acadêmica de Bartholdi, com que a Terceira República francesa presenteou o país há uns cem anos.

8 Baudelaire chamou a atenção para a espiritualidade das mulheres de Delacroix. Mesmo nos traços da Liberté transparece uma certa introversão, uma expressão quase melancólica. Cf. meus *Pariser Bilder I (1830-1848)*, Frankfurt, 1979, p. 186 e ss.

9 Ver a respeito a pequena antologia de Fourier, org. D. Guérin/M. Luckov, *Aus der neuen Liebeswelt* (Berlim, 1977).

10 *Französische Maler. Gemäldausstellung in Paris 1831*; in Heine, *Sämtliche Schriften* (Munique, 1971), v. 3, p. 40.

11 Idem, p. 41.

12 Os republicanos alemães F. Lehne e N. Müller celebraram a liberdade na seguinte ode: "*Wer den Schritt zur Wollust waget / Mit der Trägheit feiger Schuld, / Wer um deine Stärke zaget, / Dem entwind'st du deine Huld*" ["Quem ousar o passo para o gozo / Empurrado por culpa covarde / Quem hesitar diante da tua força, / A esse privarás da tua graça"]. Cf. *Republikanische Gedichte*, (Mainz, 1979), p. 13.

13 "[...] É que a liberdade não é uma condessa / do nobre bairro de Saint-Germain, / Uma mulher que, se ouve um grito, desvanece, / Que usa talco e carmim: / É uma mulher forte de seios possantes, / De voz rouca e duros encantos, / Que, corada e com pupilas em fogo, / Ágil e pisando firme, / Gosta dos gritos do povo, das brigas sangrentas, / Do longo rufar dos tambores, / Do cheiro de pólvora, das rajadas distantes, / Dos sinos, dos canhões surdos, / Que só em meio à turba escolhe seus amores, / Que só cede seu flanco enorme / Aos que são fortes como ela, e que quer ser abraçada / Por braços rubros de sangue [...]" [N. T.]

14 Em tempos de repressão política, porém, esse contraste grotesco desaparece; potência e sexualidade são novamente próprias apenas aos inimigos da liberdade, representados como brutais; ela mesma — estuprada, torturada, crucificada e por aí afora — volta a tender ao tipo da alegoria clássica e supra-sensível.

15 Pequenos demais.

16 A. Herzen, *Vom anderen Ufer* (Munique, 1969), p. 162 e ss. Típico desses lamentos é a oscilação entre a primeira pessoa, a segunda e a terceira. Também Herzen diz ora "nós", ora "vocês", ora "eles": no fundo são *os outros* os que falham diante da liberdade.

17 Ao final da quarta estrofe, que não foi citada aqui, a mulher lasciva que é a liberdade de repente se torna uma figura maternal, que enxuga as lágrimas dos olhos de seus filhos, embora "ainda bela e nua".

18 Alusão ao Terror, período da Revolução francesa iniciado em setembro de 1793.

19 *Coeur* e *carreau*: copas e ouros.

20 O Danton de Büchner adora disfarçar seus medos em ditos de espírito, na maioria eróticos. A propósito do medo à liberdade, por exemplo: "[...] a estátua da liberdade ainda não saiu da forja, o forno está ardendo, nós todos ainda podemos queimar os nossos dedos." 21 As batidas do relógio da *Conciergerie* [N.T.: parte do palácio real em que durante a Revolução ficaram detidos primeiramente os aristocratas destinados à guilhotina, e depois os próprios revolucionários, entre os quais Danton e Robespierre] lembram a Danton uma claustrofobia infantil ("A cada batida as paredes se aproximam mais ao meu redor, até que tudo fica apertado como um caixão. — Certa vez li uma história assim, que me arrepiou os cabelos."). Contra essa lembrança e o sentimento de "estar indefeso, nu e só como uma criança recém-nascida" ele mobiliza primeiro o seu cinismo, e depois a pura imagem de Julie.

22 Cf. "*Art-Névrose*", mais acima neste volume.

23 W. Biermann, *Für meine Genossen* (Berlim, 1972), p. 91. Já em *Drahtharfe* (Berlim, 1965), p. 68, Biermann retomou o costume anterior a 1848 de colocar a "época" no lugar da "liberdade" e de imaginar grandes abraços com ela. No estilo de Alfred Meissner, mais que no de Heine, ele escreve: "*Ach, für die Brautnacht mit der neuen Zeit / Ach, für die riesigen Umarmungen / Auch für den tiefsten Liebesschmerz / Ist uns das Herz noch schwach und / Schwach noch sind die Lendenkräfte uns. So manchen schmalen Jüngling / Erdrückt die grosse schöne Frau / In hellen Liebesnächten. Ja / Riesen brauchts an Mut und Lust / Und Riesen auch an Schmerz / An Tatkraft Riesen...*" ["Ah, para as núpcias com os Novos Tempos / Ah, para esse abraço gigantesco / E também para a mais profunda dor de amor / Nosso coração ainda é fraco e / Fracas ainda estão as nossas forças vitais. Não foram poucos os rapazes frágeis / Que a bela e grande mulher esmagou / Em claras noites de amor. São / Necessários gigantes na coragem e no gozo / Assim como na dor / E na energia..."]

24 "A liberdade é uma bela mulher / ela tem partes baixas e partes altas / não é nenhum burguês gordo e porco / — assim deve ser...". [N.T.]

25 M. Kundera, *Das Leben ist anderswo* (Frankfurt, 1974), p. 217. Este romance é uma vasta discussão da psicopatologia do romantismo libertário, possivelmente a mais fundamental desde a *Educação sentimental*.

26 P. Schneider, *Lenz* (Berlim, 1973), p. 43. Tampouco Lenz consegue unir o corpo e a alma de sua L.: "Já não falo de transar, é para suas carícias que não sou forte o bastante. Eu queria saber o que me dá tanto medo" (p. 17). Aqui se torna explícito o que, no século XIX, desde Büchner, fora tematizado implícitamente: o significado que tem a potência afetiva, mais que a potência física, para a emancipação do amor e, com ela, a da liberdade.

O repúdio à fotografia

[TRADUÇÃO Samuel Titan Jr.]

H. Daumier, "Maternité" [c. 1855-1860]

O repúdio à fotografia

Flaubert e Melville

Exceção feita a Nathaniel Hawthorne, os grandes escritores de meados do século passado, contemporâneos do que Walter Benjamin considera "o mais belo período da fotografia [...] seu florescimento pré-industrial",[1] não se dão absolutamente conta das possibilidades narrativas que a imagem fotográfica ou o daguerreótipo oferecem à literatura de ficção. Quase todos partilham do "ódio instintivo" que os pintores e sobretudo os retratistas votam à nova indústria com pretensões à condição de arte. A nota lacônica do *Dicionário das idéias feitas* — "*DAGUERRÉOTYPIE: remplacera la peinture*"[2] — indica bem que Flaubert, como o Baudelaire do *Salão de 1859*, receia menos a fotografia em si mesma do que o uso tolamente iconoclasta que o público moderno se apresta a fazer dela. Aqueles que se recusam a saudá-la como novo penhor de progresso temem a fotografia enquanto arma nas mãos do Burguês, arma por cujo intermédio se procura consolidar o reino do bom senso, excluindo toda idéia de belo, de fuga ao naturalismo e até mesmo de imaginação, constrangendo o artista ao papel de simples copista da natureza. Não é este o caso de Hawthorne. O autor democrata de *A casa das sete empenas*, *romance*[3] em preto e branco de estrutura muito próxima à dos *Mistérios de Paris*, de Eugène Sue, sublinha em sua trama narrativa o poder emancipador da invenção de Niepce e Daguerre: ela pode contribuir para a derrubada de uma sociedade injusta ao desnudar os crimes que o homem bem pode ocultar a seus semelhantes, mas de modo algum ao sol, aliado natural de um "*artist in the daguerreotype line*".[4] Em revanche, para Herman Melville, grande admirador e amigo de Hawthorne, bem como para Gustave Flaubert, recusar a fotografia é um direito e mesmo um dever sagrado para todo artista rompido com o *common sense* do mundo a seu redor.

Em janeiro de 1853, Flaubert escreve a Louise Colet que o "*jeune Du Camp*" acaba de ser nomeado oficial da Legião de Honra, ao que exclama com amargura: "*Admirable époque* [...] *que celle où l'on décore les photographes et où l'on exile les poètes*". Em seguida, dedica uma menção aos pintores, acrescentando entre parênteses: "*vois-tu la quantité de bons tableaux qu'il faudrait avoir faits avant d'arriver à cette croix d'officier?*".[5] Opor assim o triunfo de uns ao martírio de outros é quase sugerir uma relação de causa e efeito: se não são diretamente os carrascos dos poetas e de todos os verdadeiros artistas, os fotógrafos são de qualquer modo os cúmplices e os beneficiários de seu extermínio. E se a época oferece recompensas aos fotógrafos e persegue os poetas, é porque os primeiros a lisonjeiam e os últimos lhe dizem a dura verdade. Baudelaire fustigara a arte chique e leviana de Horace Vernet como "*une masturbation agile e fréquente, une irritation de l'épiderme française*":[6] fórmula que Flaubert teria subscrito, sobretudo se aplicada à fotografia. Em seu ódio à fotografia, ele sequer hesita em magoar o amor-próprio de sua musa; quando esta lhe quer presentear uma foto, ele a demove brutalmente: "*J'ai peur, pauvre chère Louise, de te blesser* [...], *eh bien! ne m'envoie pas ton portrait photographié. Je déteste les photographies à mésure que j'aime les originaux. Comprends-tu? Je porte cette délicatesse bien loin, car moi je ne consentirais jamais à ce que l'on fît mon portrait en photographie*".[7] Intransigência que ele conservará por toda a vida, ainda que mais tarde se deixe fotografar por Nadar e Carjat. Mas, no essencial, não recuará: não cederá jamais aos que gostariam de utilizar sua imagem para fins publicitários. O horror que lhe causa a idéia de expor sua imagem ao público é tão grande que o leva à rudeza com editores, confrades e críticos: "*Mon cher Monsieur, il m'est impossible de vous envoyer ma photographie, parce que je n'ai jamais fait faire mon portrait. Agréez, je vous prie, toutes mes excuses, et recevez une cordiale poignée de main*", escreve ele a um importuno, já no fim da carreira; e quando o outro insiste, Flaubert dirige-lhe um segundo bilhete, igualmente seco: "*Cher Confrère, il n'existe de moi* aucun portrait. *Chacun a sa toquade; la mienne est de me refuser à toute image de ma personne*".[8] Em sua obra romanesca, Flaubert não deixa absolutamente transparecer essa forte aversão, salvo uma ou duas passagens pouco proeminentes, das quais falaremos em breve. Voltemo-nos agora para outro romancista da geração de Flaubert que lançara um anátema público à fotografia, um autor que, em 1857,[9] já publicara o grosso de sua obra: o norte-americano Herman Melville.

A diatribe anti-fotográfica de Melville encontra-se no seu *Künstlerroman*[10] de 1852, *Pierre, ou As ambigüidades*, tido por seu romance mais ambicioso depois de *Moby Dick*, publicado um ano antes. O livro XVII de *Pierre*, intitulado "*Young America in Literature*", conta as atribulações de um jovem autor de futuro, cujo sucesso prematuro dá ensejo a um concerto de todas as sereias do mundo literário. Editores propõem-lhe reunir seus artigos de revista numa suntuosa edição de suas obras completas, desenhistas querem ilustrar seus textos, sociedades literárias e filantrópicas convidam-no a dar palestras, e por fim começam as pressões para fazê-lo publicar sua efígie e sua biografia.

O episódio consagrado aos esforços de um editor que tenta convencer o jovem Pierre Glendinning a se deixar daguerreotipar é sem dúvida o mais importante do livro XVII, e de longe o mais dramático. Nas passagens precedentes os pedidos eram de ordem epistolar, mas agora o herói está às voltas com uma espécie de Jacques Arnoux nova-iorquino, coeditor do *Captain Kidd Monthly*, que Pierre encontra por acaso na rua e que o aborda sem delongas: " *'Good morning* [...] *just the man I wanted:— come step round now with me and have your Daguerreotype taken; — get it engraved then in no time; — want it for the next issue'* ".[11] O editor sublinha a urgência do seu desejo conduzindo Pierre "*in the most vigorous manner* [...], *like an officer a pickpocket*",[12] e quando o outro declina o convite de maneira tão polida quanto firme — "*'Pray, sir, hold, if you please, I shall do no such thing'*" —, o editor torna-se ainda mais insistente: "*'Pooh, pooh — must have it — public property — come along — only a door or two!'*".[13] Prosseguindo o diálogo de surdos, o homem de negócios, perplexo diante da resistência a uma proposta que, feitas as contas, beneficia a todos, e incapaz de entender o pudor do adolescente, recorre ao argumento supremo: "*'Don't? Really?' cried the other, amazedly staring Pierre full in the countenance; 'Why bless your soul,* my *portrait is published — long ago published!'* ". O argumento novamente cai em ouvidos moucos — "'*Can't help that, sir*' — *said Pierre*"[14] —, e uma vez mais o advogado do interesse público usa da ênfase: toma Pierre pelo braço "*in the most uncompunctious familiarity*".[15] O episódio termina com uma explosão de cólera. O jovem, de hábito tão suave, acaba por ameaçá-lo de punho cerrado e, esgotada a paciência e deixando de lado a contenção verbal, vocifera: "'*To the devil with you and your Daguerreotype!*'".[16]

A cena, tão vívida, é seguida de uma digressão teorizante que confirma a impressão de que Melville não condena aqui tão-somente um certo uso da fotografia no mercado cultural: ele está pronto a indigitar a fotografia em geral como uma invenção diabólica e portanto condenável às chamas. Pierre, "*the fool of Truth, the fool of Virtue, the fool of Fate*",[17] rejeita-a como mais uma das futilidades enganosas de um mundo corrupto (a começar pelo retrato de seu próprio pai):

> *This incident, suggestive as it was at that time, in the sequel had a surprising effect upon Pierre. For he considered with what infinite readiness now, the most faithful portrait of any one could be taken by the Daguerreotype, whereas in former times a faithful portrait was only within the power of the moneyed, or mental aristocrats of the earth. How natural then the inference, that instead of, as in old times, immortalizing a genius, a portrait now only* day-alized *a dunce. Besides, when every body has his portrait published, true distinction lies in not having yours published at all. For if you are published along with Tom, Dick, and Harry, and wear a coat of their cut, how then are you distinct from Tom, Dick, and Harry? Therefore, even so miserable a motive as downright personal vanity helped to operate in this manner with Pierre.*[18]

Melville toma posição contrária à de seu *alter ego*, o autor de *A casa das sete empenas*, romance publicado no mesmo ano que *Moby Dick* e que atribuía à fotografia uma função luminosa. Por mais que reconheça que a placa dura e brutal do daguerreótipo é mais apta a reproduzir os traços sombrios e duros da fisionomia humana do que sua beleza, sua bondade ou seu gênio, Hawthorne situa a fotografia do lado das Luzes.[19]

À maneira de outros adversários da fotografia, como Kierkegaard ou Barbey d'Aurevilly, Melville insiste quanto ao aspecto falsamente igualitário dessa arte industrial, que impede que a "genuína distinção" se dê a conhecer. Mas ele se sente ainda mais chocado pela rapidez diabólica de um processo que, "*in no time*", entroniza o primeiro transeunte. A fim de melhor definir esse efeito catastrófico da fotografia — de resto perfeitamente conforme aos costumes americanos, tais como os descrevera Tocqueville —, Melville cria um neologismo (nem de longe o único do romance!): "*instead of* [...] *immortalizing a genius, a portrait now only* day-alized *a dunce*"; poderíamos traduzi-lo por "quotidianizar", revelando assim a afinidade profunda entre a fotografia e os *mass media*.

Em Melville, como em Flaubert e Baudelaire, a crítica à fotografia faz parte de uma crítica à época e a seus respectivos países. O *locus classicus* dessa crítica, nos romances de Flaubert, não é a famosa passagem no final da *Educação sentimental* em que Frédéric e o leitor ficam sabendo que "*Pellerin, après avoir donné dans le fouriérisme, l'homéopathie, les tables tournantes, l'art gothique et la peinture humanitaire, était devenu photographe: et sur toutes les murailles de Paris, on le voyait représenté en habit noir avec un corps minuscule et une grosse tête*".[20] Essa estocada recorda, por um lado, a tirada baudelairiana sobre "*l'industrie photographique* [...] *refuge de tous les peintres manqués, trop mal doués ou trop paresseux pour achever leurs études*",[21] e por outro, *a contrario*, a figura positiva do daguerreotipista Holgrave em *A casa das sete empenas* (que igualmente passara pelo fourierismo, bem como pelo mesmerismo; exercera até mesmo o ofício de tira-dentes, sem que isso o desmerecesse aos olhos de seu autor). Sendo assim, a tirada flaubertiana não tem nada de original no plano narrativo. Bem mais interessante do que essa nota irônica é uma passagem de um dos capítulos mais brilhantes de *Madame Bovary*, o capítulo VI da segunda parte, dedicado às despedidas entre Emma e Léon, que começa com a grande cena em que Emma, transtornada, solicita em vão a ajuda do eclesiástico. O pequeno parágrafo consagrado — ou antes concedido — à fotografia é o justo contrário de uma "pérola", pois marca o começo da integração da fotografia ao tecido mesmo da ficção romanesca:

> *Charles, cependant, avait essayé plusieurs fois d'interrompre la conversation.*
>
> *— J'aurais à vous entretenir, avait-il soufflé bas à l'oreille du clerc, qui se mit à marcher devant lui dans l'escalier.*
>
> *— Se douterait-il de quelque chose? se demandait Léon. Il avait des battements de coeur et se perdait en conjectures.*
>
> *Enfin Charles, ayant fermé la porte, le pria de voir lui-même à Rouen quel pouvait être le prix d'un beau daguerréotype; c'était une surprise sentimentale qu'il réservait à sa femme, une attention fine, son portrait en habit noir. Mais il voulait auparavant savoir à quoi s'en tenir; ces démarches ne devaient pas embarrasser M. Léon, puisqu'il allait à la ville toutes les semaines, à peu près.*[22]

Pode-se ler esta cena como complemento àquela outra encontrada em *Pierre*. Nos dois textos, entrevemos a possibilidade de um daguerreótipo narrado; nos dois casos, ocorre um aborto narrativo dessa visão. Mas lá onde Melville mostra um artista instado em vão a consentir que façam seu retrato, Flaubert põe em cena um burguês, o tipo consumado do burguês ou até mesmo do pequeno-burguês, morrendo de vontade de ter o seu, para presenteá-lo à sua casta metade (a primeira versão, como muitas vezes em Flaubert, é bem mais explícita a respeito: "*Il nourissait depuis longtemps sans le dire à personne l'envie d'avoir son portrait*").[23]

A cena de *Pierre* concerne a dimensão pública da fotografia, ela se dá na rua, em plena Nova York, e o estúdio do fotógrafo fica bem ao lado — "*step round now* [...] *only a door or two*". A de *Madame Bovary*, pelo contrário, se passa na intimidade mais secreta e tacanha — "*Charles, ayant fermé la porte...*" —, no fundo da província: o estúdio do artista é tão distante, tão pouca é a familiaridade com a fotografia que há que domar a impaciência e enviar algum batedor a fim de "*savoir à quoi s'en tenir*". No romance de Melville, a brutalidade do abastecedor da curiosidade pública tem a mesma medida da brutalidade do próprio processo fotográfico, contrastando violentamente com a cortesia dos outros convites que se fazem a Glendinning; no de Flaubert, a cerimônia do oficial de saúde reflete ao mesmo tempo o desejo e a angústia diante de uma arte cujos arcanos ele ignora.

Nas duas cenas, a comicidade tem dupla raiz: financeira e erótica. Em Melville, o diretor da revista tem segundas intenções evidentes: conta fazer um bom negócio oferecendo a efígie do autor a seu público. Acrescentemos que o convite à fotografia logo toma ares de tentativa de estupro (ao passo que as ofertas dos outros agentes do mundo das letras permanecem no domínio da sedução). Na cena de Flaubert, não se trata de fazer dinheiro, quer-se apenas evitar uma despesa muito alta. Trata-se de uma atitude ambígua do burguês face ao presente e mesmo à entrega amorosa. O aspecto sexual é aqui ainda mais pronunciado do que em Melville, o leitor sente uma alegria perversa diante da cegueira desse Narciso em trajes negros, que imagina que seu retrato fará a alegria da esposa, sem suspeitar dos terríveis paralelos que ela estabelece entre sua fisionomia e a de Léon. Enquanto Emma sente-se obcecada pela figura do jovem funcionário — "*elle recherchait la solitude, afin de pouvoir plus à l'aise se délecter de son image*"[24] —, Charles procura a companhia desse mesmo Léon para fruir de antemão a alegria iminente que a "surpresa sentimental" não poderá deixar de causar à esposa! Sem sua concisão, o texto correria o risco de cair no *vaudeville*. Pois o *vaudeville* e a farsa são o lugar natural da fotografia. A simples idéia de mandar fazer um daguerreótipo é apresentada por Flaubert e por Melville como uma tolice ("*kiddish*") indigna de um homem de distinção. O que seria mais vil do que se deixar obsedar a tal ponto pela própria imagem e querer impô-la a outrem?!

Não obstante, a recusa da fotografia e do retrato permanece implícita em Flaubert: não há herói porta-voz, e o autor renuncia igualmente a qualquer reflexão teórica, a qualquer comentário sobre o alcance do episódio. O sentido revela-se pelo tom da narração, e sobretudo por sua estrutura. À primeira leitura, a anedota do daguerreótipo parece isolada no contexto romanesco; como os planos do esposo não vão adiante, chega-se mesmo a suspeitar de uma escorregadela do romancista, sempre tão vigilante e astuto. Ora, uma leitura mais atenta revela os elos profundos que ligam essa cena ao resto do romance, e mesmo à cena precedente, quando Emma, rechaçada pelo eclesiástico, rechaça por sua vez a própria filha, que acaba machucando a bochecha por culpa da mãe. O olhar desapiedado que a senhora Bovary lança sobre a pequena Berthe adormecida é o mesmo olhar que fazia uivar a crítica contemporânea, por conta do suposto realismo fotográfico de Flaubert, da frieza metálica das suas imagens:[25]

> *Alors, en la contemplant dormir, ce qu'elle conservait d'inquiétude se dissipa par degrés, et elle se parut à elle-même bien sotte et bien bonne de s'être troublée tout à l'heure pour si peu de choses. Berthe, en effet, ne sanglotait plus. Sa respiration, maintenant, soulevait insensiblement la couverture de coton. De grosses larmes s'arrêtaient au coin de ses paupières à demi closes, qui laissaient voir entre les cils deux prunelles pâles, enfoncées; le sparadrap, collé sur la joue, en tirait obliquement la peau tendue.*
>
> — *C'est une chose étrange, pensait Emma, comme cette enfant est laide!*[26]

A ironia flaubertiana está na aproximação evocativa dessas duas cenas, cujo denominador comum é a *reprodução*. Se Charles possui algum talento especial, é o de estar no contra-tempo: antes, ele engravidara Emma justamente quando ela não podia mais com ele — a ponto de desfazer-se simbolicamente do marido atirando ao fogo seu buquê de casamento. Ei-lo agora querendo surpreendê-la com o que julga ser "*une attention fine*", uma nova imagem de sua pessoa, logo no momento em que ela acaba de praticar um atentado (inconsciente, é verdade) contra sua filha, que aliás já não lhe parece menos feia do que o pai. Os sarcasmos baudelairianos sobre a clientela embasbacada dos fotógrafos — "*la société immonde se rua, comme un seul Narcisse, pour contempler sa triviale image sur le métal*"[27] —, bem como suas troças sobre a beleza política e poética dos trajes negros,[28] são ilustradas e mesmo aprofundadas pela aventura daguerreotípica de Charles e seu lugar no romance de costumes. Longe de se contentar com uma caricatura do Narciso burguês, ingenuamente apaixonado pela própria imagem, Flaubert liga o tema do fascínio pela fotografia à sua crítica da ideologia da família e da procriação. A fotografia aparece como prazer privilegiado das famílias: todos os que desejam engendrar serão, por assim dizer, seus adeptos naturais. Em revanche, uma mulher como Emma passa longe da fotografia e dos presentes fundados sobre a reprodução pura e simples: ela dera ao pai "*une tête de Minerve au crayon noir, encadrée de dorure, et qui portait au bas, écrit en lettres gothiques: 'A mon cher papa'*".[29] Com um pouco de lucidez, Charles poderia ter compreendido desde o início que não seria o companheiro ideal para uma jovem com sonhos de partenogênese — ou, por outra, que ela não tinha necessidade nem de filhos nem de daguerreótipos do marido em traje negro, mas sim de liberdade para levar uma vida romântica, generosa, impossível. No romance de Flaubert, Emma desempenha em relação à fotografia a mesma função que Pierre no romance de Melville: ela é impermeável a qualquer entusiasmo fotográfico. Baudelaire logo reconheceu nessa heroína o "*homme d'action*" e o "*poète hystérique*"[30] que, incapaz de acomodar-se à trivialidade ambiente, reclama por uma vida bela, à maneira do narrador de *O mau vidraçeiro*. Isso significa que Emma é um ser profundamente anacrônico. Também para ela as imagens são uma "*primitive passion*": ainda jovem, ela nutria seus sonhos com a contemplação das cores dos vitrais;[31] mulher adúltera, obrigará seu amante a "*échanger des miniatures*".[32] Esquivar-se assim à realidade fotográfica moderna é uma opção prenhe de conseqüências. Pois está votado ao fracasso quem insiste em procurar o ideal alhures, quem persiste em ignorar ou em pôr de lado o ideal burguês da reprodução, da poupança e do lucro — ideal que a fotografia, enquanto a televisão não chega, representa de maneira icônica. Dom Quixotes de uma verdade obsoleta e inimigos da fotografia, a mulher apaixonada de Flaubert e o artista de Melville acabam encurralados, forçados ao suicídio.

À cena do daguerreótipo abortado em *Madame Bovary* fazem eco lúgubre a cena em que Charles escolhe o mausoléu para Emma e a cena em que ele descobre as recordações amorosas que sua esposa escondera na escrivaninha: "*Toutes les lettres de Léon s'y trouvaient. Plus de doute, cette fois!... Le portrait de Rodolphe lui sauta en plein visage, au milieu des billets doux bouleversés*".[33] Pouco antes desse episódio, a página consagrada à escolha do monumento funerário retomava certos motivos da cena do daguerreótipo. Novamente Charles pede conselhos a um amigo pouco confiável — Homais, no lugar de Léon. Novamente fazem-se necessárias algumas idas a Rouen, orçamentos, circunspecção; o mausoléu e o epitáfio por fim escolhidos — "*un génie ténant une torche éteinte*" e "*Sta viator, amabilem coniugem calcas!*"[34] — são tão comuns quanto a postura que Charles ensaiara para seu "*beau daguerréotype*". A última homenagem aparece no romance como uma espécie de conclusão macabra do projeto fotográfico: de um monumento de estupidez a outro.

Sabe-se que, em seu último romance, Flaubert fez silêncio sobre a fotografia. Mas não de todo: quando da descrição do quarto de Bouvard, mencionam-se "*des daguerréotypes représentant des amis*",[35] "*principaux ornements*"[36] do quarto se excetuarmos "*un porte-liqueurs au milieu de la commode*".[37] Ainda assim, esses daguerreótipos dispostos "*le long de la glace*"[38] não serão descritos, à diferença do retrato do tio de Bouvard, "*peinture à huile qui occupait l'alcôve*".[39] Outro sinal do pouco caso que o autor fazia da fotografia: o lapso na datação dessa cena, já que Bouvard parece ter daguerreótipos muito antes do *Rapport sur le Daguerréotype* de François Arago, lido na Academia de Ciências em 19 de agosto de 1839, "*séance où furent dévoilées les modalités techniques du daguerréotype*".[40] Seria o caso de lembrar que Flaubert expõe-se a tais erros sempre que fala de coisas que abomina — da gestação de uma criança, por exemplo? A ser assim, até mesmo em seus lapsos estariam conjugadas fotografia e procriação.

Notas

1 Walter Benjamin, "Petite histoire de la photographie", in *Essais I, 1922-1934* (Paris, 1983), pp. 148-149.
2 "DAGUERREOTIPIA: substituirá a pintura". [N.T.]
3 Em inglês no original: *romance* designa a ficção de corte romanesco, de tema amoroso ou aventuresco, distinta portanto de "novel", o romance moderno propriamente dito. [N.T.]
4 "Um artista no ramo da daguerreotipia". [N.T.]
5 Gustave Flaubert, *Correspondance* II, edição de Jean Bruneau (Paris, 1980), pp. 238-239 (carta de 15.01.1853): "Admirável época [...] em que se condecoram os fotógrafos e se exilam os poetas. [...] imaginas a quantidade de bons quadros que haveria que pintar antes de chegar à cruz de oficial?".
6 Charles Baudelaire, *Salon de 1846*, in *Oeuvres Complètes* II, edição de Claude Pichois (Paris, 1976), p. 469: "uma masturbação ágil e freqüente, uma irritação da epiderme francesa".

7 Flaubert, *Correspondance* II, *ed. cit.*, p. 394 (carta de 14.08.1853): "Tenho medo de te magoar, minha pobre e querida Louise, mas não me envie teu retrato fotográfico. Detesto as fotografias na mesma medida em que amo os originais. Não consigo achá-las *verdadeiras*. Esse procedimento *mecânico*, sobretudo quando aplicado a ti, conseguiria mais me irritar do que me agradar. Tu me entendes? Levo muito a sério esse capricho, pois jamais consentiria que fizessem meu retrato fotográfico". Quanto ao aspecto mecânico da fotografia e das reservas que inspirava aos contemporâneos de Flaubert, leia-se a citação de um jornal de Leipzig mencionado por Benjamin: "O homem foi criado à imagem de Deus e essa imagem não pode ser fixada por nenhuma máquina humana" (in Benjamin, *art. cit.*, p. 150).

8 Flaubert, *Correspondance. Huitième Série (1877-1880)* (Paris, 1930), pp. 47-48 (cartas de junho de 1877 e 18.06.1877): "Meu caro senhor, não posso enviar-lhe uma fotografia, pois jamais permiti que tirassem um retrato meu. Aceite minhas desculpas e receba meus cordiais cumprimentos" e "Caro confrade, não há *nenhum* retrato meu. Cada louco com sua mania: a minha consiste em me recusar a tirar qualquer retrato de minha pessoa".

9 Data da publicação em livro de *Madame Bovary*. [N.T.]

10 Literalmente "romance de artista", formação análoga a *Bildungsroman*, "romance de formação". [N.T.]

11 "Bom dia! Justo o homem que eu procurava, venha até aqui ao lado e deixe-me tirar seu daguerreótipo, imprimimos num instante, quero que saia no próximo número." [N.T.]

12 "Do modo mais vigoroso possível, como um policial conduz um punguista." [N.T.]

13 "Por favor, pare com isso, meu senhor! Não vou fazer nada disso! — Bah, bah! como não?... propriedade pública... vamos logo... aqui ao lado!" [N.T.]

14 "— Não mesmo? exclamou o outro, perplexo, encarando Pierre. — Mas se o *meu* retrato já foi publicado, há tempos! — Não posso fazer nada, disse Pierre." [N.T.]

15 "[...] com uma familiaridade das mais incômodas." [N.T.]

16 "Para o Inferno com você e seu daguerreótipo!". [N.T.]

17 "o joguete da Verdade, o joguete da Virtude, o joguete do Destino". [N.T.]

18 "Esse incidente, por sugestivo que tenha sido naquela ocasião, teve ainda um efeito surpreendente sobre Pierre. Ele se pôs a pensar sobre

a presteza com que agora se podia tirar um daguerreótipo de qualquer um, quando em outros tempos um retrato fiel era apanágio dos endinheirados ou dos aristocratas mentais da terra. Como não concluir que, ao invés de imortalizar os gênios, como outrora, os retratos de hoje apenas *quotidianizavam* os imbecis. Ademais, quando todos permitem que seus retratos sejam publicados, a verdadeira distinção está em se recusar a tanto. Pois uma vez publicado ao lado de Fulano, Sicrano e Beltrano, em trajes perfeitamente idênticos, como alguém se poderia julgar distinto de Fulano, Sicrano e Beltrano? De modo que até mesmo um motivo tão estritamente pessoal como a vaidade contribuía para essa decisão de Pierre." [N.T.]

19 O daguerreotipista Holgrave diz de sua arte: "*I misuse Heaven's blessed sunshine by tracing out human features through its agency*" [faço mau uso da divina luz do sol, servindo-me dela para delinear traços humanos], e mais tarde ele reconhecerá que a maior parte de seus daguerreótipos "*do look unamiable*" [não parecem muito amigáveis]. O daguerreótipo que está no centro de sua atividade — e do romance — é o de um malfeitor hipócrita.

20 Flaubert, *L'Éducation sentimentale*, in *Oeuvres* II, edição de A. Thibaudet e R. Dumesnil (Paris, 1952), p. 434: "Pellerin, depois de tentar a sorte no fourierismo, na homeopatia, nas mesas giratórias, na arte gótica e na pintura humanitária, tornara-se fotógrafo: e sobre todos os muros de Paris podia-se vê-lo representado em casaca negra, com um corpo minúsculo e uma cabeça dilatada".

21 Baudelaire, *Salon de 1859*, in *Oeuvres Complètes* II, p. 618: "a indústria fotográfica [...] refúgio de todos os pintores fracassados, desajeitados ou preguiçosos demais para concluir seus estudos".

22 "Charles, entretanto, tentara várias vezes interromper a conversa. — Gostaria de falar com o senhor, sussurrara à orelha do funcionário, que foi subindo a escada logo à sua frente. — Será que ele suspeita de algo?, perguntava-se Léon. Seu coração batia mais rápido, ele se perdia em conjeturas. Por fim, tendo fechado a porta, Charles pediu-lhe que pesquisasse pessoalmente em Rouen o preço de um daguerreótipo; era uma surpresa sentimental que gostaria de fazer à sua esposa, uma lembrança refinada, seu retrato em trajes negros; mas antes de tudo queria ter uma noção de preço; o encargo não deveria incomodar o senhor Léon, já que ia à cidade quase todas as semanas." [N.T.]

23 Flaubert, *Madame Bovary. Nouvelle version*, edição de J. Pommier e G. Leleu (Paris, 1949), p. 307: "Há muito que ele nutria em segredo o desejo de tirar um retrato seu".

24 "ela buscava a solidão, a fim de poder se deleitar mais à vontade com sua imagem". [N.T.]

25 Para não citar mais que o *Journal des Débats*: "*M. Flaubert a braqué son daguerréotype sur un village de Normandie, et le trop fidèle instrument lui a rendu un certain nombre de ressemblances* [...] *d'une vérité incontestable, de cette vérité terne et blafarde qui semble supprimer, dans les copies du monde physique, la lumière même qui les a produites* [...]. *Dans le roman tel qu'on l'écrit aujourd'hui, avec les procédés de reproduction photographique, l'homme disparaît dans le peintre: il ne reste plus qu'une plaque d'acier*" [O senhor Flaubert apontou seu daguerreótipo para uma aldeia normanda, e o fidelíssimo instrumento proporcionou-lhe certo número de imagens fiéis [...] de uma verdade incontestável, dessa verdade fosca e baça que parece suprimir, em suas cópias do mundo físico, aquela mesma luz que as produziu [...]. No romance tal como é escrito hoje em dia, com seus processos de reprodução fotográfica, o homem desaparece no pintor e resta apenas uma placa de aço]. Cito a partir da edição Conard de *Madame Bovary* (Paris, 1930), pp. 529 e 531.

26 "Então, contemplando seu sono, o resto de inquietude dissipou-se gradualmente, e ela se julgou bem tola e bondosa por se ter preocupado por tão pouco. Berthe nem soluçava mais. Sua respiração agora erguia de leve o lençol de algodão. Grandes lágrimas detinham-se no canto de suas pálpebras entrecerradas, que deixavam ver entre os cílios as duas pupilas claras e fundas; o esparadrapo colado em sua bochecha puxava obliquamente a pele esticada. — Que coisa estranha!, pensava Emma. — Como essa criança é feia!" [N.T.]

27 Baudelaire, *Salon de 1859*, in *Oeuvres complètes II*, p. 617: "a sociedade imunda precipitou-se como Narciso a contemplar sua imagem trivial sobre o metal".

28 Vide meu comentário ao último capítulo do *Salon de 1846* em *Quadros Parisienses* (São Paulo, 1996).

29 "Um busto de Minerva traçado em carvão, com uma moldura dourada e com a legenda em letras góticas: 'a meu querido papai'". [N.T.]

30 Baudelaire, "Madame Bovary", in *Oeuvres complètes* II, p. 83.

31 Declarando-se velho, fossilizado e estranho ao mundo moderno, nos anos 70 Flaubert tomará inspiração de um vitral de igreja para redigir

o mais belo dos *Três contos* — mas jamais utilizará uma foto para fins criativos.

32 "Trocar miniaturas". [N.T.]

33 "Ali estavam todas as cartas de Léon. Dessa vez, não havia mais dúvida! Deu de cara com o retrato de Rodolphe, entre bilhetinhos misturados". [N.T.]

34 "Um gênio portando uma tocha apagada" e "Detém-te, viajante, tens sob teus pés uma esposa digna de amor". [N.T.]

35 "Daguerreotipos representando alguns amigos". [N.T.]

36 "[...] principais enfeites [...]". [N.T.]

37 "Uma licoreira no meio da cômoda". [N.T.]

38 "[...] ao longo do espelho [...]." [N.T.]

39 "Pintura a óleo que ocupava a alcova". [N.T.]

40 Veja-se *Du bon usage de la photographie*, edição de M. Frizot e F. Ducros (Paris, 1987), pp. 11ss (passagens do discurso de Arago): "seção durante a qual foram reveladas as modalidades técnicas do daguerreótipo".

Ciência e poesia da citação no Trabalho das passagens

[TRADUÇÃO Samuel Titan Jr.]

H. Daumier, "L'amateur d'estampes" [c. 1857-1860]

Ciência e poesia da citação no *Trabalho das passagens*

1.

"Pode-se bem citar as feiticeiras a comparecer, por meio de fórmulas maléficas, / Mas a graça só atende ao chamado da graça."
Goethe, *Xenien*

"[...] devemos necessariamente pensar a ciência como uma arte,
se queremos alcançar alguma espécie de totalidade. E não é
no universal, no excesso que devemos procurá-la [...]."
Goethe, citada em
A origem do drama barroco alemão

O *Trabalho das passagens* é fruto de uma ciência da leitura, ciência praticada como forma de poesia. Pound lembra que a poesia é uma condensação da linguagem; e o que temos aqui é uma condensação do que fora previamente fragmentado. Pois a citação e a série de citações estão para as *Passagens* como o verso e a estrofe estão para o poema. À maneira de Baudelaire — o irmão, o predecessor, o modelo e o objeto de pesquisa —, que saía a rondar e perseguir a rima como uma presa no emaranhado de ruas parisienses, Benjamin adentra as *fourmillantes cités* da Staatsbibliothek e da Bibliothèque Nationale, sempre à mesma mesa de leitura, à espreita das citações que poderá recolher (quando as folheamos por baixo, as páginas murmuram em cima). Como Baudelaire, ele é ao mesmo tempo *flâneur*, caçador, colecionador, trapeiro — trapos de texto, é claro —, sempre solitário e sempre apaixonado. Com uma diferença: os "versos há tanto sonhados" que encontra em seus passeios fantásticos de leitor não são verdadeiramente novos nem verdadeiramente originais, por mais que se formem literalmente em um piscar de olhos — mas vale lembrar que o autor de *Soleil* preferiu não declarar quem sonhava os versos que ele encontrava ao cabo de uma longa procura. Benjamin colhe-os nos livros de terceiros (em geral nos livros dos mortos), que os sonharam outrora; como o colecionador que sonha com um butim enquanto não o conta entre suas possessões, Benjamin não faz mais que sonhar simultaneamente com versos e vermes, cheios de vida e poeira, *novidades* e *antiguidades* a um só tempo — citações, portanto.

Poderíamos desenvolver infindavelmente a analogia entre os procedimentos de Baudelaire e Benjamin; contentemo-nos com uma observação sobre a composição. As *Passagens* deveriam exibir, assim como as *Flores do Mal*, uma arquitetura límpida e refletida, da qual os *exposés* podem nos dar uma amostra. "1. Fourier ou as passagens. II: Daguerre ou os panoramas. III: Grandville ou as exposições universais", e assim por diante: seis partes na primeira versão, de 1935, cinco partes na de 1939, em sentido inverso ao de Baudelaire, que apresenta cinco ciclos em 1857 e seis em 1861. Há em Benjamin uma tendência a substituir os títulos por citações em epígrafe — citações *por excelência*, como demonstra A. Compagnon[1] —, ou então a relegá-los a segundo plano. É a epígrafe, mais que o título, que dá o tom e que orienta o texto — como também orienta a composição, baseada na montagem. A peça elementar da composição é a própria citação, "o menor elemento de construção, confeccionado de modo que seus contornos sejam aguçados e cortantes". A citação é produto da desmontagem de um texto prévio e elemento de montagem de um novo texto original.

Como se vê, todos os caminhos levam à citação. E como se sabe, ninguém jamais soube citar como Benjamin. Não apenas porque ele cita em todos os sentidos do termo[2] — isto é, não apenas porque ele menciona, convoca, chama, invoca, marca encontro (Compagnon recorda o sentido primeiro do verbo espanhol *citar*: marcar encontro[3]) —, mas também porque seu modo de citar corresponde a uma visão nova e singular da história e da historiografia, na qual a citação ocupa uma posição-chave sob vários aspectos.

II.

"Eu te chamo, termo maldito, / à ordem do dia: /
pois os traquinas, os malandros dessa espécie /
estão sempre com as mãos à obra."
Goethe, *Zahme Xenien I*

"Portanto, escrever a história significa *citar* a história."
Trabalho das passagens

A citação encontra-se no centro do método de Benjamin, isto é, no centro de sua filosofia da história. Um caminho direto conduz de cada um dos conceitos-chave de sua epistemologia à sua teoria e prática de citador. As *Teses* de 1940 destacam a citação da história, oposta à narrativa épica do historicismo, como operação primeira e última de uma concepção materialista da história. Em seu último dia, a história tornar-se-á citável em todos os seus instantes; nesse meio tempo, ela só pode sê-lo fragmentariamente. A citação interrompe ou mesmo explode o falso *continuum* do tempo, toma o lugar que antes coubera à empatia (*Einfühlung*), assim como acontece no teatro épico, onde ela interrompe a ação;[4] ela suspende o contexto presente, deixa-o de lado para se inserir em um novo contexto, caracterizado como uma constelação de perigos (*Gefahrenkonstellation*). A citação estabelece uma relação entre o agora (*Jetzt*) e o que já foi; produz essa constelação fulgurante, tão amiúde evocada, do antigo e do presente instantâneo. Nessa medida, a citação (ou a montagem de citações) tem parentesco próximo com a imagem dialética, se é que não se identifica com esta: uma correspondência entre dois momentos históricos, uma dialética em suspensão (*Dialektik im Stillstand*) e uma atualização que serve ao resgate. A citação é "a imagem lida, isto é, a imagem no agora de seu reconhecimento possível", ela "porta, em grau máximo, o selo do momento crítico, do momento de perigo que é o fundamento de toda leitura". Sendo assim, o leitor deve ter a consciência do perigo e a presença de espírito correspondente, se quiser citar à maneira benjaminiana. Foi-se o tempo do conforto de que gozava a velha prática da citação, como se foi o tempo da concepção historicista da história:[5] os textos nos escapam assim como nos escapa a verdade, as citações passam como lufadas de vento. Há que apanhá-las com mão firme, que parecerá tão mais brutal quantos mais rápida for.

Aquele que toma a história a contrapelo age da mesma forma com os textos que prestam contas dela. Essa atualização verifica-se inicialmente por meio da citação, que deve sempre — mesmo no caso das citações clássicas — ser arrancada ao contexto e apropriada com violência, uma vez que o próprio contexto inicial, desfigurado pelo conformismo, não merece mais respeito. A citação célebre de um clássico — por assim dizer pré-destinada — deve ficar lado a lado com fórmulas que ninguém jamais julgaria destinadas a merecer destaque. De sua perspectiva radicalmente contrária à historiografia burguesa, Benjamin explora como mina de citações uma literatura sem nome, que não gozara de estima em sua época; seu lema é uma tirada de Rémy de Gourmont: "fazer história com os próprios detritos da história". Textos há muito destituídos de cidadania literária — ou que jamais gozaram dela — são convocados ao tribunal da história ao mesmo título que os textos canônicos do século XIX, e seu depoimento recebe a mesma atenção e exerce o mesmo peso. Cada citação contribui assim à consumação do programa formulado pelas *Teses sobre a filosofia da história*.

III.

"Aquele velho sinistro que se multiplicava!"
Baudelaire

"Os castigos do inferno são sempre a última novidade
que surge nesse domínio."
Trabalho das passagens

Se a citação é a forma talhada sob medida para se tratar a questão da história ou para invocá-la, isso se dá eminentemente porque a própria história — ao menos a história dos tempos modernos — é possuída pela fúria da citação e só avança por meio de citações. A última novidade não é outra coisa senão uma citação do que sempre estivera ali, do que é eterno. Talvez o último grito da moda não seja mais que a citação mais recente de um grito primordial. Nenhuma época o sentiu tão dolorosa e voluptuosamente quanto a época do artigo de massa e da reprodutibilidade técnica das próprias obras de arte. O último Benjamin fascina-se com todos os textos que destacam o caráter de citação alucinatória da modernidade e da história mundial em geral. Contudo, em sua condição de materialista messiânico, Benjamin tenta desligar-se dessas visões de horror — com violência crescente, segundo penso. A fantasmagoria de *L'Éternité par les astres*, que Benjamin descobriu na passagem de ano de 1937-1938, é sobretudo a fantasmagoria de uma feira infinita de citações, e o sistema metafórico da especulação cosmológica de Blanqui apóia-se de modo evidente sobre as técnicas de produção dos meios de difusão em massa — "cada variante tira provas aos milhões"[6] —, sem que Benjamin precise sublinhá-lo explicitamente. O confronto com essa especulação deveria configurar o ápice e a consumação das *Passagens*; Benjamin aproxima-a de diversos textos — de um *vaudeville* obscuro ao *Processo* de Kafka — que trazem a marca da experiência do eterno retorno e, por conseguinte, do caráter de citação assumido pelo novo. O suposto par do primeiro quadro de Titorelli revela-se uma pura e simples repetição, e a propósito do terceiro, supostamente do mesmo gênero, Kafka escreve: "Mas não era semelhante, era antes a mesma pradaria, absolutamente idêntica. O pintor aproveitava bem a oportunidade para vender velhos quadros". A ironia desse *déjà vu* está em que, em retrospectiva, o original se eclipsa e tudo remete indistintamente a "um velho quadro". Nos *Sete Velhos* de Baudelaire é a própria realidade, com suas autocitações, que acossa o *flâneur* desprevenido e o reproduz degradadamente como tipo, ameaçando-o com a loucura. Benjamin pensa provavelmente nesse círculo infernal da repetição — a imagem benjaminiana da modernidade como tempo infernal — quando fala de domínios "onde nada prolifera até agora senão a loucura e onde há que abrir caminho com a machadinha afiada da razão". Fica porém a impressão de que ele pretendia substituir a evocação crispada desse caráter de citação da modernidade por uma reflexão que rompesse o círculo vicioso, citando o antigo de uma maneira nova.

IV.

"Uma tentativa de perceber a inversão dialética e copernicana da memória (*Eingedenken*)."
Trabalho das passagens

"Fazer a montagem da Paris onírica [...] na Paris real."
Trabalho das passagens

Historiador materialista, Benjamin não estabelece, como queria Marx, uma relação de causalidade entre economia e cultura, mas sim uma relação de expressão. Trata-se de apresentar como as "manifestações da vida no século XIX" surgem de um processo econômico, a ser concebido como "fenômeno primário posto em evidência"; conseqüentemente, os "grandes contextos", as "configurações abstratas" serão abandonados para que se atinja, através do "*pathos* da proximidade", o palpável e o concreto. A citação impõe-se novamente como elemento constitutivo da representação, funcionando de maneira subversiva, como anedota, contra os modelos prévios de sistematização: ela "aproxima as coisas de nós, ela as faz entrar em nossa vida", na medida em que não é uma "citação autoritária",[7] uma exibição de cultura. O "*pathos* da proximidade" atinge sua maior densidade no sonho, que a anedota procura o mais das vezes imitar. Benjamin está à procura da intensidade do sonho, mas diferentemente dos surrealistas, pois deseja a intensidade sem permanecer nos domínios do sonho. "O novo método dialético da teoria da história define-se como arte de vivenciar o presente qual mundo do despertar, ao qual se liga efetivamente esse sonho a que chamamos 'o que já foi'. Atravessar o que já foi na recordação do sonho! Há portanto um parentesco estreito entre a recordação e o despertar. Mais precisamente: o despertar é o retorno dialético e copernicano da memória (*Eingedenken*)". Esse retorno efetua-se por uma citação de citações de citações, uma vez que o sonho a ser interpretado é por si só um prodigioso citador e recuperador de citações, dos resquícios diurnos aos traumas da origem. É o século XIX sonhando seu futuro, o presente de Benjamin.

V.

"O que a criança [...] encontrou nas dobras dos vestidos de outrora, nos quais se enfronhava [...] — eis o que devem conter estas páginas."
Trabalho das passagens

"Todo olhar é assombrado [...]."
Georges Salles, citado por Benjamin

"Este lugar é enfeitiçado."
Adorno a Benjamin, carta de 10 de novembro de 1938

Para que se possa escrever a história, isto é, para que se possa citá-la, há que se fazer todo olhos, ouvidos, intuição: "A necessidade de ficar à espreita da menor citação encontrada ao acaso, da menor menção passageira de um livro". Uma presença de espírito contínua, mantida tanto pelo perigo mortal em que nos encontramos como pelo desejo obscuro de um achado inimaginável, que faz pensar naquele "desejo descomedido de contemplar o bem supremo", vivido pelos médicos de Salerno de que fala Giorgio

Agamben em *Stanze*, livro importante para nosso tema presente (como para todo o contexto benjaminiano).[8] Para esse desejo convergem todas as figuras do pensamento de Benjamin — nas quais ele gostava de se reconhecer: o colecionador e o trapeiro, o *flâneur*, o fisionomista, o alegorista ou o caráter destrutivo. São todos feitos da mesma matéria, ao menos quanto à paixão. Benjamin não deixou de indicar sua fonte permanente: a felicidade do achado sentida pela criança que mergulha o rosto nas "dobras dos vestidos de outrora", agarrada à saia da mãe. O anão da Teologia nas *Teses* sobre a filosofia da história é a criatura disforme engendrada por essa experiência. A mesma habilidade com que controla os fios, ela a emprega para dirigir o olhar do historiador através do texto do que já foi. Não é de se estranhar que Adorno, zelando escrupulosamente pela teoria e pela nitidez das mediações, tenha se sobressaltado e alertado contra o "domínio onde oscilam história e magia", contra essa "encruzilhada dos caminhos da magia e do positivismo".[9] Adorno não percebeu então a originalidade de Benjamin, que mais tarde suscitaria sua e nossa paixão; é perfeitamente compreensível que, sob o choque da primeira leitura, ele tenha atentado apenas para sua estranheza inquietante: uma inspiração que se limita a citar, a "chamar as coisas por seu nome".[10] A insistência de Adorno quanto à dialética — tão legítima quanto rabugenta e detalhista —, não percebe o sopro poético que anima a ciência nova de Benjamin.

O paradoxo do colecionador consiste em viver em estado de alerta, voltado para o objeto do desejo, e ao mesmo tempo deslizar pela vida como um sonâmbulo. Com a segurança de quem sonha, ele encontra exatamente aquilo de que necessita. Quando se abaixa para recolher alguma coisa, trata-se justamente do bilhete apagado de bonde que ele procurava havia semanas. É com a mesma obsessão que Benjamin coleciona suas citações, e ele as recolhe nos lugares mais imprevisíveis. Tem predileção por tiragens defeituosas, equívocas, os objetos que "estiveram em circulação por poucas horas", as "manifestações da decadência e da decrepitude" que são, bem mais que outros, os "precursores, de certa maneira as miragens das grandes sínteses ainda por vir". A moda fornece uma coleção dos últimos gritos do século XIX, as datas do socialismo mais outra, as da arquitetura (que Schopenhauer chamava de "música congelada") ainda outra: é sobretudo aos "soluços ardentes" (Baudelaire) de uma época que Benjamin dá ouvidos. No fundo, importa pouco saber quem proferiu cada um desses gritos: eles são os gritos de um coletivo onírico (*Traumkollektiv*). E assim como o sonho não faz nenhuma distinção entre o bom e o ruim, o banal e o original, o inepto e o inteligente, Benjamin cita Baudelaire e Wiertz, Marx e Du Camp, Granier de Cassagnac e Léon Daudet. O *trabalho das Passagens* como livro do sonho, em cuja contemplação obstinada Benjamin viveu dia após dia, é uma obra de arte total de espécie inteiramente nova: "biblioteca na qual os livros fundiram-se uns aos outros e na qual os títulos foram apagados". Daí a exigência de "levar à máxima perfeição a arte de citar sem aspas", que obviamente só se consuma nos primeiros esboços. Os textos que Benjamin percorre estão para o "livro do que já foi", entreaberto diante de nossos olhos, como a teologia, seu principal instrumento de decifração, está para seu pensamento, ou ainda como a tinta para o mata-borrão: esses textos foram absorvidos. "No que dependesse do mata-borrão, não restaria nada do que está escrito." Restaria, em troca, o que jamais foi escrito. Pois é justamente isso que devemos ler, como o demonstra a epígrafe tirada de

Hofmannsthal. E é isso o que Benjamin encontra nas entrelinhas de seus textos, em suas *lacunas*. A isso serve sua arte de citar: ele cita o que jamais foi escrito. Esse ponto torna-se claro em uma das citações-chave das *Passagens*, várias vezes citada em epígrafe: "*Je crois... à mon âme: la Chose*", do pobre Deubel. Se formos às suas *Obras*, ao trecho onde Benjamin a encontrou — e é claro que não devemos a ele a referência exata, mas a Rolf Tiedemann —, teremos dificuldade de reconhecê-la após uma incrível cirurgia estética que não deve ter demorado mais que um instante. A citação propriamente dita desapareceu nesse poema insípido, cujo título basta para acabar com a vontade de ler adiante:

J'AIME... JE CROIS...

J'aime ma joie: la Source, et mon rire: l'Été,
Et ma pensée: l'Étoile, et mon vouloir: la Pierre,
Ma tristesse: l'Automne, et mon chant: la Lumière,
Et le livre du Monde ouvert à mes côtés.

Je crois à mon corps: l'Arbre, à mon âme: la Chose,
À mon amour: le Feu, à ma force: le Vent;
Je crois au Dieu lointain, cruel et décevant,
Et ma croyance en lui a le parfum des roses.[11]

Benjamin secciona sua citação com tal ardor que a rima e o ritmo são mandados às favas — quem não souber nada de Deubel não poderia imaginar que se trata de um poema —, mas produz-se assim um grito, uma expressão. O mesmo vale para outras citações que nos dão a sensação de estar cara a cara com a época, como em "*Soleil, prends garde à toi!*", de Wiertz, ou em "*Mon bon père avait été à Paris*", de Gutzkow. A citação — achado e construção a um só tempo — exige sempre um olho, um olho estranhamente inquietante (*unheimlich*) para os desvãos secretos (*Heimlichkeiten*) do passado próximo. Não há mais necessidade de comentário, o corte o substitui com economia: "os acontecimentos ganham ao não ser comentados".

No verão de 1934, em conversa com Benjamin, Brecht pôs-se a criticar Kafka pelo que chamou de "futilidade sob vários aspectos",[12] o que não o impedia de simultaneamente elevá-lo à condição de profeta. Benjamin sentiu que a censura de "futilidade sob vários aspectos" e de "dissimulação"[13] valia igualmente para si mesmo, e replicou por meio de uma interpretação de uma narrativa de Kafka, "A próxima aldeia", que servia igualmente à sua auto-justificação e que revela, não sem melancolia, seu próprio modo de ver a realidade: "a verdadeira medida da vida é a recordação. Ela percorre retrospectivamente a vida, num átimo. Com a mesma rapidez de quem folheia para trás as páginas de um livro, ela retorna da aldeia mais próxima ao lugar de onde o viajante tomou a decisão de partir. Aqueles — como os antigos — cuja vida transformou-se em escritura só podem ler essa escritura retrospectivamente. Só assim encontram a si mesmos, e é tão-somente assim — fugindo ao presente — que alcançam compreendê-la".[14] Benjamin tinha igual consciência que seus amigos e críticos quanto à estranheza inquietante de sua empresa: "o percurso pelas passagens não deixa de ser uma marcha espectral por portas que cedem e paredes que se afastam". Mas a decisão de partir estava tomada havia muito, e irrevogavelmente — por Eros, que é uma *ave de passagem*.[15]

Notas

1 A. Compagnon, *La Seconde Main ou le travail de la citation* (Paris, 1979), pp. 30 e 37.

2 Cf. *Deutsches Wörterbuch*, v. 15 (Leipzig, 1956), verbetes "Zitat", "Zitation", "Zitieren", pp. 1657ss e 1664ss.

3 Compagnon, *op. cit.*, p. 23.

4 W. Benjamin, *Versuche über Brecht*, org. Rolf Tiedemann (Frankfurt, 1966), pp. 26ss.

5 Cf. o começo do ensaio sobre Eduard Fuchs e as *Teses* sobre a filosofia da história.

6 A. Blanqui, *L'Éternité par les astres* (Paris, 1872), p. 66 e *passim*.

7 Cf. W. Benjamin, *Ursprung des deutschen Trauerspiels*, org. Rolf Tiedemann (Frankfurt, 1963), p. 8, e ainda o belo artigo de Dietrich Thierkopf, "Nähe und Ferne", primeiro estudo, tanto quanto sei, sobre o uso benjaminiano da citação (in *Text + Kritik* 31/32, 1971) pp. 3-18. O autor reúne nesse artigo praticamente todas as proposições de Benjamin quanto à teoria da citação antes do *Passagen-Werk*. Veja-se igualmente o belíssimo artigo de H. Arendt sobre Walter Benjamin, in *Walter Benjamin. Bertolt Brecht. Zwei Essays* (Munique, 1971).

8 Giorgio Agamben, *Stanze* (Turim, 1977).

9 W. Benjamin, *Briefe*, org. Th. Adorno e G. Scholem, v. 2 (Frankfurt, 1966), pp. 784 e 786.

10 *Ibid.*, p. 786.

11 L. Deubel, *Oeuvres* (Paris, 1929), p. 193: "Amo minha felicidade: a Fonte, e meu riso: o Verão, / E meu pensamento: a Estrela, e minha vontade: a Pedra, / Minha tristeza: o Outono, e meu canto: a Luz, / E o livro do mundo aberto a meu lado. // Creio em meu corpo: a Árvore, em minha alma: a Coisa, / Em meu amor: o Fogo, em minha força: o Vento; / Creio no Deus longínquo, cruel e capcioso / E minha crença nele tem o perfume das rosas."

12 W. Benjamin, "Gespräche mit Brecht. Svendborger Notizen", in *Versuche über Brecht*, p. 121.

13 *Ibid.*, p. 122.

14 *Ibid.*, p. 124ss.

15 "O amor é uma ave de passagem": citação em epígrafe da parte D (Prostituição, Jogo), tirada dos *Nouveaux Tableaux de Paris ou observations sur les*

moeurs et les usages des Parisiens au commencement du XIX e siècle (Paris, 1828), v. 1, p. 31 (*PW* 612). Veja-se, nesse contexto, os desdobramentos de Agamben sobre Eros e a melancolia, em *Stanze*, p. 734.

Imagem de capa: detalhe de Honoré Daumier, *Hercule de foire* (c. 1865), óleo sobre madeira, 27 x 35 cm; com permissão de The Philips Collection, Washington.

Tradução: Samuel Titan Jr., Márcio Suzuki, Luís Repa, José Bento M. Ferreira
Preparação: Alexandre Hubner
Revisão: Samuel Titan Jr.
Projeto de capa: Raul Loureiro
Projeto de miolo: Jussara Fino

Dados Internacionais de Catalogação na Publicação (CIP)
(Câmara Brasileira do Livro, SP, Brasil)

Oehler, Dolf [1943-]
Terrenos vulcânicos/Dolf Oehler; tradução Samuel Titan Jr.... [et al.].
São Paulo: Cosac & Naify, 2004.

ISBN 85-7503-304-2 [256 pp. 11 il.]

1. Baudelaire, Charles, 1821-1867 – Crítica e interpretação 2. Flaubert, Gustave, 1821-1880 – Crítica e interpretação 3. Heine, Heinrich, 1797-1856 – Crítica e interpretação 4. Literatura alemã – História e crítica 5. Literatura francesa - História e crítica I. Título.
04-2357 -840.9 CDD-830.9

Índices para catálogo sistemático: 1. Literatura alemã: História e crítica 830.9
2. Literatura francesa: História e crítica 840.9

COSAC & NAIFY
Rua General Jardim, 770, 2º andar
01223-010 – São Paulo – SP
Tel [55 11] 3218-1444
Fax [55 11] 3257-8164
www.cosacnaify.com.br

Atendimento ao professor: [55 11] 3218-1466

Tipologia Perpétua 11.5/15
Papel Pólen print 90 g/m²
Impressão Geográfica
Tiragem 3.000